Cosa fácil

Du même auteur
dans la même collection

Ombre de l'ombre (n° 124)
La Vie même (n° 142)

dans la collection Rivages/Thriller

A quatre mains

Paco Ignacio Taibo II

Cosa fácil

Traduit de l'espagnol (Mexique)
par Mara Hernández et René Solis

Collection dirigée par
François Guérif

Rivages/noir

Titre original : *Cosa fácil*

106, bd Saint-Germain, 75006 Paris

ISBN : 2-86930-722-5
ISSN : 0764-7786

Dans cette vie, mourir est facile.
Mais vivre, est bien plus difficile.

Vladimir Maïakovski

Pour les autres membres du « Full » : Toño Garst « le Cactus », Toño Vera « le Cerveau », Paco Abardia « le Cinquième » et Paco Pérez Arce « le Sourcil », en souvenir de cette après-midi où au lieu d'étudier *Que faire ?* de Lénine, nous nous sommes mis à jouer au volley-ball.

1

Il n'y a d'espoir que dans l'action.

Jean-Paul Sartre

– Remettez ça, patron, ordonna Belascoarán Shayne.

Il s'était glissé jusqu'au bar et n'en avait pas décollé depuis une demi-heure. Les yeux fixés dans le vide, il avait laissé le temps s'écouler, interrompant seulement ses rêveries idéologiques par de brèves commandes au taulier. *Le Phare du bout du monde,* cantina aux airs respectables, était situé dans le centre historique de la ville féodale d'Atzcapotzalco, qui à une époque pas si lointaine se situait encore en dehors de Mexico et qui n'était plus aujourd'hui qu'une banlieue industrielle de plus, avec ses pittoresques haciendas en ruine, ses cimetières, ses églises de village et une monstrueuse raffinerie, orgueil de la technologie des années 50.

Il termina son Coca-Cola au citron vert et se fit servir un autre verre. A chaque fois, il jetait le rhum dans la sciure qui recouvrait le sol de la cantina et versait le coca dans le verre vide, avant d'y ajouter quelques gouttes de citron pour l'acidité. Il s'enfilait ces « cuba libres » pour enfants, qui constituaient sa seule boisson depuis une demi-heure. Il s'amusait de ce petit subterfuge qui lui évitait la honte de ne pas boire d'alcool dans une cantina.

Autour de lui, les musiciens d'une fanfare de village étaient en train de se soûler sans rémission à la tequila et au mezcal. Ils étaient venus pour un engagement qui n'avait pas marché et fêtaient leur mésaventure. Entre chaque tournée, ils jouaient de vieilles chansons assaisonnées de notes qui sortaient de trombones asthmatiques et de trompettes rouillées.

Le fracas allait en augmentant.

Il commanda un autre cuba libre et renouvela sa petite manœuvre. Avec celui-là, cela fait sept, se dit-il. Il ne savait pas avec certitude s'il était mort de soif avant d'entrer dans la cantina ou s'il avait seulement décidé d'accompagner de cette manière l'ivresse des musiciens. Quoi qu'il en fût, dans cette ambiance, ses faux cuba libres commençaient à produire un effet psychologique.

– Don Belascoarán ? s'enquit une voix enrouée au milieu du brouhaha.

Il prit son verre et abandonna le bar pour suivre l'homme enroué. Ils évitèrent des musiciens bourrés, des prostituées et des ouvriers de la raffinerie en train de commencer la cuite du samedi. Ils atteignirent ainsi la table vide qui existe au fond de toutes les cantinas et qui semble n'être là que pour attendre que le chanteur Pedro Infante s'y installe avec son grand chapeau et ses éperons. Le nouveau venu se laissa tomber sur une chaise et attendit qu'Hector en fasse autant, puis enleva son chapeau texan et le posa sur une chaise à côté de lui.

– J'ai une commission à vous faire.

Il avait une cinquantaine d'années. Son front tanné

par le soleil était barré d'une cicatrice de quatre ou cinq centimètres. Il avait un regard pénétrant, un visage dur et noble.

Hector acquiesça.

– Mais je voudrais auparavant vous raconter une histoire. Une vieille histoire. Elle commence là où les livres se terminent, dans l'hacienda de Chinameca, avec le cadavre de Emiliano Zapata recouvert de mouches... ou plutôt le cadavre censé être celui de Zapata...

Il fit une pause et but d'un trait sa tequila.

– Sauf que Zapata n'est pas allé à l'hacienda. Il connaissait ses ennemis et ne leur faisait aucune confiance. Il a envoyé un de ses compagnons qui insistait tellement pour y aller qu'il l'a laissé faire. C'est lui qui a été tué. Zapata s'est caché et a assisté à la mort de la Révolution. De nos jours, il n'aurait pas fait cela, mais à l'époque, il n'avait plus la foi... Il avait décidé de raccrocher, il n'y croyait plus... C'est pour cela qu'il s'est caché. En 1926, il a rencontré un jeune Nicaraguayen. Ils se sont connus à Tampico où ils travaillaient tous les deux pour la Huasteca Petroleum Company. Zapata était un silencieux. Il avait perdu sa langue, la Révolution lui avait fait passer le goût des mots. Il avait quarante-sept ans et le jeune Nicaraguayen, qui s'appelait Sandino, vingt-huit. Tous les deux, ils ont mené des luttes là-bas contre les gringos... De belles luttes. Ils les ont fait chier un sacré bout de temps. Si vous regardez bien les photos, vous l'apercevrez toujours dans un coin, comme s'il ne voulait pas se faire remarquer... Mais il était de tous les coups durs, et pas qu'à moitié. Il était à l'école de la Révolution, et son expérience du Nicaragua est venue s'ajouter à celle du Mexique. Mais au Nicaragua aussi ça s'est mal terminé et Sandino a été tué. Il ne restait que les photos, pour l'Histoire...

Alors il est rentré au Mexique et s'est terré dans une grotte pour y mourir de faim tout seul. Mais les gens du village lui apportaient à manger et le temps a passé. Et quand Rubén Jaramillo a pris les armes, Zapata était là pour lui donner des conseils. Ils passaient des heures ensemble dans la grotte... Ensuite, Jaramillo a été assassiné. Zapata a été sur sa tombe et puis il est retourné se cacher dans sa grotte... Il y est toujours... Il y est toujours...

Le brouhaha pénétra la bulle de silence où Belascoarán et l'homme à la cicatrice étaient restés suspendus. La fanfare, moins trois de ses membres qui cuvaient sous les tables, entonnait à fond un boléro larmoyant où les souffreteux instruments à vent s'en donnaient à cœur joie. A mesure qu'ils jouaient, les visages devenaient plus sérieux, l'auditoire plus attentif. A cette heure, il était composé d'une douzaine et demie d'habitués, en grande majorité des travailleurs d'une petite fonderie toute proche. Même les joueurs de dominos avaient cessé de faire claquer leurs plaques et les laissaient glisser en douceur sur le marbre.

– Qu'est-ce que vous attendez de moi ? interrogea Belascoarán Shayne, détective de son métier et enfant d'une ville où Zapata n'avait jamais pu échapper au vide des monuments, au bronze glacé des statues. Une ville où le soleil du Morelos, la région natale du héros de la Révolution, n'avait jamais rien pu contre les pluies de septembre.

– Qu'est-ce que vous attendez de moi ? interrogea Belascoarán, qui avait envie de croire cette histoire, envie de voir Zapata, qui devait avoir dans les quatre-vingt-dix-sept ans, traverser au galop le périphérique et tirer des balles dans le vent, monté sur son cheval blanc.

– Qu'est-ce que vous attendez de moi ? interrogea-t-il.

– Que vous le retrouviez, dit l'homme à la cicatrice.

Il sortit une bourse en cuir qu'il posa doucement sur la table.

Hector devina les pièces d'or, les doublons anciens, l'argent de l'Empire. Il ne prit pas la bourse et évita de la regarder. Attendri par cette histoire, il tentait de se convaincre que ce n'était qu'une hallucination de plus, une de ces chères hallucinations si typiquement mexicaines.

– Supposons que vous ne m'ayez raconté que des mensonges.

– C'est à démontrer. Moi, j'ai des preuves, répondit l'homme à la cicatrice en se levant.

Une fois debout, il termina sa tequila et se dirigea vers la sortie.

– Eh ! Attendez une minute, dit Hector à une porte qui oscillait encore.

La fanfare avait terminé son boléro et se ruait vers le comptoir.

– La Quina, enculé de sa mère ! dit un travailleur du pétrole qui était en train de jouer aux dominos et en profitait pour insulter le leader syndical corrompu.

– Enculé de sa mère ! reprirent en chœur trois de ses collègues qui buvaient du brandy au bar.

Hector prit la bourse, la glissa dans la poche intérieure de sa gabardine et sortit dans la rue. Une violente averse lui cingla le visage. On n'y voyait pas à cinq mètres. Il avait les cheveux et les yeux trempés de pluie.

– Putain de merde ! murmura-t-il entre ses dents. Retrouver Zapata !

Le bruit de la pluie noya le bruit du *Phare du bout du monde.* Il marchait en évitant les flaques et en esquivant les cascades qui tombaient des gouttières. Il fuyait en tentant de se moquer de l'orage, de lui échapper.

Il avait en tête le soleil du Morelos. Le soleil de Zapata.

Le taxi s'arrêta devant l'agence des pompes funèbres. La maison Herrera se nichait au creux de néons jaunâtres qui illuminaient la rue. L'orage, dans cette partie de la ville, s'était calmé mais ses traces resplendissaient dans les flaques d'eau irisées. Deux petits vieux sortaient au moment où Hector entrait et il tenta de distinguer quelques mots dans le murmure qui les suivait telle une traîne. Dans la cour, deux corbillards étaient garés et une camionnette déchargeait des couronnes mortuaires.

– La salle numéro trois ? demanda-t-il à la réceptionniste.

Il suivit des flèches placées sur des piedestaux métalliques. Et entra dans une salle éclairée d'un jaune pisseux où trônait un cercueil gris-acier placé sur une grande table de marbre, masse imposante, symbole d'une absence à laquelle les personnes présentes semblaient déjà s'être habituées.

Un coup d'œil lui suffit pour embrasser l'espace. Tout au fond de la pièce, ses tantes vêtues de noir chuchotaient. Solitaire, dos au cercueil, Elisa avait le nez collé contre une baie vitrée par où entrait la nuit, et observait les dernières gouttes de l'orage glisser sur les carreaux. Carlos, son frère, était assis près de l'entrée, la tête dans les mains ; deux chaises plus loin, la bonne et le jardinier de la maison de Coyoacán étaient en grand deuil. Devant le cercueil, le notaire de famille conversait à voix basse avec le responsable de l'entreprise.

Il s'avança jusqu'à la bière au milieu du silence. Il souleva le couvercle et contempla sa mère pour la dernière fois. Le visage serein, figé dans une expression douce comme elle n'en avait plus connu depuis des années, les cheveux gris attachés sur la nuque, la tête couverte d'une mantille espagnole offerte par son père, souvenir de toutes ces années terribles.

– Au revoir, maman, murmura-t-il.

Et maintenant, que faire ? Pleurer une femme qui est sa mère. Se souvenir des moments de proximité, de l'amour. Rechercher dans l'inconscient, dans la mémoire vertébrale, les jours d'enfance. Est-ce que l'on peut retrouver les jeux ? Est-ce que l'on peut oublier les mauvais moments, les disputes, les reproches, l'énorme distance de ces dernières années ?

Est-ce que l'on pleure ?

Est-ce que l'on pleure même un peu, est-ce que l'on secoue ses sentiments jusqu'à en faire sortir des larmes ?

Ou est-ce que l'on dit « Au revoir », que l'on fait demi-tour et que l'on s'en va ?

C'est ce qu'il fit. Il referma le couvercle et se dirigea vers la sortie.

Dans le patio, tandis qu'il observait les fleurs que l'on déchargeait du camion en allumant une cigarette, deux larmes lui mouillèrent les yeux.

Elisa, sa sœur, vint vers lui et lui prit le bras. Ils restèrent ainsi silencieux, sans se regarder, sans regarder nulle part. Puis ils s'assirent sur les marches qui séparaient la salle numéro trois du patio central de l'agence des pompes funèbres. La pluie avait cessé.

– Cet imbécile de notaire veut nous voir demain après-midi à six heures dans son bureau, les trois enfants, dit Carlos qui alluma une cigarette en s'approchant d'eux. Pour la mort de papa, c'était pareil ? demanda-t-il après une pause.

– Tu ne t'en souviens pas ? répondit Elisa.

– Je devais avoir dans les six ans, non ?

– A peu près... C'était pire, bien pire. Il était beaucoup plus proche de nous, et puis nous étions plus jeunes. C'était différent, dit Hector.

– A présent, la mort est différente, dit Elisa.

Hector sentit la main de sa sœur s'agripper à son bras.

Au revoir, maman, pensa-t-il. Finie l'angoisse du temps qui fuit, finies les nuits solitaires dans la grande maison vide de ton homme, finie la nostalgie des chansons, finis les regrets en regardant les photos où vous chantiez pour les brigades internationales, où tu chantais à New York des chants folkloriques de chez toi, finis les yeux dans le miroir à regarder les cheveux gris autrefois roux et brillants. Finis les enfants fourvoyés que l'on ne comprend pas. Tu as eu ta vie, elle a été tout entière à toi. Elle a valu la peine.

Elle a valu la peine ?

Et merde pour la mort ! Et merde pour les gens qui meurent comme ça ! dit-il.

Il se laissa tomber sur le lit défait. Défait depuis hier et avant-hier, défait demain et pour plusieurs jours, jusqu'à ce que le dégoût lui impose la petite discipline de le refaire, de replier drap contre drap, de défaire des plis devenus invincibles, de battre l'oreiller afin d'ôter les cailloux qui, dieu sait comment ! se sont glissés sous la taie, de secouer la vieille poussière incrustée dans la couverture indienne de Oaxaca, seul luxe autorisé, unique concession à l'esthétique dans la petite chambre aux murs nus et aux meubles sommaires.

Il posa les mains sur ses tempes et massa du bout des doigts sa tête douloureuse. Il hésita, se leva et se dirigea paresseusement vers la gabardine jetée dans un coin. Il avait la démarche de quelqu'un dont le cerveau est partagé par deux idées contradictoires. De toute façon, accrochée ou jetée par terre, elle ressemblera toujours à une guenille, se dit-il en contemplant la bonne vieille étoffe familière. Il tira de la poche intérieure l'enveloppe froissée qui ne l'avait pas quitté de toute la journée ; elle était écornée par les déambulations sous l'orage et les étreintes de son frère et de sa sœur. Il l'observa attentivement. L'adresse du bureau en écriture régulière et arrondie, les timbres italiens avec les ruines du Colisée couleur sepia. Le dessin moderniste du timbre un peu plus allongé signalant qu'il s'agissait d'un courrier urgent témoignait de la hâte finale, du désir de voir la lettre passer le plus rapidement possible de main en main.

Il la soupesa, l'ouvrit lentement et se laissa à nouveau tomber sur le lit.

> « Je commence cette lettre en espérant pouvoir t'expliquer ce que je fais ici, mais avant même d'avoir écrit la première ligne, je sais que jamais jamais jamais jamais je ne pourrai t'expliquer quoi que ce soit. Comme s'il y avait besoin d'explication ! Je me persuade que les fuites n'ont pas de but final, seulement un point de départ. Qu'est-ce que tu fuis ? Qu'est-ce que je fuis ? Si l'on se fuit soi-même, il n'y a nulle part où aller, aucun lieu sûr, aucune cachette. Le miroir finit toujours par révéler la présence à tes côtés de ce que tu fuis.
>
> Tu dois te demander ce que je fais, comment je passe les heures. Je ne serais même pas capable de te le dire. Parfois une sensation, une personne, un verre de chianti, un plat de viande aux poivrons rouges, une image de la mer, me laissent une petite trace. Mais en dehors de cela,

je suis incapable de faire le point. Toutes les heures se ressemblent ou sont différentes, elles n'ont aucun sens. Elles viennent et s'envolent. L'ennemi, lui, doit savoir comment les utiliser.

Je dors beaucoup.

Je dors seule.

Presque toujours.

Merde, il fallait que je te le dise.

Je marche comme une folle. Une folle. Ça doit être ça.

Je t'aime. Je t'aime je t'aime je t'aime me me me.

Toujours sur la piste des étrangleurs ?

Qu'est-ce qu'elle dit déjà la statue du grand héros national à Guanajuato ? Qu'il y a encore beaucoup de Bastille à prendre ? C'est bien ça ? Envoie-moi la citation exacte, avec la photo du héros si possible.

Envoie-moi un plan de Mexico. Marque-moi les rues que nous avons parcourues, les parcs, les lignes d'autobus. Envoie-moi un ticket de bus, une photo de ma voiture de course. Une photo de toi sur l'avenue San Juan de Letrán.

Vers cinq heures de l'après-midi, prise en marchant, comme ce jour-là.

Bientôt, je serai fatiguée de fuir de moi-même et nous nous reverrons.

Dis-moi si tu m'attends.

Tu m'attends ? »

Moi

Il la relut du début à la fin, ligne à ligne. Puis il regarda la photo, le ticket de bus italien, le plan de Venise, la coupure de journal, le baiser imprimé à l'encre sur une serviette en papier.

Il revint à la photo. Une jeune femme solitaire

dans une rue solitaire. Avec pour seule autre référence humaine un vendeur de fruits au loin. Elle était en noir, un tailleur long à col fermé, la jupe ample laissant voir des bottines noires incrustées de couleur, un journal à la main droite, un œillet à longue tige dans la gauche. Trois quarts de profil couronnés d'une queue de cheval et un visage où resplendissait un sourire.

Après une hésitation, il prit la photo et la plaça sur la fenêtre en la glissant dans une fente au bas d'une vitre.

La photo lui souriait et Hector Belascoarán Shayne, détective de son métier, abandonna enfin le froncement de sourcils et le visage fermé qu'il avait arboré toute la journée et ébaucha un sourire.

La vie continuait.

Il alla à la cuisine, alluma la radio bon marché qui par moments se déréglait toute seule et mit de l'huile à chauffer dans une poêle pour se préparer un beefsteak à la mexicaine.

Tandis qu'il hachait la tomate et l'oignon, tandis qu'il cherchait au fond du frigo les piments et qu'il salait et poivrait la viande, il mit de l'ordre dans sa vie.

Quelle bonne blague. Etre détective à Mexico était décidément une blague. Aucune image, originale ou reprise d'ailleurs, ne pouvait donner une idée de ce que cela représentait. Aucun modèle ne fonctionnait. Mais c'était une mauvaise blague. Après avoir réussi, au cours des six derniers mois, à être victime de six tentatives d'assassinat dont il portait la trace dans sa chair ; après avoir gagné un concours télévisé ; après avoir connu des jours où l'on faisait la queue (bon d'accord, n'exagérons rien, mettons une queue de deux personnes) devant son bureau surtout après qu'il fût parvenu à élucider – Sonnez tambours ! –

l'énigme de la fraude dans la construction de la nouvelle cathédrale ou – Résonnez trompettes ! – la pénible affaire de l'assassinat du portier du cabaret *Jalisco ;* après être parvenu à survivre tout au long de ces mois et à prendre tout cela tellement au sérieux et aussi comme une farce, mais surtout au sérieux, oui, après avoir traversé tout cela, tout compte fait, la blague n'était plus vraiment un phénomène particulier mais s'intégrait parfaitement au paysage national.

Et peut-être la seule chose que ce pays ne lui pardonnait pas était justement qu'il prit la blague tant au sérieux.

Maudite solitude.

Maudite solitude, répéta-t-il en lui-même avant d'éteindre le gaz.

Et tandis que tout cela passait, passait et finissait de passer, les soldats dispersaient à coups de feu des paysans affamés qui avaient envahi les terres d'un ancien maire de Veracruz.

Maman n'aurait pas dû mourir.

Je devrais m'arrêter un jour de jouer aux cow-boys et aux Indiens.

Et pourtant, c'était la seule façon de peser sur la vie, d'occuper la poêle, comme le beefsteack qui petit à petit changeait de couleur.

Etait-il possible que Zapata fût toujours vivant ?

Nosotros
Que desde
Que nos vimos
Amandonos estamos...
Nosotros
Que del
Amor hicimos
Un sol maravilloso

Romances... [1]

Il fit un instant attention aux paroles qui sortaient de la radio.

Même ainsi, toute cette solitude, cette grosse blague, valait mieux que le marathon pour changer de voiture tous les ans, la vie au compte-gouttes, le confort petit-bourgeois, les concerts de l'orchestre symphonique, la cravate, les relations factices, le lit factice, le sexe factice, l'épouse, la femme, les futurs enfants, l'ascension, le salaire, la carrière de tous ceux qu'un jour il avait décidé de fuir pour partir à la poursuite d'un étrangleur qui tout compte fait existait également au fond de lui-même.

Etait-il possible que Zapata fût toujours vivant ?

En retirant la poêle du feu, il se brûla la main.

Maman n'aurait pas dû mourir.

La fille à la queue de cheval souriait depuis la fenêtre.

Merde ! si c'était cela ce qu'il appelait mettre de l'ordre dans sa tête.

Nosotros
Debemos separarnos
No me preguntes
Maaás
No es falta
De cariño... [2]

dit la radio.

Hector Belascoarán Shayne lui tira la langue avant de contempler tendrement le beefsteack à la mexicaine servi sur la table de la cuisine.

1. Nous deux/Qui depuis/La première fois/Nous aimons.../ Nous deux/Qui avons fait de l'amour/Un soleil merveilleux/ Des aventures...

2. Nous deux/Il faut nous séparer./Arrête de me poser/Des questions./Ce n'est pas/Par manque de tendresse...

L'ascenseur hoqueta tandis qu'il grimpait vers son destin. Hector avait encore en lui l'éclat du soleil de la rue lorsqu'il sortit sur le palier baigné d'une lueur bleuâtre. Il s'arrêta devant la porte du bureau, et sacrifia au rituel de contempler la plaque métallique :

BELASCOARÁN SHAYNE : Détective

GOMEZ LETRAS : Plombier

« GALLO » VILLAREAL : Expert en drainages profonds

CARLOS VARGAS : Tapissier

L'observation de la plaque tous les matins lui était nécessaire pour se rappeler que rien ne devait être trop pris au sérieux. Qu'aucun privé dans un film sérieux ne partage son bureau avec un expert en drainages profonds, un tapissier et un plombier.

Cela ressemble à un appartement collectif, pensa-t-il.

Il entra dans son bureau avec un sourire en coin. Derrière lui, la porte battante s'agitait en grinçant. Il caressa le portemanteau et y accrocha sa veste en cuir à boutons de cuivre. Il se rappela pour quelles raisons il avait finalement renoncé à un costume noir. Le sourire se ternit sur son visage.

Le bureau montrait de grands changements depuis sa dernière visite. Des meubles à retapisser reposaient dans un coin tels des squelettes bloquant la fenêtre, et deux nouvelles tables de travail encombraient l'espace et modifiaient sa géométrie. En dépit de l'encombrement, son coin à lui avait été rigoureusement respecté, avec le bureau acheté au marché aux puces de la Lagunilla, les deux chaises récupérées dans les dépôts d'accessoires des studios de cinéma, exactement telles qu'il imaginait les chaises du bureau d'un privé, le vieux meuble vermoulu au vernis écaillé, le calendrier affichant sept jours de retard, le portemanteau, le téléphone noir d'un modèle ancien.

Il se laissa tomber sur la chaise et tira sur le cordon du store qui se déroula bruyamment, laissant filtrer les dures rayures de la lumière du matin. Il ferma les yeux à demi.

Il y avait un mot sur sa table :

> « Vous supplions d'étudier la possibilité d'avoir sur le mur d'en face une photo de Meche Carreno à poil en train d'essayer un monokini. Adopté sous les acclamations de la majorité des habitants de ce bureau.
>
> P.-S. Toutes nos condoléances.
>
> P.-S. 2 : Eh, connard ! la prochaine fois, n'oublie pas de mettre le cran de sûreté à ton pistolet. »
>
> Gilberto, Gallo, Carlos

Il ébaucha un sourire triste et son regard erra au plafond où l'on observait clairement le trou causé par la balle de son 38. La lumière hachée par le store donnait à la pièce un aspect hallucinant. Il prit son courrier et le feuilleta. Des factures du café chinois du coin de la rue, une demande d'interview pour une revue masculine, de la réclame pour de la lingerie féminine, une lettre de rappel pour le renouvellement de son abonnement à *Excelsior*.

Il froissa le tout. Pas question d'une interview. Et encore moins d'un abonnement à *Excelsior*, vue la merde que le journal était devenu. Il frotta avec la boule de papier la poussière qui recouvrait son bureau. La matinée allait-elle se poursuivre ainsi ? Calme, douceâtre, tranquille.

Il tira de sa poche la photo de Zapata découpée dans un livre d'histoire, la posa devant lui et se mit à la contempler en silence.

Une heure plus tard, il la planta près du cadre de la

fenêtre avec quatre punaises volées dans la caisse à outils du tapissier. Le regard triste de Zapata le poursuivait tandis qu'il marchait de long en large dans la pièce.

Il tira de la veste la bourse remplie de pièces et la lança sur le bureau. Il apprécia le tintement métallique, l'éclat lumineux des monnaies roulant sur la tranche.

– Vous permettez ?

La femme était appuyée contre la porte entrouverte, à mi-chemin de faire irruption dans la vie du détective et de rester plantée là, pareille à une photo du magazine *Stars au foyer*.

– Je vous en prie.

Elle avait dans les trente-cinq ans et ses vêtements n'étaient pas en harmonie avec le lieu. Ses pantalons noirs serrés se terminaient dans des bottines, son chemisier en soie noire était transparent, et resplendissait comme un étalage de cuillères de pêche, mais ce n'était rien à côté de la résille noire qui retenait ses cheveux. Le tout avait l'air parfaitement incongru dans le bureau aux meubles défraîchis avec ses tables couvertes de matériel de plomberie.

– Je voudrais vous engager, dit-elle.

Hector lui indiqua la chaise. Il avait les yeux fixés sur elle. Elle avait la mâchoire proéminente et un regard intense. Son visage évoquait plus une publicité pour du savon qu'une figure humaine.

– Vous me reconnaissez ? demanda-t-elle en croisant les jambes, tandis qu'elle posait sur la table son sac noir et qu'elle embrassait la pièce du regard.

– Je ne regarde jamais de feuilletons, dit Hector qui avait les yeux vrillés sur les deux seins qui le regardaient sous le chemisier.

– Je suis Marisa Ferrer... Et je voudrais que vous empêchiez ma fille de se suicider... Vous voulez ma photo ?

– Vous devez avoir l'habitude, si vous vous habillez toujours comme cela.

Elle sourit. Hector s'amusait avec les pièces sur la table.

– Je ne m'imaginais pas les détectives comme cela.

– Moi non plus, répondit Hector. Comment s'appelle votre enfant ?

– Elena... Ce n'est pas une enfant, c'est une demoiselle... Ne vous fiez pas aux apparences. Ou bien me faudrait-il déjà douter de votre habileté ?

– Quel âge a-t-elle ?

– Dix-sept ans.

Poussée par la main de la jeune femme, une photo glissa sur le bureau.

– Et son père ?

– Il possède une chaîne d'hôtels à Guadalajara. Les hôtels *Principe*. Cela fait sept ans qu'ils ne se voient plus... Il a renoncé à voir sa fille lorsque nous nous sommes séparés.

– Vous habitez avec elle ?

– Pas en permanence... Elle vit aussi chez sa grand-mère.

– Racontez-moi ce qui s'est passé.

– Il y a une quinzaine de jours, elle est tombée dans le jardin depuis la terrasse de sa chambre. Elle s'est fait une fracture au bras, plus quelques blessures au visage. J'ai cru que c'était un accident... Elle est très étourdie... Mais ensuite, j'ai découvert ça...

Elle tira de son sac une liasse de photocopies, la tendit à Hector puis, avant qu'il ait pu les regarder, sortit une autre liasse.

– Ensuite, il y a eu le deuxième accident.

Elle lui fit passer un petit tas de coupures de presse attachées pas un cordon. C'était comme si sa vie entière, toutes les actions qui la composaient avaient eu besoin de trouver leur confirmation écrite ou en images. Un besoin compulsif de vedette qui en a beaucoup bavé avant d'être consacrée ? s'interrogea Hector.

Elle sortit une autre photo, un portrait de la jeune fille réalisé en studio, et enfin un Polaroid où l'on voyait un grand sourire et un bras en écharpe.

– Je ne veux pas qu'elle meure, dit-elle.

– Moi non plus, répondit Hector en contemplant le sourire de l'adolescente au bras dans le plâtre.

– Monsieur Belascoarán, je vous attends demain soir chez moi pour dîner, comme cela vous ferez la connaissance d'Elena, dit la femme qui mit fin à la conversation en sortant de son sac une cigarette américaine.

Elle la porta à sa bouche et attendit la flamme du briquet tendu par une main galante. Mais il n'y avait apparemment pas de main galante dans la pièce.

Le soleil faisait une tache brillante sur le chemisier noir de la jeune femme.

– Vous acceptez, n'est-ce pas ?

Belascoarán Shayne, détective ingrat de son métier, fit glisser doucement sur le bureau une pochette d'allumettes, comme on pousse un jouet d'enfant, en évitant les pièces d'argent qui étaient encore sur la table.

Pourquoi cette confiance ? Il n'était ni confesseur ni psychiatre. Il était loin d'offrir une solide image paternelle. Il se sentait des affinités avec les suicidés même s'il ne les comprenait pas. Il prit une décision et punaisa la photo de la jeune fille au bras dans le plâtre à côté des yeux pénétrants de Zapata.

– Au fait, vous n'auriez pas aussi votre propre press-book ? interrogea-t-il, déjà sûr de la réponse.

Elle tira de son énorme sac un album en cuir. Les pages étaient remplies de coupures et de photos.

– Il y a un rapport ?

– Je n'en sais rien, mais du moment que vous étalez les papiers sur la table, j'aime autant qu'il y en ait beaucoup. Comme ça je pourrai étudier tout cela calmement... Qu'est-ce qu'il y aura à manger ?

Pour la première fois, la jeune femme eut un sourire. Elle se leva et se dirigea vers la porte.

– C'est une surprise, dit-elle.

Elle ouvrit la porte, qui laissa entrer la lumière bleuâtre du couloir. Elle s'arrêta, resta un moment immobile, comme une image arrêtée.

– Au fait, l'argent...

Hector fit un geste de la main, un vague mouvement qui pouvait signifier que cela n'avait pas d'importance. Quand la porte se fut refermée, il s'attaqua à la montagne de papiers. Il était décidément plus facile de traiter avec des papiers qu'avec des êtres humains.

Il alla à la cachette secrète où étaient conservés les objets confidentiels, les factures de Gilberto, le marteau de Carlos et les Pepsi-Cola. Il prit une petite bouteille et l'ouvrit avec son couteau de poche, un canif suisse à dix-sept lames.

Il savoura la douceur du liquide. Et se plaignit mentalement de sa récente augmentation. Bande de voleurs ! Il se souvenait encore du temps pas si lointain où la bouteille valait quarante-cinq centavos.

C'était sa manière à lui de rester mexicain. Un Mexicain au quotidien, solidaire des récriminations, protestant contre la hausse du prix des tortillas, furieux contre l'augmentation du ticket de bus, écœuré par l'infamie des journaux télévisés, se plaignant du niveau de corruption des flics et des ministres, pestant à cause de la situation du pays, comparant son état déplorable à un dépot d'ordures, maudissant le grand stade aztèque qu'il était devenu. Dans cette fraternité de la plainte, du mépris et de la fierté, Belascoarán gagnait le droit de continuer à être mexicain, la possibilité de ne pas se transformer en vedette ou en Martien, l'opportunité de ne pas s'éloigner des gens. Cette conscience sociale, qui puisait sa motivation dans un humanisme élémentaire, instinctif, dans une évaluation tout à fait superficielle de la situation, dans une conscience politique construite depuis l'intérieur du monde personnel du détective, lui permettait au moins de concevoir le Mexique de façon âpre, à partir d'une position critique, délibérément en dehors du pouvoir et des privilèges.

Il eut un geste obscène pour le responsable de l'augmentation du prix du Pepsi-Cola et retourna à son cher bureau à présent recouvert de papiers et de pièces de monnaie.

La fille au bras dans le plâtre et Zapata le regardaient.

Partageaient-ils son analyse de la hausse du Pepsi-Cola ? Etaient-ils solidaires des insultes adressées au ministre ? Ou constataient-ils simplement l'embrouille dans laquelle il était en train de s'engager ?

Le téléphone sonna. Il fallait une troisième pointe au triangle qui allait l'occuper toutes ces prochaines semaines.

– Belascoarán Shayne...

– Une seconde, je vais vous passer le *licenciado* Duelas.

Le silence céda la place à une voix impersonnelle.

– Señor Shayne...

– Belascoarán Shayne, interrompit Hector.

– Désolé, señor Belascoarán Shayne, mais votre nom basque décourage la prononciation...

La voix était mielleuse, prétentieuse, sournoise.

– Vous n'avez qu'à vous entraîner à faire des gargarismes avec Belaustiguigoitia, Aurrecoechea ou Errandoneogoicoechea, dit Hector en citant les premiers noms pseudo-basques qui lui venaient à l'esprit.

– Hi, hi, fit la voix.

– Et à part cela...

– Je vous appelle au nom de la Chambre de commerce et d'industrie de Santa Clara, dans l'Etat de Mexico... Nous souhaiterions vous engager. Seriez-vous disponible ?

– Cela dépend, señor Dueñas.

– Duelas.

– Ah oui, Duelas... Le *licenciado* Duelas ?

– C'est cela même... Quelles sont vos conditions ?

– Je ne sais pas. Tout dépend de ce que vous attendez de moi.

– Je vais vous envoyer un dossier de la Chambre de commerce et d'industrie où est précisé le type de services que nous attendons de vous et où vous trouverez les informations de base pour que vous puissiez vous mettre au travail... Vous le recevrez en début d'après-midi... Pour le salaire, la chambre de commerce vous offre une avance de quinze jours correspondant à un montant de mille pesos par jour. Nous saurons nous montrer généreux quant à la somme que vous nous demanderez lorsque l'affaire sera résolue... Nous pouvons compter sur vous, señor Belascoarán ?

Hector prit quelques secondes avant de se décider. Se décider à quoi ? A ce stade de la conversation, la seule chose qui l'intéressait était d'avoir le fameux dossier entre les mains.

– Envoyez-moi le matériel, rappelez-moi demain à la même heure et vous aurez ma réponse.

– C'est d'accord. Enchanté d'avoir pris contact avec vous.

– Un moment... Il y a des photos avec le dossier ?

Il se tourna, en quête d'approbation, vers le visage

souriant de la fille au bras dans le plâtre et vers les yeux perçants de Zapata.

– Des photos du cadavre ?

Merde, il y avait un cadavre !

– Je souhaiterais que toutes les informations que vous me ferez passer soient accompagnées d'éléments graphiques qui les complètent.

– Avec grand plaisir, señor Belascoarán.

– Alors c'est tout, dit Hector qui raccrocha.

Il garda la main sur le combiné. Que recherchait-il au juste ? Où donc allait-il en multipliant les boulots ?

La petite sensation de folie qu'il ressentait dans la tête s'accompagnait d'une douce chaleur. Il répéta la maxime de son vieux pirate de père. « Plus c'est compliqué, meilleur c'est ; plus c'est impossible, plus c'est beau. »

Agir, se jeter dans le vide. Ne pas prendre le temps d'une absurde réflexion qui empêcherait que le fleuve suive son cours.

Fille au bras dans le plâtre, Emiliano Zapata, cadavre inconnu, je viens à vous, je suis tout à vous !

Il rangea les pièces de monnaie derrière la fausse cloison, ramassa sa veste, se dirigea vers la porte, fit demi-tour et prit le téléphone. Il composa lentement le numéro de l'Institut d'études historiques.

– Le docteur Ana Carrillo, s'il vous plaît... Ana ? Est-ce que tu pourrais me préparer pour ce soir un dossier complet sur la mort de Zapata, un ou deux livres sur le sandinisme, avec des photos si possible, plus ce que tu pourras trouver sur la guérilla de Rubén Jaramillo ?

Tout en attendant la réponse, il prit le message laissé par ses voisins de bureau et y griffonna :

« D'accord pour affiche auparavant censurée. Cran de sûreté enclenché. Ne pas toucher à la nouvelle galerie de photos. Suggère d'envoyer protestation au Congrès suite à la hausse du Pepsi-Cola. »

H.B.S.

2

... Je reconnais que je peux expliquer plus clairement ce que je refuse que ce que je veux.

D. Cohn-Bendit

Ils avaient l'air de trois enfants grondés dans l'immense cabinet aux meubles en cuir noir, des diplômes sur les murs, une épaisse moquette, des tables inutiles encombrées de bibelots chinois également inutiles. Hector chercha un cendrier et finit par se servir des petits paniers en bambou d'une figurine en porcelaine.

– Qu'allons-nous faire de la maison ? Où vas-tu habiter ? demanda Carlos le regard perdu dans la rue, six étages en dessous.

– Aucune idée, répondit Elisa.

– Attendons voir ce que ce singe va nous dire. Nous irons ensuite nous asseoir quelque part pour parler tranquillement, proposa Hector.

Comme s'il avait répondu à un appel, le notaire entra par une porte dissimulée dans le mur, derrière l'énorme bureau en acajou.

– Madame, messieurs..., commença-t-il d'un ton cérémonieux.

Les trois frères et sœur lui répondirent en silence. Elisa et Hector avec en léger mouvement de tête, Carlos en levant la main droite brièvement, comme un président qui salue son peuple.

– Désirez-vous que je vous fasse une lecture complète des dispositions de votre mère, ou simplement un résumé ?

Ils échangèrent un regard.

– Un résumé suffira, dit Hector en porte-parole.

– Bon, alors... les éléments dont je dois vous faire part au cours de cette causerie informelle consistent en une lettre de votre mère dûment légalisée par un notaire et adressée à vous trois, et en un testament enregistré il y a deux ans. La lettre parle des biens auxquels vous avez droit, le testament précise comment ils doivent être distribués. Pour être bref, je vous dirai que votre mère a dressé une liste fort détaillée de l'héritage qu'elle a reçu de ses parents en 1957. Elle explique ensuite comment l'argent de ses parents a été investi dans diverses institutions bancaires et entreprises financières. Elle parle aussi des démarches à faire pour avoir accès au coffre-fort qu'elle devait vous remettre à sa mort au nom de votre père qui lui en a confié la garde à condition de ne pas y toucher du vivant de votre mère. Les clés sont en ma possession et j'ai aussi une lettre qui indique que vous trois, ensemble ou séparément, vous êtes propriétaires du contenu de ce coffre. Cette lettre spécifie aussi les biens fonciers et l'argent liquide qu'elle vous laisse en héritage.

Il fit une pause.

– Le testament est très simple. Il contient une disposition optative qui annule les autres. Cette disposition précise que dans le cas où vous voudriez partager l'héritage d'un commun accord, les dispositions de votre mère en ce qui concerne la distribution n'ont plus lieu d'être. Mais il y a quand même une liste de personnes qui devraient recevoir une somme en récompense des années où elles ont été au service de votre defunte mère. Je dois vous demander si vous préférez vous en tenir à la distribution indiquée dans le testament, ou à la disposition dont je vous ai parlé. Si vous voulez en discuter, ou savoir de quelle façon ont été distribués les biens dans la deuxième partie du document, veuillez passer au salon...

– Il n'y a rien à discuter... Epargnez-nous cette démarche, dit Elisa.

Les deux frères acquiescèrent.

– Bien, alors, je vous remets la copie du testament dûment légalisé ainsi que l'inventaire des biens et les démarches pour en prendre possession, la clé du coffre-fort, le document laissé par votre père, et la lettre de votre mère. Avec cette lettre, il y a un petit mot qui doit être ouvert en présence de vous trois et qui, comme l'indique l'enveloppe, est personnel.

– Elisa prit le tout dans ses mains et déchira l'enveloppe que le notaire lui avait remise en dernier.

– Voilà, l'enveloppe a été ouverte en présence de nous trois, je suppose que nous avons agi selon le souhait de notre mère...

Le notaire acquiesça. Les frères et la sœur se levèrent.

Il prenait un plaisir énorme à observer la minuscule pointe de la cigarette, une braise rougeâtre au milieu de l'obscurité totale. Mais le fait de ne pas voir la fumée lui donnait l'impression de ne pas être en train de fumer. Il regrettait aussi la perte de sensibilité dans le larynx et dans la gorge à cause du caractère quotidien de son vice. Une fois de plus, il se demandait s'il ne vaudrait pas mieux s'arrêter de fumer définitivement. Oublier, enterrer pour toujours les bronchites annuelles, les réveils au goût de cuivre dans la bouche, les angoisses du manque au milieu de la nuit. Mais il répondait toujours par la négative et retournait à la braise solitaire dans l'énorme pièce plongée dans le noir.

Il entendit les pas de son frère et de sa sœur, et le déclic de l'interrupteur qu'on actionnait. Il ferma les yeux pour se protéger. Lorsqu'il les rouvrit, la pièce était inondée de lumière.

– Vraiment tu ne veux pas dîner ? demanda Elisa.

– Non, j'ai encore beaucoup de travail... Pourriez-vous tirer un peu au clair tout ce bordel ?

– Il n'y a pas grand-chose à tirer au clair, les comptes de ce bureaucrate sont impeccables. Nous héritons d'à peu près un million et demi de pesos...

– Putain, c'est dégoûtant ! s'exclama Hector.

– Cela fait un peu peur, hein ? dit Elisa.

– On a envie de brûler cet argent... oublier qu'il nous appartient et le brûler. Moi, j'étais bien tranquille sans argent, dit Carlos.

– Moi aussi, lança Hector.

– Et moi pareil, conclut Elisa.

– Mais nous n'oserons pas... Laissons cette nuit s'écouler, demain nous aurons une bonne douzaine d'idées sur quoi en faire.

– Sûrement, confirma Hector.

– Je n'arrive pas à y croire, je suis sûre que si demain nous nous asseyons pour en reparler, je continuerai à croire que c'est une blague, dit Elisa.

– Au diable ce fric ! insista Hector.

– Si nous le brûlions..., glissa Elisa.

– On ne peut pas avoir autant d'argent. L'argent corrompt..., continua Carlos.

Il se sentait d'accord avec l'Ecclésiaste qui dit qu'il y a un temps pour semer et un autre pour récolter ; un temps pour lancer et un autre pour attraper. Dans la nuit noire qui l'environnait, il ne trouvait aucune raison pour penser que c'était là un temps pour travailler. En plus de cette conviction, trois énormes liasses de papier reposaient sur son bureau.

Il alla jusqu'à la fenêtre et contempla la rue. Triste, noire, noire carbonique. La cigarette étincela entre ses lèvres. Deux nuages cachaient la lune. Il n'y avait pas de reflets, pas de lumières allumées. Les quartiers de la ville qui n'avaient pas été touchés par la panne d'électricité brillaient d'une lueur diffuse. Il pleuvait doucement, tendrement. Il ouvrit la fenêtre pour laisser entrer le bruit de la pluie et se mouiller le visage.

– Voilà des bougies, voisin, dit une voix derrière son dos.

Il tourna lentement le visage. Il avait encore les yeux embrumés de pluie. Il voulait garder cette image de la nuit. Merde ! une vraie nuit pour se laisser aller au romantisme ! Les trois dossiers étaient toujours là. La pièce s'illumina difficilement. Les trois bougies donnaient l'impression d'être les sommets du triangle éclairant la grotte primitive.

En allant vers ses papiers, il se sentait dans la peau de l'homme de Neandertal.

– Alors, beaucoup de travail ? demanda son voisin de bureau aux heures de nuit, le célèbre ingénieur « Gallo », diplômé ou peut-être en fin d'études, spécialiste du réseau d'égouts de la ville de Mexico. Il sous-louait à Gilberto, le plombier, un morceau du local pour la nuit.

Hector le contempla attentivement avant de répondre. Il ne devait pas avoir plus de vingt-cinq ans. Des blue-jeans, un gros blouson toujours sur les épaules, une moustache fournie, des santiags. Il passait son temps plongé dans ses plans qu'il ne quittait que pour effectuer d'étranges explorations dans le réseau d'eaux usées de la ville de Mexico. C'était apparemment sa seule passion. Un casque jaune muni d'une lampe, des gants en amiante et une paire de bottes de pompier en caoutchouc étaient posés sur la chaise à coté de sa table à dessin. L'éclairage aux bougies lui donnait l'air d'un vieil alchimiste essayant de déchiffrer l'énigme de la pierre philosophale.

Il leva les yeux et ils se regardèrent un instant. L'ingénieur Villareal, surnommé « El Gallo » regardait comme qui attend une explication. Hector Belascoarán Shayne, le détective, n'était qu'une tache noire découpée par la bougie qui vacillait derrière lui.

– Comment est-ce que vous en êtes arrivé là, ingénieur ?

– Ben... comme ça. C'est la vie.

Il fit une pause et chercha dans les poches de son blouson les petits cigares courts et minces, achetés de toute évidence chez Sanborns ou dans un magasin dans le même genre.

– Dans le fond vous pensez que mes plans ne sont pas très passionnants, n'est-ce pas ?

Hector acquiesça.

– Vous n'avez jamais songé que la différence entre le Moyen Age et la ville capitaliste consiste foncièrement dans le réseau d'égouts ?

Hector fit signe de la tête que non.

– Vous ne vous rendez pas compte que la merde pourrait nous arriver jusqu'aux oreilles s'il n'y avait pas quelqu'un pour s'en occuper ? Vous êtes de ceux qui chient et oublient leur caca.

Hector acquiesça. La conversation, devenue monologue, commençait à l'amuser.

– Vous haïssez sûrement les technocrates ?

Hector acquiesça.

– Eh bien, moi aussi. Et je n'en ai rien à foutre si la merde inonde la ville. De toute façon, un peu plus un peu moins... En fait, si le canal de Miramontes, ou le grand canal, ou le réseau d'égouts qui débouchent dans le système d'eaux profondes partent en couille, je n'en ai rien à branler...

Hector acquiesça avec un grand sourire.

– Mais, je suis payé deux mille pesos pour chaque étude de résistance et de capacité et je vis de ça...

Il alluma son cigare.

– Et puisqu'il faut bien vivre de quelque chose, autant s'inventer une mythologie du monde dans lequel on travaille. Par exemple, le fantôme de l'Opéra qui habitait dans le réseau d'égouts de la ville de Paris, ou *Kanal*, ce film sur la résistance anti-nazi polonaise où les maquisards passaient leur temps à se battre dans les égouts. Et puis, après tout, c'est une mythologie liée au service social que nous rendons. Vous appelez sûrement cela amour de son métier, non ?

– J'étais ingénieur électromécanicien, spécialisé dans les temps et mouvements et puis...

Hector s'arrêta, et décida de ne pas aller plus avant dans l'exploration de son passé profond. Il se dirigea vers son bureau.

– Vous savez quoi ? dit-il pour mettre fin à ce dialogue. Il y a des métiers où de toute façon les autres peuvent aller se faire foutre.

– Je suis d'accord, dit l'ingénieur des égouts, spécialiste des inondations de caca.

Comme s'ils venaient de discuter du temps et de la nuit pluvieuse et noire à cause de la panne d'électricité, l'ingénieur Villareal se mit à fredonner la marche triomphale d'*Aïda*.

Belascoarán s'assit devant ses dossiers et tendit la main vers le plus proche. La nuit promettait. La lumière oscillante des bougies dansait en rythme sur le papier.

3

Histoires successives de trois dossiers :

Une adolescente présumée suicidaire au travers de son journal ; le cadavre tout chaud d'un gérant et un héros du passé qui menace de sortir de sa tombe.

Il nous faut encore enquêter toute la nuit.

Paco Urondo

L'investigation doit s'approprier la matière en détail.

Marx

Il étala les documents contenus dans le premier dossier : la photocopie d'un journal intime rédigé d'une écriture irrégulière, une petite liasse de coupures de journaux à propos du deuxième « accident » ; deux photos, la première, typique portrait de studio, l'autre, Polaroid où l'on voyait une jeune fille souriante dans un uniforme scolaire ; enfin un album de cuir rempli de coupures de presse.

Il décida de commencer par les photos. Il alluma une cigarette, prit la première photo entre ses deux mains et la tint ainsi serrée devant lui, comme s'il voulait la protéger. Il prit du plaisir à la contempler ainsi. La jeune fille lui plaisait.

Le portail de l'école était flou, caché en grande partie par un amoncellement de silhouettes vues de dos. Trois jeunes filles se tenaient par le bras à l'angle supérieur. Un agent de la circulation occupait l'autre angle. Au centre, une jeune fille de dix-sept ans, avec un chemisier blanc et une jupe écossaise, des chaussettes longues, une tresse épaisse tombant sur l'épaule, des yeux éveillés, vifs. La peau couleur brun clair, le front large. Elle ressemblait à sa mère, ce même air d'origine impossible à préciser mais présent, solide.

Sur la photo prise en studio, on pouvait voir les détails du visage, les traits adolescents commençaient à s'effacer et l'image révélait une jeune fille sinon belle, du moins agréable, un peu plus que jolie. Avant de continuer, il hésita entre le journal intime de la jeune fille et le press-book de la mère. Il opta pour ce dernier. Avant de démarrer, il voulait s'imprégner du contexte. Il pressentait qu'il devait s'agir d'autre chose que d'une simple tentative de suicide. Il voulait saisir toute l'histoire à pleines mains avant de se confronter à l'une de ses facettes.

Le press-book de la mère passait en revue les étapes de sa carrière, retraçant comme dans un spectacle audiovisuel le triste processus aboutissant à la création d'une star *made in Mexico*.

Au début, il n'y avait que des coupures de journaux avec un nom souligné au crayon rouge. Toujours à la fin des articles. C'étaient des journaux de province, de Guadalajara surtout.

A cette époque, elle utilisait encore son nom complet : Marisa Andrea González Ferrer. Des seconds rôles dans des spectacles étudiants. Sans aucun commentaire sur sa façon de jouer. Finalement, un second rôle dans une pièce de Lorca. Il y avait même une photo que le temps avait effacée où l'on distinguait au second plan une jeune fille maigre vêtue de noir, les bras écartés.

Suivait un bref commentaire sur sa prestation dans un second rôle dans une pièce de boulevard, *Trois sœurs pour un mari*, puis un blanc de six mois avant une spectaculaire réapparition sous la forme de trois photos pleine page dans des magazines mal imprimés où pour la première fois la mince jeune femme posait en bikini : « Elle a tout pour triompher. » Ensuite, une interview dans laquelle ni le journaliste ni l'interviewée ne disaient rien. La dernière question se voulait drôle. Le journaliste : « Et les hommes ? » La femme en bikini : « Pour le moment, ils n'entrent pas dans mes projets... Ils sont un obstacle à la carrière d'une actrice. » Venaient encore deux extraits de programmes de films à l'affiche, avec un trait au-dessous de films où elle avait dû avoir un rôle si mince que son nom n'apparaissait même pas : *L'Heure du loup* et *Etranges compagnons*. Le premier était un film de catch, le second une histoire d'amour entre lycéens, d'après la publicité. Ses premières apparitions dans des magazines de la capitale.

Ses tenues étaient de plus en plus légères, même si la seule partie du corps totalement dénudée restait le dos. En chemin son deuxième prénom et son nom de famille avaient disparu, mais les lettres de son nom avaient gagné dix centimètres. Elle montrait la courbe de son sein gauche, ses slips étaient de plus en plus minuscules, et elle lâchait sept ou huit lieux communs que relevaient de pseudo-journalistes. Elle travaillait dans un cabaret, apprenait à chanter passablement. Elle enregistrait un disque de musique *ranchera.* Dans les colonnes d'échos mondains, elle était signalée comme la maîtresse du moment d'un propriétaire de studio d'enregistrement. Elle montrait ses fesses dans un reportage pour la revue *Audaz.* Et elle obtenait son premier rôle principal dans le film d'un jeune réalisateur.

Treize reportages photos dans la même semaine témoignaient de son succès. Elle était entièrement déshabillée dans un reportage en couleurs publié dans les pages centrales d'un célèbre magazine masculin. L'entretien qui accompagnait les photos ne manquait pas de piquant. Hector releva certaines réponses : « Dans notre milieu, à la guerre comme à la guerre, les mieux armés triomphent... » « La solitude ? Qu'est-ce que cela veut dire ? On n'a pas le temps d'être seule... » « Je n'aime pas rester nue trop longtemps. Les photographes ne font pas assez attention au climat et on s'enrhume comme un rien... » « Le chemin que j'ai choisi me plaît. »

Il s'arrêta au milieu de l'album. Où donc était sa fille ?

Il calcula que si elle avait dix-sept ans, elle avait dû naître en 1959. Il refeuilleta les pages autour de cette année et étudia plus soigneusement les coupures. Il y avait un blanc de six mois au début de sa carrière. Ce qui indiquait qu'elle s'y était lancée avec un bébé sur les bras.

Il referma l'album. L'essentiel était là, et tout en continuant d'observer les photos déshabillées de la jeune femme, il finit par s'en pénétrer, s'imprégnant de ses seins et de ses fesses, jusqu'à ne plus pouvoir l'imaginer qu'à poil, même lorsqu'elle était vêtue en esquimaude.

A l'autre bout de la pièce, l'expert en cloaques

continuait à observer son plan et à prendre des notes. Belascoarán alla se chercher un soda dans le coffre-fort.

– J'en veux un moi aussi, voisin, dit El Gallo sans lever les yeux de son travail.

Hector sortit deux petites bouteilles de soda au tamarin et les décapsula avec les ciseaux du tapissier.

Il revint à sa table et s'empara du journal de la jeune fille. Avant de commencer, il regarda la photo de l'adolescente au bras dans le plâtre et lui sourit, comme pour s'excuser de pénétrer dans son intimité.

Le fragment photocopié était un court extrait de l'original. Il allait de la page cent six à la page cent quatorze. Les neuf pages photocopiées étaient écrites en grandes lettres, très élégantes, comme un manuel de calligraphie. L'encre était de la même couleur et la plume utilisée très probablement identique. Cela ressemblait bien au journal intime d'une jeune fille, soigneusement dissimulé sous l'oreiller ou dans le dernier tiroir d'un bureau blanc, sous des cahiers et des vieux papiers auxquels personne ne toucherait, sorti de son refuge le soir, juste avant de dormir, et ouvert pour laisser passer le flux de l'émotion.

Les notes étaient très brèves et certaines étaient écrites en code, un langage mystérieux qui provoquait chez le détective le sentiment de se trouver face à un jeu enfantin indéchiffrable. Elle avait tracé deux petites croix entre chaque paragraphe pour les séparer. Elle n'avait pas mis de dates, indiquant seulement parfois les jours de la semaine.

> « Je ne voudrais pas continuer à tout accepter, à tout supporter. Je me tais tout le temps. Mais c'est comme si on m'avait jetée à l'eau et que l'on me disait : Allez vas-y maintenant, nage !
>
> Qu'est-ce que je fais ? Qu'est-ce qui va se passer ? Attendre toujours.

Dire tout cela au prof d'histoire : c'est un frimeur, un m'as-tu-vu, il a des tics ; il est sûrement impuissant, il doit être amoureux de sa mère, il est comme cela depuis toujours. Continuer à aller à l'école, continuer à aller au ciné, à changer de fiancé, à lire des romans, continuer à...

G. Il dit trente-cinq mille. Il faut que je demande à quelqu'un d'autre.

Ce qui m'arrive, c'est que je ne suis peut-être pas capable de tomber amoureuse.

Me procurer : *Justine, Les Mésaventures d'une hôtesse de l'air, Le Ciel et l'enfer.*

Gisela dit qu'elle a la copie. Se souvenir de le dire à Carolina et à Bustamante.

G. insiste. Je lui ai dit soixante au moins, pour voir. Ça ne lui a pas fait peur.

Je veux vivre ailleurs, changer de chambre. Je n'aime pas ce que je vois quand j'arrive. Je n'aime plus les choses que j'aimais. J'aime moins les glaces au rhum et aux raisins secs. Je n'aime plus qu'Arturo m'embrasse. Je n'aime pas les voitures ni l'odeur du trichlo. Même le ciné, je n'aime plus. C'est moi, pas les choses.

Au milieu de toutes ces conneries, je ne sais pas ce qui me pousse à lire des biographies de Van Gogh.

G. Il insiste, il fait pression. Il m'a présenté E. Un type répugnant.

Maman, oh maman ! Qu'est-ce qui t'arrive ? Tu ne te rends même pas compte. Il y a eu de la bagarre. Le petit ami de Bustamante et un pote ont foncé sur E. avec la bagnole. Ils ont vu qu'il me menaçait à la sortie de l'école. E. continuait à me regarder et j'ai dû leur dire d'arrêter.

Je ne peux même pas leur en parler. Je ne leur

fais aucune confiance, même s'ils ont été corrects avec moi. Ce sont deux imbéciles. Après ils ont voulu frimer en racontant partout qu'ils m'avaient sauvé la vie.

Personne vers qui aller.

Finie l'époque des mi-bas et des mini-jupes. Peut-être qu'ils pourraient me procurer un pistolet.

J'ai peur.

J'ai raté les examens d'anglais et de sociologie.

C'est vrai maman que je fais un effort pour continuer à vivre et à faire les choses de tous les jours. C'est vrai que tu ne comprends pas. C'est vrai que je veux continuer. Mais tout cela me fait tellement peur. Ils me poussent. Comme le type dans le film que nous avons vu il y a quelques mois : « La vie est trop grande pour moi. »

J'ai raté l'examen d'histoire. Ce salopard !

Tout l'après-midi à pleurer. Je ne suis pas une petite fille. Je ne peux pas agir comme ça. Il faut que je trouve une façon de leur tenir tête. De faire quelque chose. M'en aller ? Où, avec qui ? Tellement d'amis pendant ces dernières années et personne. Personne.

Je me presse la tête pour voir si j'ai une idée. Si je savais faire quelque chose. Ce serait vraiment la merde si je le prenais.

Ils disent qu'ils me donnent quarante mille pesos. Mais je sais que ce n'est pas vrai. Que c'est juste pour m'appâter.

Avec Arturo tout est fini. Maman m'a grondée comme elle ne l'avait jamais fait. A l'école, ils me regardent avec un drôle d'air parce que les amis de G. m'attendent à la sortie.

Je passe des heures enfermée dans ma chambre. Je ne supporte plus cette chambre.

Si je me sors de tout ça, j'en ferai un tableau. Mais je n'en sors pas. Je ne m'en sortirai pas. Ils vont me baiser la gueule.

J'ai seulement dix-sept ans.

Je vais mourir. Je voudrais que tout cela n'ait jamais commencé. »

C'étaient les derniers mots. Belascoarán regretta que la mère ne lui ait pas confié les premières pages du journal. Il se sentait profondément lié à la fille qui lui souriait sur la photo, avec son bras cassé. S'il avait tenu son propre journal, il y aurait écrit quelque chose du genre : « L'instinct paternel se renforce. Je sens qu'on a besoin de moi. Je suis utile. Arrête tes conneries et pars au secours de la jeune fille désespérée. La vie est belle quand elle peut servir à quelque chose. Aiguise ton pistolet et à cheval ! »

Peu coutumier de ces accès d'enthousiasme, il se contenta de prendre des notes en marge des photocopies.

Il retira la ficelle qui entourait les coupures de presse. Elles étaient presque toutes illustrées d'une photo et racontaient brièvement la chute d'un ascenseur dans un immeuble d'habitation.

Les amortisseurs placés au sous-sol et un arrêt inopiné à la hauteur du troisième étage avaient sauvé la vie de l'unique occupante. « Par miracle, rien que des contusions. » « Après être restée deux heures coincée dans la cage détruite, l'adolescente a pu sortir. » « Les experts de la compagnie essayent de déterminer les raisons pour lesquelles les mécanismes de sécurité n'ont pas fonctionné. »

Qui se suiciderait en trafiquant un ascenseur et en montant dedans ?

Son voisin passa au pli suivant de la carte et ralluma une bougie que le courant d'air avait éteinte.

– Ça marche ?

– Plus ou moins, répondit Belascoarán en refusant d'un geste le cigare que l'autre lui offrait.

Il sortit ses Delicados filtre et en alluma une ; curieusement, sa carapace semblait se ramollir et il sentait les angoisses de l'adolescence revenir en courant dans ses veines. Mais cela aurait dû lui arriver deux ou trois ans plus tôt et non à présent, où les choses de sa vie étaient censées être plus impersonnelles, plus sèches.

Quel beau métier, pensa-t-il. Quel beau métier que le mien. Il eut honte en pensant à la jeune fille qui ne dormait pas. La gamine de dix-sept ans qui, dieu sait pourquoi, allait mourir.

Il bâilla. Que faire ? Se plonger dans les deux autres mondes. Différents. Totalement différents. Dans les romans policiers, tout converge. Mais que diable pouvaient bien avoir en commun une adolescente désespérée, une demande de la Chambre de commerce et d'industrie de Santa Clara et le fantôme de Zapata ?

– Vous aimez le football ? interrogea son voisin.

– Non, pourquoi ?

– Je ne sais pas, je demandais comme ça.

Il ouvrit le dossier que lui avait remis l'avocat.

Il contenait un mélange de procès-verbaux, de rapports de police et de coupures de journaux. Plus sept pages de déclarations et de témoignages signés, tous rédigés sur des machines et des papiers différents. Des témoignages sans doute sollicités directement par l'avocat, puisqu'ils étaient signés et qu'ils n'étaient adressés à personne. Le tout racontait l'histoire d'un assassinat.

Comment font donc les détectives pour changer de thème ? Ils passent simplement à une autre page ?

Il réfléchit et alla pisser. Les toilettes étaient au bout du couloir. En chemin, il devina les portes, les marches, le débouché de l'escalier de service, l'entrée de l'ascenseur et finalement la porte des toilettes. Il la poussa mais elle était fermée. Evidemment, il n'avait jamais les clefs. Il se décida à uriner dans les toilettes pour dames qu'il ne connaissait pas et reçut pour sa peine un bon coup au creux de l'estomac lorsqu'il se cogna contre un lavabo.

Il entendit le jet couler sur la faïence et se guida au bruit jusqu'à ce que le liquide trouve enfin l'eau au fond de la cuvette. En se secouant dans l'obscurité, il aspergea son pantalon.

Il parcourut en sens inverse le couloir obscur jusqu'au bureau éclairé à la bougie. Le dossier ouvert l'attendait sur la table. Il regarda sa montre : trois heures dix-sept du matin.

Il se laissa tomber sur sa chaise qui émit une plainte.

– Vous êtes fatigué ? interrogea le spécialiste en égouts, plus imperturbable que jamais.

– Non, on fait aller. Mais j'avais perdu l'habitude.

Il se replongea dans les papiers. Avec les informations récoltées au fur et à mesure de sa lecture, il se mit à rédiger dans sa tête une chronique policière folklorique :

LA PATROUILLE A ENREGISTRÉ L'APPEL À DIX-HUIT HEURES VINGT.

Les véhicules 118 et 76 de la brigade de Tlalnepantla sont arrivés au coin de l'avenue Morelos et de la rue Carlos B. Zetina, devant l'entrée de l'entreprise Acero Delex (Usine principale). Là ils ont été reçus par Zenón Calzada, le responsable de service, ingénieur chargé du fonctionnement des opérations dans le corps principal de l'usine. Ce dernier les a accompagnés jusqu'au bureau du sous-directeur où ils ont trouvé le corps du défunt.

C'EST MOI QUI L'AI DÉCOUVERT, LA PORTE ÉTAIT OUVERTE.

Geronimo Barrientos, agent d'entretien, a localisé le corps vingt minutes plus tôt. A cette heure, le bureau aurait dû être vide.

LE CORPS GISAIT SUR LE BUREAU.

Chaussures de cuir noir, chaussettes noires. Un costume gris clair de chez Robert's, du sur mesure. Cravate rouge à rayures grises, complètement ensanglantée. Le visage plongé dans les mégots du grand cendrier qui ressemblait vaguement à une marmite métallique. Fenêtre ouverte. Les pieds pendaient à quelques centimètres du plancher, dans une position pas naturelle. Les mains ouvertes pendant de chaque côté du corps, les paumes tournées vers l'extérieur. Des lunettes cassées à hauteur de la poitrine.

LA SECRÉTAIRE A DIT :

Rien n'était dérangé. Tout était en ordre. Tel quel.

ELLE ÉTAIT PARTIE À SEIZE HEURES TRENTE :

Une demi-heure plus tôt que d'habitude parce que l'ingénieur lui avait dit qu'elle pouvait partir une demi-heure plus tôt, qu'il attendait quelqu'un, que tout le monde pouvait témoigner qu'elle restait toujours plus tard que son horaire, que normalement c'était elle qui fermait le bureau, que l'ingénieur lui a dit que le comptable Guzmán Vera peut confirmer puisqu'il était dans son bureau en train de manger un beignet quand l'ingénieur l'a appelée par l'interphone.

Quoi ? Qui attendait-il ? Non, ça elle ne le sait pas. Je n'en sais rien, a-t-elle dit.

LA TROISIÈME SE SITUE AU NIVEAU DU CŒUR.

Les deux autres incisions profondes causées par un instrument pointu et coupant concernent le poumon gauche pour la première et le cœur également pour la deuxième. Mort instantanée. Deux ou trois secondes maximum.

IL MANQUE TOUJOURS QUELQUE CHOSE.

La photo de l'ancienne femme de l'ingénieur qui était là et qui n'y est plus, comme le corps aurait dû tomber dessus, je n'y ai pas fait attention. Il manque aussi le couteau, le poignard, la baïonnette, la lame de Tolède qui a causé la mort.

DES TRACES ?

– Nous pourrions passer des mois à étudier les empreintes digitales de tous ceux qui entrent dans ce bureau, vous parlez d'un boulot, a dit l'expert.

Pour finir, la photo. Il la prit et la contempla soigneusement. Le cadavre se dérobait à la vue, il disparaissait sous la mort. Cette attitude grotesque, provoquée par les mains de chaque côté du corps planté sur la table, les paumes en l'air, le dérangeait. La mort y perdait de son sérieux. Fallait-il que la mort soit sérieuse ?

Le dossier contenait deux autres photos. Sur l'une, on distinguait le visage d'un homme de quarante ans, rigide, quelques cheveux blancs sur les côtés, une courte moustache, un regard dur qui ne cillait pas. L'autre représentait un homme en train de marcher dans l'usine, montrant de la main un énorme four à un groupe de visiteurs parmi lesquels il reconnut le gouverneur de l'Etat de Mexico.

Après avoir bien réfléchi, il choisit la photo du cadavre. Il la tint soigneusement tandis qu'il se dirigeait vers sa petite galerie. Zapata et la jeune fille au bras dans le plâtre observèrent comment il venait vers eux après s'être arrêté un court instant pour voler quatre nouvelles punaises dans l'étui du tapissier.

– Vous n'allez pas afficher la Vierge de Guadalupe ? interrogea l'ingénieur sans lever la tête.

– Non. C'est un ancien collègue à vous, mon cher Gallo.

– Mes collègues, je les emmerde, répondit laconiquement El Gallo, toujours plongé dans ses plans.

Il leva les yeux et le regarda avec un large sourire qui débordait de sa moustache.

Décidément, ce coin du bureau était en train de prendre un caractère surréaliste. Il revint au dossier. Et poursuivit l'élaboration de sa chronique qui n'aurait jamais de lecteur et ne serait jamais écrite.

CURRICULUM.

L'ingénieur Gaspar Alvarez Cerruli est né à Guadalajara en 1936. Diplôme d'ingénierie industrielle à l'institut technologique de Jalisco. Master de contrôle de personnel à la Iowa State University. Travaux effectués pour des compagnies mexicano-américaines de 1966 à 1969, dans les villes frontières de Mexicali et Tijuana. Directeur du personnel du consortium Delex en 1970. Sous-directeur de l'usine de Santa Clara en 1974. Détenteur d'actions (quarante-deux pour cent du capital) dans l'usine de matelas Trinidad gérée par son frère. Marié en 1973. Divorcé en 1975. Sans enfants.

EN INTERROGEANT LE PERSONNEL, LA POLICE :

Personne ne savait rien. C'était pendant le changement d'équipes. Le personnel des bureaux était parti depuis au moins une heure. La seconde équipe entrait tandis que la première sortait. Les cours et les vestiaires étaient pleins de monde. Les deux responsables, Fernandez, le chef du personnel, et l'ingénieur Composanto étaient dans l'usine en train de se servir un café du thermos de Fernandez, bien meilleur que celui du distributeur de café et de chocolat situé dans les bureaux à quelques mètres de la porte de la pièce où le crime a été commis. « Imaginez que nous ayons été au distributeur. »

AUCUN INDIVIDU LOUCHE N'A ÉTÉ SIGNALÉ, a déclaré le gardien de l'entrée, le vigile Rubio, plaque six mille quatre cent cinquante-trois. Deux camions de ferraille El Aguila et un caissier de la compagnie Electra, mais ils sont partis avant quatre heures et demie. Les autres sont ceux enregistrés par la pointeuse : le personnel de l'usine. Aucun oubli n'est possible : tout le monde a pointé à l'heure, sauf l'ingénieur Rodriguez Costa, le gérant, qui ne pointe pas mais que je me souviens avoir vu partir puisqu'il m'a demandé de lui réparer le cric de sa voiture.

CE QUI LIMITE LES SUSPECTS A :

Trois cent vingt-sept travailleurs, dont les noms figurent sur cette liste.

CONFIDENTIELLEMENT, LE LICENCIADO DUELAS SIGNALE :

« Señor Belascoarán, je reconnais que personne ne le tenait en haute estime, c'était un homme renfermé, sujet à de violentes colères ; ses collègues ne l'aimaient pas. Il faisait bien son travail mais n'avait de relations personnelles avec personne. Je joins la liste des travailleurs qui travaillent encore dans l'entreprise et celle de ceux qu'il a sévèrement sanctionnés lorsqu'il occupait ses fonctions antérieures, comme chef du personnel. (Soixante et un noms, dont vingt-sept étaient présents dans l'usine.) »

SI VOUS ÊTES INTÉRESSÉ :

« Vous trouverez ci-dessous des informations sur l'entreprise, son équipe dirigeante, son poids économique. Ce n'est qu'un panorama général mais je ne crois pas que vous ayez besoin de renseignements plus approfondis. »

ANNEXES TIRÉES DU RAPPORT :

a) Personne n'a été à l'enterrement.

b) Adresse de la veuve : Cerro dos Aguas, numéro 107, Pedregal.

c) Salaire du défunt : trente-deux mille pesos par mois.

d) L'enquête a été sollicitée par la Chambre de commerce, sur la demande de l'ingénieur Rodriguez Cuesta, le gérant de Delex, qui prend en charge les frais.

e) Il y a eu un autre assassinat similaire, il y a deux mois, à l'usine chimique Nalgion-Reyes. L'ingénieur Osorio Barba.

f) Un préavis de grève a été déposé par le Syndicat indépendant des travailleurs de la sidérurgie. Il existe un autre syndicat, officiel, qualifié par les patrons de « compréhensif ».

g) Le défunt avait une bonne chez lui, qui y habite toujours. Adresse : Luz Saviñon 2012. Elle a reçu des instructions pour vous laisser entrer. La maison est maintenant propriété du frère, du moins jusqu'à ce que l'affaire soit tirée au clair.

h) Parents décédés. N'était pas membre d'un club, n'était abonné à aucun journal, et n'appartenait à aucune organisation professionnelle.

Il se leva pour aller à la fenêtre. Il alluma une cigarette. Dehors, il n'y avait pas un seul mouvement dans la rue tout à fait obscure.

– La panne dure depuis combien de temps ?

El Gallo regarda sa montre à la lueur de la bougie.

– Deux heures et quelque.

Hector ouvrit la fenêtre. La brise de la nuit débarrassée de ses éclairages au mercure fit danser les flammes des bougies. De la rue montait l'odeur dense de la ville et de la longue nuit. Il bâilla en regardant les immeubles, les voitures en stationnement, les poteaux, les vitrines obscures.

Il se sentait perdu. A nouveau l'inertie, cette grande maîtresse des sciences sociales, l'avait saisi à l'improviste et l'avait lancé dans des histoires d'autres hommes. Etre de nouveau un fantôme hantant d'autres mondes. Et si c'était ça le métier de détective ? Le renoncement à sa propre vie, la peur de la vivre, d'avoir à faire avec sa propre peau ? L'excuse de l'aventure pour vivre aux dépens des autres ? L'inertie qui lui restait après la mort de sa mère ? Le vide de ne pas comprendre le pays et d'essayer pourtant de le vivre intensément ? Toutes choses mêlées qui l'avaient poussé dans cet étrange chaos où il s'était immergé. Cela ne pouvait pas durer éternellement. Un jour ou l'autre il finirait par se trouver devant une porte avec son nom marqué dessus pour toujours.

D'ici là, il offrait à ses clients un masque impavide qui montrait de temps en temps des signes de perspicacité, d'humour ou de force, mais qui ne contenait réellement que de la surprise, de l'étonnement face au cours de la vie.

– Quelle merde ! dit-il, choisissant la solution mexicaine par excellence, celle qui consiste à se plaindre dès que l'on a mal à la tête.

– Je suis bien d'accord, quelle merde ! répondit l'ingénieur des égouts Javier Villareal, son compagnon de bureau.

Belascoarán se dirigea lentement vers la table et ouvrit le troisième dossier : une chemise, des livres et quelques photocopies. Le rapport de son amie Ana était court et précis. En bref, cela donnait ceci :

> Zapata pas mort à Chinameca, c'était une vieille histoire. Qui avait été largement répandue dans les années qui avaient suivi l'assassinat du leader paysan. La rumeur publique avait tou-

jours des arguments pour prouver qu'il était encore en vie. Les plus fréquents étaient les suivants :

a) Zapata avait un doigt en moins, suite à l'explosion d'un revolver défectueux, alors que le cadavre du présumé Zapata avait tous ses doigts.

b) Selon une version répandue, un de ses compagnons lui ressemblait beaucoup.

c) On racontait que le cheval de Zapata n'avait pas semblé le reconnaître, alors qu'il aimait beaucoup son maître.

d) Selon les informations, le cadavre ne présentait ni la verrue à la joue ni la marque sur la poitrine qu'il aurait dû avoir.

Les rumeurs avaient été publiées dans les journaux de l'époque et le gouvernement avait pris soin de toujours les démentir. C'est pour cela qu'un film montrait le cadavre de Zapata exhibé sur la place de Celaya et que sur plusieurs photos on pouvait voir les mouches qui pullulaient sur le corps.

L'historienne faisait état de l'ensemble des rumeurs et rapports recueillis dans les années récentes par des chercheurs en sciences sociales qui au travers de compilations du folklore populaire mentionnaient la croyance que Zapata était toujours vivant. Des rumeurs qui atteignaient les niveaux les plus grotesques. Celle par exemple, souvent citée, qui prétendait que Zapata s'était enfui du Morelos en compagnie d'un groupe de commerçants arabes avec lesquels il avait parcouru le monde pour vendre des étoffes.

Il n'y avait dans tout cela rien qui puisse réellement intéresser Belascoarán. Ce n'étaient que des rumeurs sans fondement, semblables à celles qui courent toujours après l'assassinat d'un dirigeant populaire. Une défense naturelle contre un ennemi qui contrôlait les moyens d'information et même les mythes.

Il étudia patiemment les photos figurant dans les livres sur le sandinisme. En les observant soigneusement, il crut voir quelque chose sur l'une d'entre elles : au premier plan, le général Sandino en compagnie de ses lieutenants, avec d'énormes sombreros laissant dans l'ombre les fronts et les yeux. Agustín Farabundo Martí souriait derrière ses épaisses moustaches et le général hondurien Porfirio Sánchez et le général guatémaltèque María Manuel Girón Ramos. Au fond, à l'arrière-plan, un visage brun, une petite moustache taillée, les yeux totalement dans l'ombre du rebord du sombrero : « Zenón Enríquez, capitaine mexicain », disait la légende.

C'était la seule allusion que l'on pouvait trouver.

L'histoire de la fille au bras dans le plâtre et celle du sous-directeur trucidé étaient extrêmement complexes à première vue mais on pouvait y déceler des fils conducteurs, des pistes à suivre. Celle de Zapata en revanche n'était qu'un délire sans queue ni tête.

Il leva les yeux et contempla les trois photos comme si elles avaient pu lui fournir une clé. Il mit de côté les livres sur Jaramillo, se promettant de les lire sérieusement le lendemain.

Il se mit debout et se dirigea vers le gros fauteuil de cuir marron, qui avaient connu des jours meilleurs mais était prêt à recevoir les sommeils les plus profonds. Au passage, il éteignit les bougies sur le bureau.

– Vous allez dormir, voisin ?

– Cela se pourrait bien... Jusqu'à quelle heure travaillez-vous, ingénieur ?

– Jusqu'à six heures environ, ex-ingénieur, répondit l'autre d'un ton goguenard.

Il se laissa tomber dans le fauteuil et s'emmitoufla dans la vieille gabardine qu'il avait laissée par terre. Il alluma une cigarette. Il exhala la première bouffée de fumée qui monta vers le plafond sur lequel dansaient les ombres formées par les flammes des autres bougies. Il ferma les yeux.

– Qu'est-ce que vous faites ?

– Rien, je vérifie seulement si un nouvel orage du genre de celui d'avant-hier est susceptible de faire péter les canalisations de la zone nord-ouest et d'inonder d'urine les habitants de Lindavista.

– Putain de merde ! Cette ville est vraiment magique. Il s'y passe des saloperies incroyables...

– Du temps où vous étiez ingénieur, mon cher collègue, vous n'auriez pas utilisé ce genre d'expressions, lui dit El Gallo.

– Magique, c'est pourtant bien le mot, répondit Hector.

4

Il vaut mieux allumer un cierge que maudire l'obscurité.

Roberto Fernández Retamar

« L'heure du laitier », c'est ainsi que l'appelait sa sœur lorsqu'ils allaient ensemble à l'école, des années auparavant. C'était une heure sur laquelle même le soleil n'osait pas se pencher. Et pourtant, fidèles à leur montre, les Mexicains prenaient la rue d'assaut. Il sortit du bureau avec l'ingénieur spécialiste des égouts et ils marchèrent ensemble jusqu'au coin de la rue. Là, l'expert en cloaques lui dit au revoir et disparut dans le brouillard. Hector se sentit submergé par la détresse, le froid et le manque de sommeil – il n'avait dormi que deux heures. Il alluma une cigarette et marcha d'un pas rapide, jouant à deviner les métiers de ceux qui attendaient le bus aux coins des rues. Celui-ci, professeur ; celui-là, maçon ; cet autre, ouvrier ; celui-là, étudiant à l'Ecole normale supérieure ; cet autre, apprenti boucher ; celui-là, journaliste – et il va se coucher. Celui-ci, détective, dit-il de lui-même en voyant son image reflétée dans la vitrine d'un magasin. Une couleur grisâtre, prélude au matin, remplaçait lentement le noir.

La violence des bruits augmenta avec le changement de lumière. Il contempla dans la glace d'une pharmacie fermée les cernes que la nuit sans sommeil avait creusés sur son visage. Ses yeux étaient deux points brillants. Il bâillait et il avait froid, mais il décida quand même qu'il était content. C'était la ville, cette ville qu'il aimait si profondément, sans raison, et qui l'accueillait avec ce matin gris sale. Mais, plus que la ville, c'était les gens qu'il aimait. Peut-être le froid et l'hostilité de l'aube rendaient-ils les êtres humains plus solidaires. Il avait marché six rues et tout le long il avait croisé des sourires. Des sourires comme on peut en offrir par un matin froid au premier qui passe.

Il réussit à monter dans un bus de la ligne Artes-Pino sur lequel on venait d'ajouter l'indication *Refinería*. Comprimé au milieu des passagers, il essaya de recouvrir de son bras le pistolet qu'il portait dans son étui sous l'aisselle, mais il parvint tout juste à éviter que pistolet, bras et étui ne se fourrent dans l'œil d'une petite secrétaire, à se dégager du cartable qui lui rentrait dans les fesses et à éviter une règle métallique en T qui menaçait de lui esquinter les dents au premier coup de frein brusque.

Il descendit à Artes et prit la rue Sadi Carnot jusqu'à l'entrée du collège. Les petits groupes de collégiennes dans la rue lui indiquèrent qu'il n'en était plus très loin. Lorsque le vacarme retenu mais joyeux fut plus fort que les bruits de la circulation, il sut qu'il était temps de s'arrêter. Il s'appuya contre le mur en face de l'école, à côté d'un marchand de *tamales*. La vapeur chaude qui montait du petit chariot où étaient conservés les gâteaux de semoule de maïs accrut sa somnolence.

A l'entrée, un groupe de jeunes filles discutaient à

grands gestes ; elles profitaient des dernières minutes avant d'entrer en prison. Une jeune nonne terriblement myope se montrait de temps en temps sur le pas de la porte dans le seul but de rappeler sa présence aux récalcitrantes.

Il était sept heures moins le quart et déjà le matin, la lumière propre en lutte avec la lumière grise, était en train de gagner la partie.

Une camionnette s'arrêta à quelques mètres d'Hector. Une Rambler vert clair d'où descendirent deux garçons. Ils ouvrirent le hayon arrière et tirèrent d'un carton deux bouteilles de Coca. L'un d'eux les décapsula avec un tournevis.

Hector aperçut au loin l'objet de son attente. Elle marchait seule, d'un pas rapide, le bras toujours dans le plâtre soutenu par un ruban violet attaché à l'épaule. Le béret de son uniforme était penché sur le côté et sa jupe écossaise longue ondulait à chaque pas. Elle portait avec difficulté un paquet de livres sous son bras valide. Elle avait un sac à l'épaule, le visage sérieux et les sourcils froncés parce qu'elle se dépêchait pour ne pas être en retard.

Hector ne bougea pas lorsqu'elle passa à côté de lui. Les jeunes qui buvaient des Coca s'écartèrent de la voiture et lui coupèrent le passage au moment où elle traversait la rue. La jeune fille leva les yeux qu'elle avait fixés sur ses livres et eut un sursaut. Un des garçons jeta son Coca par terre, aux pieds de la fille. La bouteille se brisa et les éclats de verre se répandirent. L'autre lui bloqua le passage et agrippa son bras valide. Les livres tombèrent par terre.

Hector se dégagea du mur avec l'impression d'y avoir été collé. Le garçon qui avait cassé la bouteille prit celle de son camarade et répéta son petit numéro. Les éclats de verre se répandirent à nouveau. Délaissant son petit chariot, le marchand de *tamales* suivit le détective. Un troisième garçon descendit de la camionnette avec trois autres bouteilles dans les mains. Hector l'observa du coin de l'œil sans cesser de s'approcher.

La fille était terrorisée par leur jeu. En silence, comme dans un film muet, elle essayait de libérer son bras de la main qui l'agrippait.

– La fête est finie, lança Hector en arrivant à côté du trio.

– Mêlez-vous de vos affaires, répondit l'un des garçons.

Il portait un pull-over bordeaux sous un blouson en velours côtelé vert. Grand, les cheveux châtains, une petite cicatrice sous l'œil droit. Hector frappa du revers de sa main ouverte. Le type trébucha et Hector profita de la confusion pour donner un coup de pied dans la cuisse de celui qui tenait la fille par le bras.

L'autre cria et tomba par terre au milieu des tessons de bouteille de Coca-Cola.

Le troisième, qui s'approchait, fut arrêté par le marchand de *tamales* qui lui coupa le passage armé d'une barre de fer sortie d'on ne sait où.

Blouson-vert, qui était par terre, sortit le tournevis.

– Qui t'a dit de te mêler de ça, salopard ! dit-il.

– C'est l'ange Gabriel, répondit Hector.

Une réponse qui collait parfaitement avec la bonne sœur en train de contempler, terrorisée, la scène. Il lui fila un coup de pied dans le menton et entendit la mâchoire craquer.

Hector était maître de la situation et tenait les assaillants par la surprise ; il frappait sans prévenir, sans montrer qu'il allait le faire. Sans chauffer l'ambiance, sans préparation. Immobile, la main droite dans la poche de son pantalon, il ne fixait pas les deux types, il contemplait les livres par terre, puis soudain il frappait.

Celui qui avait apporté les autres bouteilles de Coca recula.

– Pourquoi vous les frappez, espèce de con ? cria-t-il tout en allant vers la voiture.

– Parce que les Mexicains sont des peaux de vache, répondit Hector qui sans plus attendre sortit son pistolet et tira sur le carton de bouteilles qui était dans la voiture.

Les morceaux de verre éclatèrent et le liquide se mit à dégouliner. Trois collégiennes qui étaient en retard se précipitèrent vers le portail d'entrée en criant. Les trois garçons coururent vers la voiture.

Blouson-vert boitait, Serre-bras crachait du sang et se cachait la moitié du visage avec sa main. Hector rangea le pistolet dans son étui et sourit au marchand.

– Un coup de chance, dit-il, d'habitude à cette distance, je loupe mon coup.

Le marchand lui répondit par un sourire et retourna à son petit chariot. La Rambler partit en marche arrière jusqu'au bout de la rue. La jeune fille ramassait ses livres en regardant le détective avec un mélange d'effarement et d'admiration.

– Tu es qui ? demanda-t-elle au moment de se remettre en route vers le portail de l'école où elle serait enfin en sécurité.

– Belascoarán, répondit Hector qui s'amusait à écraser du pied les bouts de verre en regardant par terre.

– Belascorán, l'ange gardien, dit la jeune fille en riant avant de le quitter.

– ...coarán, Belascoarán Shayne, dit Hector en levant les yeux. A quelle heure sors-tu de l'école ?

– A deux heures, répondit-elle en s'arrêtant un instant.

– Ne t'en va pas, j'arriverai peut-être un peu en retard.

Hector mit les mains dans ses poches et sans

attendre de réponse se mit à marcher lentement. Il ne se retourna pas. La jeune fille le regarda encore un instant puis elle partit en courant vers le portail de l'école. La bonne sœur la prit dans ses bras.

Le marchand regarda Hector s'éloigner.

Devant le monument à la Révolution, il prit un bus de la ligne Carretera-Norte. Il fit le trajet, la main droite agrippée à la barre. Le dos de sa main gauche lui faisait mal et virait au rouge. En passant par l'avenue Hidalgo il changea ses plans et descendit du bus. Il traversa un groupe de gens qui entraient dans les bureaux du parti révolutionnaire institutionnel et arriva jusqu'à chez un bouquiniste. S'il devait passer la matinée dans les bus, il voulait avoir quelque chose à lire. Après avoir pas mal fouillé, il acheta *Manhattan Transfer* de Dos Passos. Une vieille édition à la couverture déchirée qui, dans des jours meilleurs, avait été dédicacée « à Joaquín, avec l'amour de Laura Flores P. ». Il paya, après un sérieux marchandage, huit pesos.

Il reprit un bus de la ligne Carretera-Norte, et réussit à s'asseoir sur un siège à l'arrière. Il fit ainsi le trajet jusqu'au Rancho del Charro. Il lut deux chapitres en constatant de temps en temps à quel point le nord de la ville était devenu une véritable poubelle depuis l'époque où il était étudiant et venait faire des stages pratiques de géologie du côté d'Indios Verdes.

Son visage s'éclairait d'un sourire lorsqu'il repensait à la bagarre.

Il n'était pas un violent. Il ne l'avait jamais été. Il avait survécu à la violence qui l'entourait sans y succomber, en gardant ses distances. Il ne se souvenait que de deux bagarres tout à la fin de ses études d'ingénieur, et d'une autre au cinéma le jour où on avait essayé de voler le sac à main de son ex-femme. Une bagarre dont il ne s'était pas bien tiré : il s'était fait casser la mâchoire d'un coup de manche de parapluie. C'est peut-être pour cela que plus que le résultat, il aimait le style qu'il avait trouvé. Cette violence sèche, froide, venue de nulle part. Chaque fois que sa main meurtrie l'y faisait penser, il souriait. Il finit par avoir honte de cette attitude plus qu'enfantine : compulsive. A Indios Verdes, il prit un autre bus, de la ligne San Pedro-Santa Clara, de couleur verte, où il eut le temps de lire un autre chapitre de Dos Passos. Le bus cahotant, esquivant des trous et menaçant des cyclistes, se fraya un chemin jusqu'à Xalostoc. Il tira le cordon et s'avança jusqu'au marchepied. Le vent lui fouettait le visage. Quand il descendit au coin de la rue Brenner, il pleuviotait.

Le quartier ne lui était pas inconnu. Pendant quatre ans il y était passé tous les jours dans sa voiture, haïssant la poussière et le marché, les travaux de prolongation de l'avenue Morelos, et les masses qui prenaient d'assaut les bus à cinq heures et demie. Il avait essayé d'ignorer qu'il existait des endroits pareils tandis qu'il s'acheminait vers la confortable sécurité de la Colonia Napoles, qui puait la classe moyenne. Il avait essayé de ne pas se trouver immergé dans tout ce qu'il devinait. Il ne voulait rien savoir de ce quartier industriel qui avait poussé entre la poussière et la misère, et où cent mille émigrants de la campagne avaient été engloutis au cours des cinq dernières années. Ils avaient été incorporés aux mares de soufre, à la poussière suspendue, aux flics soûls. Aux escrocs vendeurs de terrains, aux abattoirs illégaux, aux salaires en dessous du minimum, au froid amené par le vent de l'est, et au chômage.

Ici, l'industrie continuait à sentir le XIXe siècle. Le piège subtil de l'industrie modèle, propre et efficace, n'avait pas lieu d'être. Le fer était rouillé, les casques de protection n'avaient pas encore été inventés, la paye de fin de semaine était notée sur un cahier qui disparaissait tout de suite, les matières premières étaient de deuxième catégorie et les patrons volaient dans les caisses d'épargne des travailleurs. Ici, le capitalisme mexicain étalait la crasse, la saleté intrinsèque qu'il dissimulait ailleurs derrière des briques blanches et des façades hygiéniques.

Belascoarán connaissait le quartier et pourtant il savait qu'il n'en avait qu'effleuré la surface, que jamais il n'avait voulu en savoir d'avantage. La voiture l'avait toujours attendu à la porte de l'entreprise où il avait travaillé et il avait traversé ces cinq kilomètres sans quitter l'avenue principale, les fenêtres fermées et l'autoradio branché. Il avait fermé ses yeux et ses oreilles. C'est pour cela que lorsqu'il descendit du bus, un vague sentiment de culpabilité l'envahit. Il alla rapidement jusqu'à un petit kiosque de jus de fruits où quatre ouvriers complétaient leur petit déjeuner.

– Un jus d'orange.

– Avec un œuf ?

– Non, sans.

Il n'aimait pas le mélange.

Il but son jus en regardant le nuage de poussière qui s'élevait au milieu de l'avenue.

Les ouvriers s'étaient écartés pour lui faire de la place mais continuaient à plaisanter. Hector saisit les bribes d'une conversation où se mélangeaient le cul d'un tel, les boutons sur la figure d'un petit chef et un salaud de médecin de la Sécurité sociale qui prescrivait des aspirines contre les rhumatismes.

Il paya et lança en partant un petit sourire que les ouvriers ignorèrent. Il pénétra dans la zone industrielle.

– Entrez, je vous en prie, dit le gardien.

Hector fixa son visage dans sa mémoire.

Les cours intérieures étaient d'un gris plomb qui contrastait avec la façade bleue couverte de slogans peints en rouge : À BAS LIRA, AUGMENTATION OU GRÈVE, ZENON CHIEN DE SA MÈRE, GRÈVE...

Derrière le gardien chargé du pointage, deux vigiles à la mine peu amicale montaient la garde ; l'un d'eux avait un fusil à canon double. Il parcourut l'usine, un labyrinthe de couloirs et de cours qui aboutissaient à de grands bâtiments de huit mètres de haut. Des ouvriers habillés d'une chemise bleu foncé ou d'un bleu de travail circulaient sans ordre apparent.

Au fond de la cour centrale, derrière une zone de chargement et déchargement où étaient garés six ou sept gros camions, s'étendait une ligne de petits immeubles à deux étages peints en blanc-crème avec des frises bleu foncé.

– Je suis le *licenciado* Duelas. Enchanté...

– Belascoarán, dit Hector acceptant la main qu'on lui tendait.

– Nous n'attendions pas votre visite...

– J'ai décidé d'accepter votre proposition.

– Entrez, je vous en prie, je ne vous ferai pas attendre. Il y a une réunion du conseil en ce moment.

Il traversèrent les bureaux intérieurs en s'attirant les regards distraits des secrétaires. Laquelle était en train de manger un gâteau ?

Derrière la porte en bois clair, une salle de réunion meublée de fauteuils en cuir et quatre hommes assis.

– Le señor Guzmán Vera, le comptable de l'entreprise... (Un homme mince, très soigné, des lunettes à monture ronde sur le nez.) L'ingénieur Haro, un de nos jeunes cadres. (Hector en connaissait des centaines comme lui, à peine sortis de l'école.) L'ingénieur Rodríguez Cuesta, notre gérant... (Brun, les cheveux blancs, argentés, le costume anglais, moustache blanche fournie.) L'ingénieur Camposanto (le sourire facile dans un visage rond, trop bien rasé pour son goût, la quarantaine).

– Bonjour, señor Shayne, répondit le gérant au nom de ses collègues.

Les trois autres firent un geste de la tête.

– Belascoarán Shayne, corrigea Hector.

Le gérant acquiesca.

Derrière les personnages assis, on devinait les cours de l'usine, les fours en marche, le bruit des machines, les ouvriers en sueur.

Hector s'assit sans attendre l'invitation. Duelas s'assit à côté de lui.

– Le problème est simple, démarra Duelas sans attendre l'ordre d'ouvrir le feu.

On aurait dit qu'il avait été désigné comme porte-parole de l'entreprise.

– Nous avons de graves conflits du travail. La zone de Santa Clara vit un moment de grand trouble. Comme vous le savez, les affaires ne vont pas très bien et la conjoncture cette année est morose. En plus, il y a eu deux assassinats en deux mois... La police ne nous inspire pas confiance. Nous voulons savoir s'il y a un lien entre les deux, et qui en est l'auteur... Voilà un résumé de la position de notre entreprise... Et bien sûr, celle de la Chambre de commerce et d'industrie que je représente.

– Je dois ajouter, même s'il n'y est pas fait allusion dans le rapport, que dans les deux entreprises nous avons des intérêts, et que dans toutes les deux nous avons eu des problèmes avec le même syndicat..., dit le gérant.

– Si vous voulez faire porter la faute au syndicat, vous n'avez pas besoin de moi... La police fait très bien ce genre de travail.

– Nous ferons probablement appel à elle. Mais

nous voulons en plus savoir qui est le coupable et ce qu'il y a derrière lui.

Qu'est-ce qu'ils ont en tête, qu'est-ce qu'il leur arrive ? se demanda Hector.

– En ce qui concerne vos honoraires, c'est le señor Guzmán Vera qui s'en occupera. Hector acquiesça.

– Puis-je savoir pour quelles raisons vous m'avez choisi ?

– Nous savons que vous avez travaillé dans une grande entreprise, que vous avez un diplôme d'ingénieur et une maîtrise d'une université américaine... Les raisons pour lesquelles vous avez abandonné votre métier ne nous concernent pas... Nous pensons que vous êtes... comment dire... un membre de la famille, que vous connaissez l'entreprise et ses problèmes aussi bien que nous. Et que, d'une façon générale, vous comprenez notre façon de penser...

On ne se lit pas les lignes de la main entre gitans, pensa Hector.

– D'accord, dit-il, et il le regretta presque immédiatement. (Dans quelle putain de cloaque allait-il fourrer les mains ?)

Les cinq hommes eurent un léger sourire et attendirent qu'Hector se lève.

Finalement, Hector se mit debout et, suivi du comptable, abandonna le bureau sans dire au revoir.

La réponse l'avait atteint au plus profond. Il se rappela que sur la table il y avait un paquet de Philip Morris et un autre de Benson & Hedges. Personne ici ne fumait de Delicados sans filtre. Le populisme de l'ancien président Lopez Mateos n'avait pas de place dans cette réalité. Il ne pourrait donc jamais oublier ? Etait-il condamné à vivre toujours du même côté du mur ? Marqué de cette espèce de sceau maçonnique apposé sans qu'il le sache lorsqu'il était entré à l'école d'ingénieurs et qui lui octroyait à vie un certificat de complice des patrons ? Cela ne s'effacerait-il donc jamais ?

Il fut sur le point de maudire à haute voix le jour néfaste où au lieu d'aller à la cafétéria de la fac d'architecture regarder les jambes des filles, il avait mis les pieds à son premier cours.

Guzmán prit l'initiative et avec un sourire artificiel le guida à travers les couloirs jusqu'à un minuscule bureau. Il tourna la clé, se laissa tomber dans un fauteuil et désigna celui d'en face à Hector.

Hector fit attention de ne pas laisser tomber la cendre de sa cigarette sur la moquette.

– Mille pesos par jour les quinze premiers jours, plus le remboursement des frais sur justificatifs, est-ce que cela vous convient ?

– Je crois que je ne vais rien vous demander, répondit Hector. Il faut que j'y réfléchisse.

Le comptable le regarda avec surprise.

– Oh ! et puis bon, finalement j'ai réfléchi. Mettons mille cinq cents pesos par jour pendant dix jours. Si à cette date je n'ai pas trouvé le coupable, on en reste là. Je n'ai pas de frais. Je me déplace en bus.

Il se leva et se dirigea vers la porte.

– Vous me paierez à la fin, ne vous inquiétez pas.

Il ferma la porte et sortit. Il dut parcourir à nouveau le labyrinthe.

– A quelle heure les travailleurs font-ils la pause pour déjeuner ? demanda-t-il au gardien à la porte d'entrée.

– Vous pouvez les trouver à une heure et demie. Ils déjeunent soit dans le petit bistrot là-bas, soit sur le trottoir, soit aux stands de *tacos* qui sont là, dit-il avec un geste de la main.

– L'usine n'a pas de cantine ?

– Il y en a une, mais ils n'y mangent pas ces jours-ci, répondit l'employé, énigmatique.

– Et pourquoi ils n'y mangent plus ?

– Depuis qu'ils ont déposé le préavis de grève, ils mangent ici... C'est là qu'ils ont toujours fait leurs réunions, dit la patronne du bristot.

Hector avait marché lentement et s'était assis à une table recouverte d'une toile cirée déchirée à plusieurs endroits. Il buvait un « jarrito » rouge, boisson gazeuse bizarre et brillante qu'il appréciait en raison de son goût sucré et de son origine cent pour cent mexicaine.

– Autrement dit, ils ne mangent plus à l'usine pour pouvoir parler à leur aise...

– Autrement dit, répondit la femme qui poursuivait une petite fille pour la moucher.

Quand ce fut fait, elle leva les yeux, mit les mains sur ses hanches et demanda :

– Vous travaillez pour l'entreprise ?

– Oui madame... Mais je ne suis pas un mouchard. Je voudrais parler aux ouvriers du syndicat...

– Ils ne se cachent pas, vous les trouverez ici à l'heure du déjeuner.

La femme fit demi-tour et entra dans l'arrière-boutique.

Hector sortit un cahier à la couverture abîmée et prit quelques notes :

> Pourquoi dit-on que Zenón est un chien de sa mère ?
>
> Les sandinistes passaient par le Costa Rica, est-ce qu'il existe un passeport délivré vers 1932 qui puisse donner des pistes pour Zapata ?
>
> Pourquoi ont-ils mis un carton de Coca dans la camionnette ?
>
> Il y a quelque chose, en plus du syndicat, qui inquiète le gérant. Qu'est-ce qu'il a en tête ?

Cela écrit, il se mit à réfléchir.

Au Mexique il n'y avait pas de bataille pour la concurrence. Ou s'il y en avait, il n'en avait jamais entendu parler. La bourgeoisie était devenue civilisée ces dernières années. Ou plutôt, c'était l'Etat qui avait assumé la responsabilité d'engendrer la violence. En fait, il fallait chercher du côté de l'Etat ou du syndicalisme vendu à l'Etat.

Au début de la brève réunion avec les responsables de l'usine, il avait eu l'impression qu'ils avaient peur de quelque chose, et que les problèmes qu'ils avaient avec le syndicat indépendant étaient artificiellement montés en épingle. S'il ne s'était agi que de cela, la police aurait volontiers collaboré pour mettre dans un même paquet-cadeau les crimes et le syndicat.

Hector se sentait fier d'avoir su regarder son passé en face. Il avait choisi de rompre – et cela n'avait pas été facile – avec son travail, sa femme et sa vie entière. Il était devenu détective dans un pays où la logique niait son existence. Mais cette même logique se prêtait aux choses les plus irrationnelles. Par exemple pouvoir nier brutalement toute une vie d'ingénieur spécialisé, avec une maison dans la Colonia Napoles et vingt-deux mille pesos de salaire mensuel. Et se lancer rationnellement dans une activité parfaitement contraire, mais pas moins passionnée pour autant...

Il savait qu'en général une entreprise solide n'est pas sujette à la peur. Il savait que la peur naissait de l'affrontement avec l'Etat, ou d'une écrasante offensive de la concurrence. Mais la violence était liée d'habitude à la première hypothèse et non à la seconde. Il est vrai aussi que ces dernières années les patrons avaient tendance à affronter le phénomène du syndicalisme indépendant avec des conceptions féodales. Il ne savait pas au juste pourquoi, mais des éléments, qui s'organisaient dans sa tête indépendamment de sa volonté, lui disaient que ce n'était pas de ce côté-là qu'il fallait chercher.

Il avait devant lui deux heures à tuer et décida de changer de projets.

– Señora, s'il vous plaît, à quelle heure est-ce qu'ils terminent ?

– La sortie de l'équipe du matin ? Trois heures et demie, jeune homme.

Il laissa quatre pesos sur la table et sortit en faisant un grand sourire à la petite fille qui marchait à quatre pattes près de la table ; à sa grande surprise, peut-être parce qu'on ne lui avait pas dit qu'il était un étranger, la gamine le lui rendit.

– Bonjour, cher voisin. Qu'est-ce qui vous amène ? demanda le tapissier à Hector qui lançait sa gabardine au portemanteau.

– Je suis juste de passage.

Le tapissier était en train d'étudier attentivement les petites annonces du journal. Chasseur de boulots, chercheur de sous-emplois. Il soulignait les pistes avec un crayon rouge.

– Vous avez trouvé quelque chose ? demanda Hector en s'affalant sur le fauteuil.

– Rien... un fichu fauteuil à raccommoder pour l'imbécile de la papeterie d'à côté. Mais ce trouduc ne me propose que cent pesos.

Le tapissier, qui sous-louait les matins la part de bureau qui revenait à Gilberto, était toujours de bonne humeur. Il avait l'air en plus d'être toujours en train de chercher un emploi. Si l'on avait demandé à Hector de le décrire, il aurait dit : petit, barbu, toujours de bonne humeur, tout le temps plongé dans les petites annonces.

– Votre frère vous a laissé un message sur la table.

Au centre-ville le soleil rayonnait. Le crachin était resté derrière, à Santa Clara.

« Je serai au café *La Havana* jusqu'à midi et demi », disait le mot.

Il remit sa gabardine et se dirigea vers la porte.

– Vous avez l'air d'avoir sommeil, dit le tapissier.

– Il y a un peu de ça... Bonne chance.

En ouvrant la porte, il manqua de bousculer Gilberto le plombier, camarade de bureau de toujours

– Alors, on se prend pour le Concorde ?

– La dame qui vous fait la lessive a dit que vous lui deviez l'argent du lavage, répondit le détective, imperturbable.

– Le lavage de mes fesses, rétorqua, encore plus imperturbable, le plombier.

– De vos quoi ? dit Carlos le tapissier sans lever les yeux journal.

– De mon cul en chocolat, répondit le plombier en laissant tomber sur le bureau un sac marron plein de vieux tuyaux.

– Quoi qu'il en soit, payez-lui, ne soyez pas chien, intervint Hector.

– Pas d'animaux ici, s'il vous plaît, remarqua le tapissier.

– Ou alors une chatte, entendit encore Hector qui traversa le couloir en vitesse en direction de l'ascenseur, préférant ne pas s'engager dans une joute verbale au vingt-sixième degré.

Il prit la rue Artículo 123 jusqu'à l'avenue Bucareli. C'était l'heure de « la cour aux miracles » des vendeurs de journaux à la criée. En face de la bizarre église d'Artículo 123, on jouait au babyfoot et, vingt mètres plus loin, on se battait à coups de pied. Les yeux lui piquaient, un peu par manque de sommeil, un peu à cause du smog. La gabardine sous le bras, il pensait au bureau. Pour rien au monde il n'en aurait changé. Les contacts avec les deux artisans la journée et avec l'étrange expert en cloaques la nuit le remettaient à sa véritable place à Mexico. Lui-même n'était qu'un artisan, avec moins de métier que les trois autres, moins de capacité professionnelle. Il était un Mexicain dans la jungle mexicaine, et il devait éviter de se faire bouffer par le mythe du détective plein d'idées cosmopolites et de connotations exotiques. Les jeux de mots salaces et les histoires d'égouts lui fournissaient tous les jours sa dose de mexicanité, inévitablement renforcée par les discussions sur la hausse du prix du Coca et des cigarettes, les débats sur ces enculés de propriétaires de quincailleries d'origine basque-espagnole, les conversations sur les nouveaux spectacles de théâtre sous chapiteau et les succés à la télé du dernier comédien comique. En outre, d'un point de vue strictement pratique, il pouvait dire qu'il avait trois secrétaires fort efficaces, qui ne rechignaient pas à prendre ou à transmettre des messages et à veiller sur le meuble où il gardait ses dossiers. En échange, Hector se voyait obligé de prendre des commandes pour le tapissier et le plombier, de communiquer le prix de la réparation d'une causeuse, ou d'un robinet fileté, et de noter au passage les messages de la fiancée de l'ingénieur.

S'il lui avait fallu continuer à énumérer les avantages, il aurait pu dire que dans le bureau régnait une agilité d'esprit remarquable qui chassait l'engourdissement ; qu'il y avait une lumière excellente le matin. Sans compter son amour pour le centre-ville, avec ses rues bourrées de bruit et de monde.

En arrivant sur Bucareli, au lieu d'aller à gauche il prit momentanément à droite pour s'acheter une glace à la fraise, les meilleures de cette satanée cité.

Carlos, son frère, était assis devant un express et un roman de Howard Fast.

– Salut, vieux ! dit Hector en lançant la gabardine et en s'asseyant.

Il commanda un café et des beignets à la serveuse et attendit que Carlos ouvre le feu.

– Est-ce que tu peux venir ce soir à la maison ?

– Ça dépend de l'heure.

– Vers neuf heures.

– Avant.

– Huit heures.

– D'accord.

– Nous pourrons parler tous les trois de ce fameux héritage.

– Ça t'emmerde beaucoup, hein ?

– Pas mal, répondit Carlos.

– Que sais-tu des aciers Delex ?

– Qu'est-ce que tu fais là-dedans ?

– Réponds-moi d'abord.

– C'est une compagnie qui possède trois usines à Mexico et deux autres à Guadalajara. Des escrocs. Elle a mauvaise réputation dans le milieu industriel, mais elle est très forte économiquement. Je ne sais pas qui est à sa tête.

– Tu sais quelque chose à propos du syndicat ?

– Le syndicat maison ?

– Non, le vôtre...

– Bof.

– Putain, dis-moi quelque chose... Je ne suis pas un agent du patronat.

– Ça, je le sais...

Il signala sa tasse vide à la serveuse pour lui demander un autre café.

– Ils veulent piéger le syndicat. Ils veulent utiliser l'assassinat de l'ingénieur pour les baiser, dit Hector.

– On les voyait venir.

– Peux-tu me mettre en rapport avec quelqu'un ?

– Demain

– Ce n’est pas possible aujourd’hui ?

– Je ne connais pas personnellement les camarades de là-bas.

– Tu peux m’accompagner ?

– Qu’est-ce que tu es en train de faire ? demanda Carlos.

Hector but une gorgée de café lentement avant de répondre.

– J’essaie de savoir qui a tué l’ingénieur. On m’a engagé aujourd’hui.

– Pas très propre comme boulot. Il y a le problème syndical au milieu.

– Je le sais.

– Il faut que j’apporte les épreuves que j’ai corrigées hier à la maison d’édition. Je suis complètement fauché.

Carlos sourit.

– A trois heures et demie dans le bistrot qui est en face de l’usine... On en aura pour cinq minutes, d’accord ?

– Bon, d’accord... Tu n’auras pas de problèmes si on te voit avec nous ?

– Je n’en ai strictement rien à foutre.

– On se retrouve là-bas, alors... C’est toi qui paies ? (Carlos se leva.) Est-ce que tu as eu des nouvelles de la fille à la queue de cheval ? demanda-t-il en guise d’au revoir.

Hector haussa les épaules.

– Je reçois des lettres.

– Cela ne suffit pas.

Il lui passa la main sur la nuque d’un geste mi-fraternel mi-paternel.

Le café était saturé des bruits des conversations. Hector bâilla et se dit que de manière inexplicable, les rôles entre lui et son frère cadet étaient inversés, de sorte que c’était lui maintenant le benjamin de la famille.

La jeune fille au bras dans le plâtre attendait, appuyée contre le portail. En le voyant venir elle avança vers Hector. Sur la même épaule où était attaché le foulard qui soutenait le bras immobilisé, elle portait un sac qui se balançait quand elle marchait.

Hector contemplait fasciné le vacarme que faisaient les jeunes filles en chemisier blanc et jupe écossaise qui s'égayaient comme une épidémie dans toute la rue. Le vieux marchand de *tamales* lui sourit au passage. Il l'avait reconnu.

– Ça a bardé, hein ?

Hector acquiesça d'un mouvement de tête.

– Mon ange gardien ! dit la jeune fille en guise de bonjour, en faisant une légère révérence.

– Salut, répondit Hector qui ne trouva rien d'autre à dire.

Ils marchèrent ensemble sans un mot jusqu'à Insurgentes. Le soleil de midi arrachait des étincelles aux vitrines. Par trois fois, Hector fut sur le point de dire quelque chose, mais il n'arrivait qu'à sucer anxieusement sa cigarette. La jeune fille le regardait du coin de l'œil, déconcertée.

– Tu ne viens pas ? demanda-t-elle, un pied sur le marchepied de la porte du bus.

– Plus tard. J'ai des choses à faire.

Et il resta au coin de la rue à regarder la fille qui se frayait un chemin dans le bus pour aller s'asseoir sur le dernier siège et regarder derrière elle.

Il n'avait pas su quoi dire ni comment commencer. Hector se rendait compte que son air professionnel n'exprimait rien d'autre que le trouble perpétuel dans lequel il vivait. Qu'aurait dit un détective de polar à sa place ?

Sans doute aurait-il fait la même chose que lui : jouer le gardien silencieux de la jeune fille. Mais pour d'autres raisons que la timidité.

En bâillant, il s'achemina de nouveau vers le nord.

Des files irrégulières sortaient de l'usine. Quelques groupes allèrent tout de suite au bistrot. Les tables se remplissaient.

Hector se leva.

– Qui est membre du syndicat ici ? demanda-t-il à un gros ouvrier qui portait un bonnet en laine avec un pompon bleu.

Ce dernier lui signala la table d'en face. Un bref silence envahit le bistrot. Tous les regards tombèrent sur lui et toutes les bouteilles de soda se posèrent sur les tables en même temps. Il avança d'un pas décidé.

– Je voudrais discuter avec vous.

Un grand type qui portait une moustache à la Zapata, lui indiqua une chaise. Deux autres partageaient sa table : un ouvrier en bleu de travail, avec le crâne qui commençait à se dégarnir, le regard pétillant et un demi-sourire permanent sur les lèvres d'où pendait une cigarette. Il devait avoir la quarantaine. L'autre était un petit barbu, avec un pull et un pantalon lie-de-vin, et deux énormes mains calleuses. Hector regarda vers la porte. Il guettait l'arrivée de son frère. Le flux des ouvriers sortant de l'usine continuait, le bistrot était de plus en plus plein et silencieux en contraste avec le vacarme de l'extérieur.

– La boîte m'a engagé pour découvrir l'assassin de l'ingénieur Alvarez Cerruli... Ils vont sans doute essayer de vous coller ça sur le dos... Même si je travaille pour eux, je vais essayer de les en empêcher et la seule façon, à mon avis, c'est de trouver le véritable assassin... J'ai besoin de votre aide.

Les hommes se regardèrent.

– Qui êtes-vous ?

– Je m'appelle Hector Belascoarán Shayne.

Le nom ne provoqua aucune réaction.

– Pourquoi vous ne demandez pas à Camposanto ? dit une voix quelques tables plus loin.

Les hommes à la table se mirent à rire.

– Demandez à Camposanto de vous inviter à une soirée..., dit la voix du petit gros derrière son dos.

Nouveaux éclats de rire.

– Dites-leur que s'il veulent nous mettre le mort sur le dos, on n'en a rien à branler, dit le grand type en lui faisant entendre que la conversation était terminée.

Hector se leva et sortit après avoir laissé quelques pesos pour payer la boisson qu'il avait bue.

Le soleil le frappa en plein visage et lui fit cligner des yeux. Il avait sommeil. Il se dirigea vers la porte de l'usine. Un groupe de jeunes ouvriers vendait le *Zopilote*, un petit journal syndical, sous le regard hostile des vigiles qui entouraient un membre du syndicat maison. Hector acheta un exemplaire et déposa cinq pesos dans la boîte rouge et noire qu'on lui tendit.

– Merci, camarade...

Le journal dans la main, il pénétra dans l'usine sous le regard mi-obséquieux mi-hostile du gardien qui l'avait reconnu.

La tension était-elle perceptible dans l'air ? Ou était-ce peut-être tout simplement la fatigue qui commençait à prendre le dessus et le rendait hypersensible ?

La secrétaire accepta de lui remettre une liste avec les adresses particulières des cadres de l'entreprise, non sans avoir auparavant demandé la permission par téléphone. Hector fuma une autre cigarette en attendant que la fille tape la liste à la machine.

– Qui est la secrétaire de l'ingénieur Alvarez ?

La fille signala un bureau à une dizaine de mètres

dans le couloir. Une fille d'à peu près vingt-cinq ans essayait de descendre des dossiers du meuble où elle les rangeait, montrant ses jambes qui dépassaient d'une jupe vert émeraude.

Hector alla vers elle.

– Je peux vous aider ?

– Oh là là, oui, s'il vous plaît... seulement les dossiers jaunes.

Hector se mit sur la pointe des pieds pour les prendre et les lui donna.

– Vous étiez la secrétaire d'Alvarez Cerruli ?

La fille le regarda pour la première fois.

– Vous êtes de la police ?

Sur le bureau, un paquet de biscuits ouvert et des miettes en abondance.

Hector fit non de la tête.

– Personne ne l'aimait, c'est ça ?

– Il était très sec, comment vous dire... rigide.

– Comment s'appelait l'autre ingénieur qui est mort il y a deux mois, vous vous souvenez ?

– L'ingénieur Osorio Barba, oui bien sûr... Il a travaillé ici deux ans. L'ingénieur Alvarez Cerruli le connaissait bien.

– Vous savez quel genre de relations ils entretenaient.

La fille baissa les yeux.

– Ils se connaissaient bien.

– Comment a réagi votre chef quand il a appris sa mort ?

– Il est resté enfermé toute la journée dans le bureau.

– Une dernière question.

– Excusez-moi, mais ces dossiers attendent.

– La dernière, dit Hector en la prenant par le bras ; son muscle se raidit sous le pull.

– Quelqu'un a-t-il regretté la mort d'Alvarez ?

– Je reviens tout de suite, dit la fille en dégageant son bras.

Hector alla jusqu'à l'autre bureau et prit la liste que lui tendait la fille.

Carlos l'attendait à la porte de l'usine. Il bavardait avec les ouvriers qui vendaient des journaux. Il les quitta pour l'intercepter.

– Ceux du comité sont déjà partis. Je m'excuse du retard, mais je ne trouvais pas la personne qui pouvait me mettre en contact avec les gens d'ici.

– Je n'y comprend rien du tout... Raconte-moi ce qui se passe avec le syndicat.

Ils marchèrent ensemble dans la poussière. Il ne restait plus à la porte de l'usine que quelques vendeurs de journaux qui attendaient les ouvriers de la seconde équipe en retard et deux travailleurs qui jouaient à pile ou face au coin de la rue avec un marchand de fruits ambulant.

Hector se sentait lointain, étranger au milieu ambiant et cela commençait à le rendre nerveux.

Au ministère des Relations extérieures, on ne travaillait pas l'après-midi. Après une petite sieste dans le premier bus de retour et la lecture du *Zopilote* (CONVENTION COLLECTIVE OU GRÈVE ! BANDE DE CHIENS, DÉBRAYAGE DE LA TROISIÈME ÉQUIPE DANS L'ATELIER D'AJUSTAGE, SOLIDARITÉ AVEC L'IEM) dans le second, il loua une voiture dans une agence de Balderas et acheta le journal pour chercher un cinéma où se reposer jusqu'à sept heures. Si les choses continuaient ainsi, il allait passer une nouvelle nuit blanche. L'idée ne lui plaisait pas du tout. En feuilletant le journal, il laissa tomber le cinéma et décida d'opter pour un bain et un bon repas. Il en était là lorsqu'il découvrit qu'au cinéma Insurgentes on passait *Chinameca : les derniers moments du zapatisme*, un film de Gabriel Retes qui sortait le jour même. Il prit note des horaires et sourit. C'était peut-être une bonne idée d'attendre Zapata à la sortie du cinéma. Zapata qui viendrait témoigner de la façon dont son histoire était racontée.

Il ne put faire moins que sourire un peu plus en pensant au triple problème dans lequel il avait engagé sa vie.

Son plaisir n'était pas complet, se dit-il pendant qu'il se séchait vigoureusement. La station de radio qu'il avait mise au hasard en entrant dans la salle de bain avait des sautes de fréquence. Il lui faudrait apporter le poste à l'un de ses voisins technicien radio. Dehors, une mini tornade de poussière s'était levée et l'arbre d'en face agitait mélodieusement ses branches.

Il n'aimait pas les mille et un personnages qui avaient traversé son histoire en aussi peu de temps. Il n'aimait pas avoir croisé autant de visages en seulement deux jours. Et il craignait que non seulement des visages et des noms continuent d'apparaître, mais encore qu'ils commencent à lui barrer la route, jusqu'à se convertir en un gigantesque manège de visages, un écheveau humain.

D'un côté les garçons à la porte de l'école, de l'autre les ingénieurs, d'un autre encore les syndicalistes. Sans oublier l'autre mort et les visages des sandinistes autour du présumé Zapata. Il faudrait incorporer à la galerie de portraits le père d'Elena, la femme de l'ingénieur assassiné, la bonne de la Colonia Narvarte, un petit chef « chien de sa mère », et par-dessus tous ces visages, le visage de sa mère qui ne voulait pas le quitter, qui lui apparaissait dans son demi-sommeil dans les bus, au milieu des pages de Dos Passos. Mais il y avait aussi les lettres qui rappelaient l'absence de la fille à la queue de cheval.

Des défilés de noms : Duelas, Camposanto, Guzmán Vera, Osorio Barba... Et encore des noms dans la trajectoire mythique de Zapata : Farabundo Martí, Porfirio Sánchez, Girón Ruano... Et encore des noms dans les pages du journal.

Et puis tout ce qui traînait par là... les jambes de la secrétaire essayant de prendre les dossiers, la fille en Italie dans le lit d'un autre, le doux sourire d'Elena avec son bras dans le plâtre, et les chemisiers transparents de Marisa Ferrer.

La fatigue pouvait transformer tout cela en un raz de marée.

Après la réunion familiale, le dîner. Il mit une chemise blanche et chercha une cravate dans le placard. Dans le tiroir bourré de chaussettes il trouva une cravate grise en tricot, héritière d'autres temps. En faisant le nœud, il décida de l'enlever. Plus de compromis. Il finit par la jeter à la poubelle, là où avaient échoué un peu plus tôt les listes de noms.

Il quitta son appartement sans éteindre la radio.

Carlos avait essayé d'expliquer à Elisa en quoi la présidence d'Echeverría avait tenté de favoriser la croissance économique de la classe moyenne au lendemain de 68. Hector entra dans la minuscule chambre de bonne, s'assit par terre, se servit un café et après un baiser à sa sœur, se mit à écouter.

– ...Où sont les camarades de ta génération ? Ou les tiens ? dit-il à Hector. La moitié fait partie, avec des salaires extraordinaires, d'institutions bizarres. Ils ont engrossé des instituts fantômes où l'on ne fait qu'occuper des postes. On a réinventé le pays pour eux, pour leur donner un emploi. La technocratie, au lieu de moderniser le capitalisme mexicain, n'a réussi qu'à accroître le poids de la bureaucratie étatique. Je ne nie pas que lorsqu'ils ont commencé, il y en avait qui voulaient faire des choses... Mais leur envie s'est vite épuisée. La nouvelle bureaucratie élégante des techno-intellectuels les engloutit... Et les voilà en train de nourrir les vers à l'Institut de conservation des épines de cactus... au Centre de récupération des ressources récupérables... au Centre d'études inexactes pour la transformation de l'eau de tonneau... au Centre informatisé pour la récolte de patates douces...

Il continua sa litanie de noms d'institutions réelles et inventées qui aux oreilles d'Hector avait à peu près la même fonction magique que la récitation du chapelet.

– ...Le Centre d'entraînement des mongoliens... L'Institut de transformation du pet... L'Organisation nationale pour le développement de la récolte des gratte cul... L'Institut de ressources de l'environnement... Le Centre d'études arriérées... La Structure collective d'utilisation de la banane... J'ai une liste élaborée par un copain qui a fait sa thèse sur ce sujet et il existe une soixantaine de merdes dans le genre. Plus quatre-vingt-six que j'ai inventées, assez pour faire un dictionnaire d'institutions, vraies ou fausses...

– A l'entendre, on dirait les enfants qui crient les numéros de la loterie, commenta Hector.

– Au Canada, quand j'en avais ras-le-bol et que je m'emmerdais trop, je faisais des listes avec des noms de saints que j'inventais : saint Mezcal de Oaxaca, saint Cactus de la Salade, saint Anchois de Vigo, saint Petit Pois du Géant Vert...

Les deux frères se mirent à rire.

– J'ai une grande boîte de thon, dit Carlos.

– Je ne peux pas rester, j'ai un dîner..., dit Hector.

– Et comment tu vas ? demanda Elisa.

– Des ennuis, comme toujours.

– Tu as besoin d'aide ?

Hector fit non de la tête.

– Et qu'est-ce qu'on va faire alors ?

– Moi, cela m'ennuie.

– Moi, cela m'emmerde et je suppose qu'Hector aussi.

– Bon, pas de doute, il faut faire quelque chose et basta avec cette histoire d'héritage, dit Carlos.

– Moi, j'ai quelque chose, dit Elisa.

Elle tira deux enveloppes de son sac. Hector alla chercher un cendrier dans la cuisine, il en trouva un dans la vaisselle sale et se mit à le laver.

– Continuez, je vous écoute.

– C'est une lettre de maman pour tous les trois, vous voulez la lire, ou quelqu'un la lit à voix haute ?

– Tu n'as qu'à la lire, dit Carlos.

– Ouais, confirma Hector depuis la cuisine.

> « Mes chers enfants,
>
> Lorsque vous lirez cette lettre, je ne serai plus là. Je hais les formules littéraires style : " Je serai partie " ou des choses comme ça. Je serai morte, et j'espère que j'aurai eu une mort douce, sans problèmes. Cela n'a pas été le cas de mon vivant. Vous n'en connaissez qu'une partie. Mais je ne veux pas vous encombrer de souvenirs, chacun les siens. Je m'égare... L'histoire est simple : il existe une série des biens que j'ai réunis tout au long de ma vie.

Vous aurez sûrement déjà décidé si vous les partagez d'un commun accord ou si vous les distribuez selon mes dispositions. Cela ne m'inquiète pas. Je sais qu'aucun de vous trois n'aime l'argent. Je dois, d'un autre côté, vous remettre l'héritage de votre père. Selon son bon plaisir, j'ai gardé ces dernières années une lettre pour vous trois. J'ai joint cette lettre ainsi que la clé du coffre à ma lettre. Il voulait que vous ne receviez tout ceci que maintenant. Ainsi soit-il. Je vous souhaite toute la chance du monde. Ne m'oubliez pas. »

Shirley Shayne de Belascoarán

– Merde alors, susurra Carlos.

Les deux frères et la sœur gardèrent le silence. Quelqu'un à l'étage en dessous monta au maximum le son de la télévision.

– Bon, on a tous envie de pleurer. Il n'y a pas de honte à le reconnaître... Et la suite ? dit Elisa pour briser le silence.

– Ouvre la lettre de papa.

– C'est juste un petit mot qui accompagne la clé :

« Plus c'est compliqué, meilleur c'est. Plus c'est impossible, plus c'est beau.

Banco de las Américas, coffre 1627. Succursale du centre : j'autorise n'importe lequel de mes trois enfants à ouvrir et à disposer du contenu du coffre cité ci-dessus. »

José Maria Belascoarán Aguirre

– Qu'est-ce que le vieux nous aura préparé ? demanda Carlos.

– Tu te souviens de lui ?

Hector acquiesça en sortant de la cuisine. Il regarda sa montre.

– La seule chose qui me vienne à l'esprit pour l'argent, c'est que tu le gardes... Tu en as plus besoin que nous, dit Hector à Elisa.

– Cet argent brûle, répondit-elle, en écartant une mèche de son visage.

– Il faut que je parte. Qu'est-ce qu'on fait ? dit Hector.

– Quand pourrons-nous nous asseoir et parler tranquillement ?

– Demain matin, dans mon bureau.

– A midi, suggéra Elisa.

– D'accord.

Il embrassa sa sœur, donna une petite tape dans le dos de son frère et sortit dans le froid.

Il parcourut la Colonia Florida et trouva finalement la rue et le numéro. Une maison d'un étage avec un petit jardin devant. Le premier étage était éclairé comme si les nouveaux tarifs d'électricité n'étaient pas entrés en vigueur. Il sonna en pensant que la première chose qu'il ferait en entrant serait d'éteindre les lumières du salon où il n'y aurait sûrement personne en train de regarder la télé. Puis il continuerait à éteindre les lumières : celle de la salle de bain, celle de la salle à manger, et celles des deux chambres. De manière inconsciente, les trois mois d'abstinence sexuelle et l'image dans l'album de Marisa Ferrer se connectèrent dans sa tête avec l'idée d'éteindre les lumières et il s'imagina en train d'éteindre la lumière de la petite table de nuit et de se tourner dans le lit vers le corps nu qui l'attendait. Il sonna de nouveau et se dit que cela lui était égal de faire l'amour avec la lumière éteinte ou allumée. C'est peut-être à cause de ces troublantes pensées que lorsqu'Elena, bras dans le plâtre et sourire timide, ouvrit la porte, Hector Belascoarán Shayne, détective de profession et un peu puritain de formation, rougit.

– L'ange gardien...

– Je viens dîner.

– C'est donc toi l'invité... Tiens, tiens, dit la jeune fille en le laissant entrer.

Quelle horrible maison, pensa-t-il, et il abandonna l'idée d'en éteindre les lumières. Une maison pleine de cerfs en porcelaine et de lampes qui n'éclairaient pas, de cendriers propres et de tableaux qui ne racontaient aucune histoire. Il connaissait bien l'atmosphère, il se rappelait même une maison similaire, celle d'un ingénieur avec vingt-deux mille pesos de salaire mensuel et une femme qui insistait pour changer la moquette du salon. Il se rappelait même y avoir habité, mais il voyait cet autre moi comme une tierce personne qu'il aurait connue un jour.

– Vous êtes ponctuel, señor Shayne.

– Belascoarán Shayne. Mon premier nom de famille est Belascoarán.

– Veuillez excuser ma mère, mais elle n'a pas étudié son scénario à fond, dit la jeune fille en souriant.

– Que peut-on bien faire d'une fille intelligente ? A l'époque de mes parents on les envoyait dans un collège de bonnes sœurs. Mais il semble que pour moi, cela n'ait pas marché.

La femme portait une robe du soir noire, étincelante. Qui évoquait une expression toute faite : « Comme un gant ». Un parfum de danseuse de cabaret de cinéma se dégageait de cette silhouette dont le costume semblait beurré sur la peau. Hector s'imagina, le couteau à la main, en train d'enduire de beurre noir la peau de la femme. Celle-ci, par supposition, intuition ou simplement par galanterie professionnelle, laissa s'écouler un silence pour permettre au détective de la contempler à son aise. Ensuite, elle le prit par le bras et le conduisit au salon. Un paravent séparait le salon de la salle à manger où trois couverts attendaient. Au-dessus du grand canapé, un tableau de l'amphitryonne, nue, bien sûr, allongée sur une peau d'ours blanc. Deux photos d'une petite fille de cinq et dix ans à peu près, plus une marine.

– Horrible, n'est-ce pas ? suggéra Elena.

– On peut le dire.

– Je t'ai dit de l'enlever, maman.

– Vous avez dû remarquer, señor Belascoarán – elle prononça doucement son nom comme si elle l'épelait –, que ma vocation n'est pas la décoration d'intérieur.

La femme offrit des cigarettes dans une boîte à musique d'où s'échappèrent quelques accords d'une polonaise.

Hector sortit ses Delicados filtre et alluma la cigarette de son hôtesse.

– Je voulais vous remercier de ce que vous avez fait aujourd'hui pour ma fille. On m'a téléphoné de l'école, elle n'a rien voulu me dire, mais j'ai compris que vous étiez intervenu. Pas vrai ?

Hector acquiesça et remercia la jeune fille pour son silence. Il n'était pas né pour sauver des chats coincés sur une corniche. Il jouait franc jeu et il attendait la même chose en retour. Bien sûr, il était plus intéressé par la fille que par la mère. Mais il fallait reconnaître que cette dernière avait du charme et se tirait bien des ravages du temps. Mais pourquoi posait-elle ainsi les yeux sur lui ? Ou peut-être était-ce chez elle une coquetterie instinctive avec tous les hommes ? Il était évident qu'elle pouvait avoir tous ceux qu'elle voulait.

– Passons à table, dit la femme.

Hector enleva sa gabardine pour que la jeune fille la prenne et l'accroche au portemanteau sur le mur.

– Comme ça vous ne ressemblez plus à un détective. Je suis désolée de vous dire que vous avez l'air d'un étudiant en dernière année d'architecture en train de trimer sur une table à dessin pour gagner sa vie, dit la jeune fille.

Ils étaient à peine assis qu'une dame en tablier blanc commença à servir le repas.

– Elena, tu connais déjà ce monsieur. Je l'ai engagé pour qu'il nous aide. Etant donné que tu ne veux rien me dire et que je sais que tu as des problèmes...

La fille interrompit le trajet de la cuillère à sa bouche. Elle se leva. Sa serviette tomba par terre.

– Il me plaisait davantage comme ange gardien que comme salarié, dit-elle, et lentement elle alla vers le salon.

La cuillère tomba sur la table. Hector se leva.

– Je reviens tout de suite, dit-il à la mère.

– On dirait que le dîner est foutu, dit Marisa Ferrer en souriant.

Hector suivit l'ombre de la fille dans le couloir, jusqu'à une porte. La chambre montrait l'empreinte de sa propriétaire. Des livres sur les murs, un couvre-lit bleu ciel, des coussins orange sur le plancher, des poupées vieilles de quatre ans, encore flambantes, une douce moquette en peluche.

La jeune fille enleva ses chaussures et sauta pieds nus sur le lit pour se lover contre l'oreiller, les jambes repliées sous le corps. Hector resta debout. Il alluma une cigarette. Il hésita un instant, puis s'assit sur la moquette, le dos appuyé contre le mur.

– Est-ce que tu as un cendrier ?

La jeune fille lui en lança un qui était sur sa table de nuit.

– Parlons clair, Elena. Je ne vais pas travailler pour toi si tu ne le veux pas... Je me fous du contrat avec ta mère si tu ne veux pas que je te donne un coup de main. C'est toi qui a des problèmes. Les mecs de ce matin t'en veulent à toi... C'est toi qui dois décider si tu veux que je me mêle de tes problèmes. C'est aussi simple que cela.

La fille le regarda en silence.

– Qu'est-ce que vous savez ?

Hector hésita un instant. Puis il décida qu'il ne pouvait pas hypothéquer la relation au nom de l'efficacité professionnelle. Y aller franco était plus sain.

– J'ai lu l'album de ta mère, les coupures sur l'accident et des pages de ton journal.

– Mon journal ?

– Des photocopies.

– Je suis une conne.

– Je me dis la même chose tous les jours, si cela peut te consoler. On conclut le marché ou pas ?

– Qui tu es ?

– C'est une longue histoire. Une longue, très longue histoire, je ne sais pas si tu la comprendras parce que moi-même je n'arrive toujours pas à la comprendre. Une histoire que je ne sais pas raconter.

– Si tu veux savoir la mienne, il faut que je sache la tienne.

– Le problème c'est que je n'ai pas de journal, dit Hector.

– Tu as dû te moquer de moi.

– Je me moque rarement.

– Laisse-moi réfléchir... Tu m'inspires confiance. Tu as l'air de vouloir rendre service... Et, merde ! Dieu sait que j'ai vraiment besoin d'aide.

– Je ne pensais pas que l'on parlait si mal dans les écoles de bonnes sœurs.

– Tu as étudié où ?

– Six ans de lycée, il y a dix ans.

– Tant que ça ?

– Demain à la sortie ?

La fille acquiesça. Hector sortit. Il sentait son regard vrillé dans son dos.

La femme attendait dans le salon, mais elle n'était pas seule.

– Señor Belascoarán, je vous présente le señor Burgos, un vieil ami de la famille.

Hector prit la main qu'on lui tendait. Une main moite, qui serrait fort. Derrière elle, un homme brun, la quarantaine, blouson de cuir et foulard, les cheveux frisés, très noirs.

Burgos. Un autre nom pour la liste. Les yeux froids, vitreux, de serpent. *Basta cosi,* on dirait un roman de Graham Greene. Le mec est moche. Et alors ?

– Elle a décidé que l'on continuait ?

– Absolument. Vous aurez de mes nouvelles.

La femme l'accompagna jusqu'à la porte, après avoir lancé un « Attend-moi Eduardo ! »

En arrivant à la porte, elle mit sa main dans celles d'Hector qui se dégagea rapidement pour allumer une cigarette.

– Une dernière chose, madame. Je veux que personne ne sache que je travaille pour vous. Personne.

Hector indiqua le salon.

– Personne ne le sait. Ne vous inquiétez pas... Vous a-t-elle dit quelque chose ?

Hector fit signe que non.

– Et merci encore pour ce que vous avez fait aujourd'hui. Pas seulement parce que vous avez évité que l'on fasse du mal à Elena. Elle se sent plus en sécurité à présent. Elle a passé l'après-midi à plaisanter sur les avantages d'avoir un ange gardien.

Ange gardien, mes fesses ! pensa Hector une fois dans la rue, avec le vent froid qui lui fouettait le visage. Le vent de l'Ajusco qui chassait le sommeil, qui secouait la somnolence. Et moi, qui prend soin de moi ?

La Volkswagen de location possédait une radio avec deux haut-parleurs stéréo à l'arrière et une lumière au-dessus du rétroviseur. Il alluma la radio et la petite ampoule et se mit à examiner la liste que lui avait donnée la secrétaire, à l'usine, en écoutant un blues mélancolique et bien rythmé.

Camposanto : Insurgentes sud numéro 680, appartement L.

Il prit l'avenue Insurgentes et fila vers la Colonia Nápoles. Le vent de l'Ajusco entrait par les deux fenêtres ouvertes et lui fouettait le visage.

> « Si ton cœur bat plus vite que d'habitude, si tu es absolument convaincu que la nuit est la meilleure amie de l'homme, " Le Corbeau " t'accompagne. »

Ces mots sortis de la radio le prirent par surprise. Une petite cloche résonna dans sa tête.

> « Atahualpa Yupanqui chantait un jour : " Dieu a fait la nuit pour que l'homme s'en rende maître ".
>
> C'est vrai. Il n'y a pas de place pour le chagrin. Même pas pour la solitude. Seuls, mais solidaires, c'est notre mot d'ordre. Avec vous tous qui m'écoutez sur XEFS. Un bonjour chaleureux aux travailleurs de la cristallerie Mexico, qui font des heures supplémentaires qu'on ne leur paye pas. Courage ! Pour vous maintenant une chanson de combat des paysans péruviens : *Tierra libre*, avec le groupe Tupac Amaru. »

La musique envahit la voiture. En s'arrêtant à un feu rouge, une image surgit dans sa mémoire : Valdivia, le « flaco Valdivia ». C'était sa voix. Cette voix qui dans le secondaire gagnait les concours de récitation : « Avec dix canons sur chaque bord, Vent en poupe, Toutes voiles dehors... »

La voiture réagit au coup d'accélérateur et bondit en avant sur Insurgentes.

Il devait être près de dix heures. Il regarda sa montre : dix heures vingt-cinq. Il réprima un bâillement. Il allait sans doute louper l'ingénieur.

> « *Les heures du Corbeau* sur XEFS. Le maître de la nuit. De maintenant jusqu'à l'heure pile où le petit matin nous gâche tout. La seule émission qui se termine à l'heure où le comte Dracula referme son cercueil. La seule émission qui ne se soumet pas à la dictature absurde de la montre, et n'obéit qu'à l'absurde dictature de la rotation de la terre... J'ai en ligne un ami qui a décidé de quitter son domicile et veut exposer ses arguments. Nos deux téléphones sont à votre disposition. Retenez les numéros : cinquante et un, douze, deux, quarante-sept, et cinquante et un, treize, cent dix-neuf. Demandez le Corbeau. »

Il arrêta la voiture devant le 680 de l'avenue Insurgentes, et, entre deux bâillements, se demanda pendant dix minutes où pouvait se trouver l'appartement L, tout en écoutant l'histoire du type qui voulait quitter le domicile conjugal. Il était désespéré par son manque de prévoyance qui l'obligeait maintenant à rationner les six cigarettes qui lui restaient. L'immeuble avait un grand garage derrière une grille. Quatre voitures, deux Ramblers, une Datsun et une Renault break y étaient garées. Laquelle était-ce ? Il essaya de se rappeler s'il en avait vu une le matin dans l'usine.

« Et de la musique encore, pour rendre plus agréables les heures de la vraie vie.

Nous partons, bien sûr, de l'hypothèse que vous êtes réveillés parce que vous en avez envie. Si ce n'est pas le cas, si vous êtes asservis par le travail, n'oubliez pas que les heures de la nuit sont les meilleures de la vie. Demandez à changer d'horaire, et dormez le matin. »

Ce n'est pas l'envie qui manque, se dit Hector. Bravo le Corbeau. Il avait de la compagnie pour attendre.

« Car la nuit est la grande heure des solitaires. C'est l'heure à laquelle l'esprit travaille plus vite, notre égoïsme s'atténue et notre mélancolie augmente. L'heure à laquelle on sent le besoin d'une main amie, d'une voix qui nous accompagne, et de tendre la main à notre tour.

Les heures du Corbeau, avec le « Corbeau » Valdivia à votre service, prêt à servir de pont entre les frères des profondeurs. J'ai devant moi la lettre d'une jeune femme qui veut retomber amoureuse. Elle s'appelle Delia. D'après ce qu'elle nous dit, cela ne marche pas. Elle a divorcé pour la deuxième fois et elle dépérit dans une chambre de bonne. Quelqu'un veut-il tendre la main ? »

Dix minutes plus tard six volontaires avaient téléphoné, prêts à essayer. Delia avait encore ses chances. Suivirent un poème de Cesar Vallejo, des chansons de la guerre civile espagnole, une série de chansons de Leonard Cohen, un coup de téléphone pour demander un donneur de sang rhésus AB négatif, un appel pour fournir à manger à des ouvriers d'un piquet de grève dans la Colonia Escandón – le restaurant Guadarrama offrit trois petits déjeuners, et les habitants d'un pâté de maisons proche une marmite de chocolat chaud. Puis des messages personnels codés : « Germán n'oublie pas d'acheter telle chose. » « Anastasia attend ses copains pour sa fête d'anniversaire. » « Gustavo prie les élèves qui ont les notes du cours de physique expérimentale du Collège de Sciences et d'Humanités de se mettre en rapport avec lui parce que demain il a un examen et il ne retrouve pas les siennes », etc.

Un couple d'âge moyen sortit dans la Rambler bordeaux. La Datsun abandonna le garage conduite par un garçon habillé d'un blouson. Il ramena sans doute chez eux les deux vieux qui l'accompagnaient avant de revenir.

A minuit et demi, alors que le Corbeau avait déjà bien pris d'assaut les ondes et qu'Hector avait fumé trois des cigarettes qui lui restaient, l'ingénieur Camposanto, habillé d'un costume gris oxford et d'une cravate rouge, quitta l'immeuble.

> « *Les heures du Corbeau* : une main amie, une voix pour combattre l'insomnie, la solitude, le désespoir, la peur, les heures de travail de nuit mal payées, le froid. Un camarade à l'antenne.
>
> La ville dort, dit-on. Pas du tout. Et si c'est vrai, laissons donc dormir cette ingrate. Nous sommes toujours vivants. Nous sommes les sentinelles de la nuit, ceux qui veillent sur les mauvais rêves de cette prostituée qu'on appelle le District Fédéral. Nous veillons sur ses cauchemars et offrons notre solidarité au cœur des ténèbres. Il est demandé aux agents de police qui sont au coin de Michoacán et de Nuevo León de

remettre le système de contrôle automatique du feu rouge. Personne n'a l'intention de leur verser de bakchich et cela fait maintenant dix minutes que le feu est au rouge. Pour être plus précis, les policiers en question sont en train de manger des sandwichs dans un bistrot voisin. »

L'ingénieur gara sa voiture au coin de Niza et Hamburgo, en face du magasin Sanborns. Hector regretta d'avoir à quitter le Corbeau. Son intuition lui disait qu'il avait devant lui une nouvelle nuit blanche et qu'elle ne lui rapporterait rien. Il était sûr que l'ingénieur allait boire quelques verres dans un cabaret. Personne ne l'approcherait, personne n'entamerait de conversation avec lui. Une nuit pour rien.

Ce fut le cas.

« Si vous êtes de ceux qui pensent que les heures de la nuit appartiennent au royaume de la terreur, si vous vous réveillez en sueur, si vous entendez le hurlement de la sirène de l'ambulance de la Croix Rouge et vous sentez angoissé, si les enfants ont des cauchemars, si vous êtes en train de vivre le moment le plus difficile de votre vie, s'il vous faut prendre une décision cruciale... N'oubliez pas que le Corbeau attend votre appel... La nuit est encore longue. »

Ce fut le cas.

5

Si vous me demandez pourquoi il est détective privé, je serai bien en peine de vous répondre. Il est évident qu'à certains moments, il préférerait ne pas l'être, comme il y a des moments où je préférerais être n'importe quoi, sauf écrivain.

Raymond Chandler

En février 1977, Isabelita Perón, ce personnage de film de vampires, fit savoir à travers les agences de presse qu'elle était prête à se retirer dans un couvent dès que les militaires l'auraient remise en liberté. Le sinistre général Videla échappa par miracle à un troisième attentat et le plombier mexicain Gómez Letras, profitant de ce que son compagnon de bureau n'avait pas renouvelé son abonnement à *Excelsior*, souscrivit en son nom un abonnement de six mois au quotidien sportif *Esto*. Une grève générale ébranla la Hollande. Selon les statistiques, cent sept suicides furent enregistrés ce même mois dans la ville de Los Angeles. L'entreprise fournissant les feux rouges de Mexico fut accusée de fraude. Marisa Ferrer, actrice de cinéma et de cabaret, reçut le titre d'invitée d'honneur du festival de cinéma de Chihuahua. Les producteurs de cinéma du secteur privé se lancèrent de nouveau dans des films avec El Santo le catcheur. L'émission de radio la plus écoutée fut *Les heures du Corbeau* sur XEFS.

Et cela faisait cinquante et une heures que Belascoarán ne s'était pas retrouvé dans l'état techniquement appelé « sommeil profond ». Il bâillait, mais cela ne l'empêcha pas, les paupières lourdes et les yeux rouges, une douleur dans le dos d'origine indéterminée, de se retrouver à six heures quarante-cinq du matin à la porte du petit bistrot d'où il observait l'entrée de l'équipe du matin dans l'usine Delex. Il devina de loin que l'ingénieur Camposanto, de son côté, n'était pas des plus fringants. Il faut dire qu'il s'était couché à trois heures et demie du matin après avoir passé la nuit à boire en solitaire dans un établissement de la Zona Rosa appelé *L'Eléphant*. Il aperçut le grand ouvrier et ses deux camarades de la veille au milieu d'un groupe compact de travailleurs. Le grand agitait les bras et gesticulait. Il observa l'arrivée de la Cadillac de Rodríguez Cuesta et l'idée lui traversa à nouveau la tête que la force apparente du gérant dissimulait une crainte profonde. De quoi ? Il laissa cinquante pesos et son numéro de téléphone à la patronne du bistrot transformé en quartier général, avec la consigne de l'appeler s'il se passait quelque chose. Il sourit à la petite fille qui marchait à quatre pattes et sortit. Les murs avaient subi un nouvel assaut pendant la nuit et étaient couverts d'inscriptions en rouge appelant à un débrayage pour onze heures.

Il ne put éviter de faire des comparaisons avec l'entrée joyeuse des filles dans le collège de bonnes sœurs. Dans les deux cas, il y avait une atmosphère de défi et de fête. Il observa l'arrivée d'Elena depuis l'intérieur d'une pâtisserie. Et il se dit qu'il ferait mieux de la suivre ou de l'accompagner depuis chez elle. Le fait de l'attendre à la porte de l'école pouvait se révéler un hobby inoffensif, une absurdité alors qu'on pouvait très bien lui régler son compte pendant le trajet entre son domicile et l'école. L'idée qu'il se laissait dominer par des rituels plus que par des actions efficaces l'affligeait et il passa le reste de la matinée dans le bureau d'un ancien camarade de faculté qui travaillait au ministère des Relations extérieures.

Un pot-de-vin de mille cinq cents pesos lui donna accès au coffre où reposaient les archives poussiéreuses de l'ambassade du Mexique au Costa Rica dans les années 30. Quelques heures plus tard, il avait l'impression que la fine poussière s'était incrustée à jamais au bout de ses doigts. Mais il avait trois noms et trois photographies effacées.

Isaías Valdez, Mexico DF.

Eladio Huerta Pérez, La Tolnavera, Oaxaca.

Valentín Trejo, Monterrey, Nuevo León.

Les âges coïncidaient, les visages flous offraient une similitude. Il nota les adresses au Mexique des intéressés et sortit dans le couloir où un distributeur de sodas à deux pesos adoucit son gosier desséché.

Sur le chemin de son bureau, il s'endormit deux fois dans le métro, debout, comme les chevaux.

Le tapissier était en train d'étudier les petites annonces de l'*Excelsior.* Gilberto n'était pas arrivé.

– Quelque chose pour moi ?

– Rien que des lettres. Vous me devez le pourboire que j'ai donné au facteur.

– Au fait, j'avais oublié de vous le dire, la señora Concha a appelé avant-hier pour que vous passiez chercher des...

– Des housses... Putain de merde, déjà qu'il n'y a pas beaucoup de boulot, si en plus vous en oubliez !

Honteux, Hector baissa la tête.

Il se laissa tomber dans le fauteuil sans prendre la peine de desserrer sa ceinture, d'enlever son pistolet de l'étui sous la veste ou d'ôter sa gabardine. Dans le fauteuil grinçant, ce vieil ami de cuir, il se contenta d'enlever ses chaussures en poussant avec un pied puis l'autre. Il s'étira et eut l'impression de tomber en morceaux. Bercé par les bruits étouffés de la circulation, il s'endormit.

– Allez, debout ! dit une voix qui sortait de l'ombre.

– Allez, frère, dit une voix de femme au-delà de l'ombre.

– Je ne peux pas, avoua Hector.

– Un café ? suggéra Carlos.

– Je ne peux pas ouvrir les yeux, parole !

– On a apporté les documents de papa. Allez, un effort !

Hector parvint à ouvrir les yeux et les ombres se firent plus nettes. Tout semblait tiré d'un film qu'il avait vu plusieurs fois.

– Quelle heure est-il ?

– Midi et demi, répondit sa sœur en jetant un coup d'œil à sa montre.

– Tu as dormi combien de temps ? demanda Carlos.

– Une heure à peine.

Hector essaya de se lever.

– Cela fait combien de temps que tu ne t'es pas couché ?

– J'ai dormi deux heures avant-hier soir.

– Tu es verdâtre.

– Grisâtre, précisa Elisa.

– Vous ne pouvez pas savoir comme cela me fait

plaisir d'être réveillé par des gens de bonne humeur. Donnez-moi un soda. Ils sont planqués derrière ce meuble.

Elisa sauta gracieusement du bureau et chercha la porte secrète derrière le meuble. En déplaçant des caisses à outils et une étagère, elle trouva la fausse cloison.

– Et ça, qu'est-ce que c'est ? Le coffre-fort ?

La saveur douceâtre du Fanta orange lui rendit la vie.

– Qu'est-ce qui se passe ? Tu as beaucoup de boulot ? demanda Carlos.

– Pourquoi tu continues là-dedans ? J'ai compris au début, quand tu as tout laissé tomber... Mais pourquoi insister maintenant ? Tu as gagné ta liberté, tu n'as pas besoin de continuer à jouer aux détectives, interrogea Elisa.

– Et pourquoi pas ? C'est un boulot comme un autre.

– Pour un argument, c'est un argument, plaisanta Carlos.

– Donne-moi mes chaussures.

Carlos les lui lança. Le brouillard ne se dissipait pas ; il s'était installé dans un coin derrière sa tête et lui envoyait dans les yeux par intermittences des vagues de brume. Il se frotta vigoureusement le visage avec les mains, s'étira et sauta du fauteuil.

– Mmmhh, dit-il.

– Bon, il semble que la réunion de famille peut commencer.

A ce même moment, le téléphone se mit à sonner.

– C'est pour toi, dit Carlos en lui passant le combiné.

– Señor Shayne ?

C'était la voix de Marisa Ferrer. Hector nota la tension et s'abstint de faire remarquer qu'elle intervertissait ses noms de famille.

– Le collège vient de m'appeler. Elena a été enlevée.

– Dans cinq minutes, je suis parti d'ici.

Il raccrocha et chercha des yeux sa gabardine.

– Qu'est-ce qui se passe ?

– Une fille qui a été enlevée. Cela vous ennuierait de remettre ça à plus tard ?

– C'est pas grave. Préviens-moi quand tu pourras, répondit Carlos.

La sonnerie du téléphone crachota à nouveau.

– Non, le tapissier n'est pas là... Un message ? Pas de problème, je prends un stylo.

Il chercha des yeux de quoi écrire jusqu'à ce qu'Elisa lui en glisse un dans la main.

– Trois mètres du numéro cent dix-sept BX, couleur bleu et noir... Señora del Valle. Oui, pas de problème, je lui laisse le message.

– Tu veux que je te dépose quelque part ? Tu as l'air d'avoir encore drôlement sommeil, dit Elisa.

– Tu as une voiture ?

– La moto du jardinier...

– Tu pourrais conduire une voiture que j'ai louée ?

– Quelle marque ?

– Une Volkswagen, répondit-il en boutonnant sa gabardine.

Elisa tendit la main pour les clés.

– Je vous laisse, j'emporte ça, dit Carlos en prenant le carton.

– Excuse-moi, vieux.

– Il n'y a aucun problème.

Au moment où ils sortaient, le téléphone sonna de nouveau. L'ignoble dring.

Hector hésita mais alla répondre.

– Il y a eu plein de coups de feu tirés en l'air et il y a des gens qui se battent à la porte ... Vous m'aviez dit de...

C'était la voix de la femme du bistrot près de l'usine. Il raccrocha. Voilà comment tournaient les choses. Rien du tout et brusquement paf ! Tout en même temps.

– Qu'est-ce qu'il y a encore ?

– On dirait qu'il y a eu des coups de feu à la porte de l'usine.

– J'y vais, dit Carlos.

– Alors, laisse le carton, demanda Elisa.

– Je m'y pointe dès que possible.

– Ne t'en mêle pas. C'est encore des histoires entre la boîte et le syndicat... Ce n'est pas ton problème, dit Carlos.

– Dès que possible, je vais y faire un tour, insista le détective.

Carlos haussa les épaules.

– C'est toi qui décide.

– C'est quelle usine ? interrogea Elisa.

Hector prit sa sœur par le bras et l'entraîna vers l'ascenseur.

– Tout à la fois, et moi qui n'arrive pas à garder les yeux ouverts. Putain de boulot, dit-il.

– C'est bien ce que je te disais, répondit Elisa.

– Je ne l'échangerais pas pour un autre, fit Hector.

– C'est bien ce que je pensais, dit Elisa déjà dans l'ascenseur.

Le téléphone résonna à nouveau dans le bureau mais cette fois, personne ne répondit.

Ecartant les bonnes sœurs, il alla droit au bureau de la directrice. Il avait sommeillé à l'arrière de la voiture, sans parvenir à s'endormir tout à fait, la tête pleine de la fille au bras en écharpe. Une image qui lui fit penser à une autre fille, à des milliers de kilomètres de là. Elisa conduisait à toute blinde, mais à cette heure-ci, cela ne roulait de toute façon pas très bien.

Hector se souvint que le tapissier lui avait parlé de courrier, de lettres... Il chercha dans la poche de son blouson. Elles y étaient. Il les y laissa, attendant une meilleure occasion.

Le message pour le tapissier ? Il l'avait laissé sur la table, noté sur la vieille feuille du journal *Ovaciones* qui servait de carnet de messages. Pourvu qu'il le trouve.

– Qui êtes-vous ? interrogea la bonne sœur, rigide derrière ses verres épais en culs-de-bouteille, la coiffe raide et amidonnée comme toute sa personne.

– Belascoarán Shayne, détective.

Derrière lui, Elisa ne put réprimer un sourire en l'entendant accoler sa fonction au nom si familier. Ce nom qu'elle avait si souvent entendu mal prononcé quand on faisait l'appel à l'école. Elle eut soudain conscience d'être la sœur d'un détective. Un détective fou ? se demanda-t-elle. Ils le sont tous, décida-t-elle.

– Je travaille pour la señora Ferrer, ajouta Hector en lui tendant sa carte.

La bonne sœur la prit et la toucha du doigt sans la regarder, comme un aveugle déchiffrant une inscription en braille. Elle regardait le détective.

– Où se trouvait la jeune fille ?

– Dans la cour, en classe de gymnastique.

Hector descendit les escaliers sans écouter les appels de la directrice.

Deux douzaines de jeunes filles en shorts bleus et maillots blancs commentaient l'événement, dispersées par petits groupes. La prof de gym, une femme fibreuse et maigre comme une vieille championne anglaise de tennis, s'avança vers lui. Elisa le suivait quelques mètres derrière, la boîte à chaussures dans les bras.

– Ils sont arrivés par là, dit-elle en devançant la question. Elena ne participait pas au cours... A cause de son bras, vous êtes au courant ? Elle prenait le soleil sur cette table. Couchée sur cette table.

Un vieux bureau mis au rebut dans la cour. Hector l'observa comme s'il avait de l'importance.

– Ils étaient deux, avec des pistolets tous les deux... Très jeunes. Les cheveux noirs tous les deux. Il y en avait un qui portait des lunettes de soleil.

– L'autre avait un sweat-shirt vert, intervint une des filles dans le cercle qui commençait à se former autour d'eux.

– Ils sont venus droit sur elle, ils l'ont attrapée et ils l'ont traînée dehors. Ils m'ont mise en joue.

– Moi aussi.

– Nous étions toutes menacées.

– Le type au sweat-shirt l'a prise par le cou et l'a obligée à marcher vite.

– Ils ont crié ? Dit quelque chose ? Et Elena, elle n'a rien dit ?

– Elle a crié quand ils l'ont bousculée. Elle s'est plaint de son bras.

– Qu'est-ce qu'elle a dit ?

– “ Arrêtez, vous me faites mal ! ”

– Elle avait très peur ?

– Plutôt, répondit une des filles.

– Pas énormément, interrompit une autre.

Hector les laissa au milieu de la discussion et courut vers la porte. Il sortit par le portail et regarda la rue des deux côtés. Juste en face, le vendeur de *tamales* le regardait fixement. Hector alla droit sur lui. Elisa le suivait quelques pas derrière comme un fidèle écuyer.

– Vous les avez vus, dit Hector.

Il n'interrogeait pas, il affirmait.

– Je ne veux pas d'emmerdements.

– Je ne suis pas un flic.

– Je ne veux pas d'emmerdements.

Ils continuèrent sur le même ton pendant cinq minutes. Hector interrogeait et l'autre n'en démordait pas. Le type finit par lui tendre un bout de papier.

– Qu'est-ce que c'est ?

– Le numéro de la camionnette Rambler de ces salopards... Ce n'est pas moi qui vous l'ai donné.

– Non, je l'ai trouvé par terre, dit Hector en jetant le papier au sol avant de se baisser pour le ramasser.

Le vieux eut un sourire.

Au fait, où était la difficulté ? En quoi consistait son habileté démoniaque, son courage ? se disait Hector à l'arrière de la voiture, la tête appuyée contre la fenêtre, tandis que sa sœur l'emmenait au fin fond de la partie nord de la ville. A la hauteur de la basilique de la Guadalupe, quand ils prirent l'avenue Ferrocarril Hidalgo, il s'endormit à nouveau. La question le poursuivait confusément dans son sommeil. Mais pas plus à cet étage de la conscience qu'à celui du dessus, il ne fut capable d'y répondre.

Ce qui embêtait Belascoarán, ce n'était pas tant le rythme effréné de ces journées ni même l'obligation dans laquelle il se trouvait de subir les événements et de prendre passivement des décisions. Non, ce qui le torturait vraiment c'était de ne pas arriver à comprendre pourquoi il s'était fixé un objectif pareil. Quelle zone obscure de sa tête pouvait bien chercher la gloire dans cette course épuisante derrière trois histoires parallèles ? Au fond, la question était simple. Pourquoi donc faisait-il tout cela ? Pour le moment, il n'avait qu'une seule réponse qui expliquait séparément chacun de ses engagements.

A savoir : a) qu'il avait de la sympathie pour l'adolescente au bras dans le plâtre et qu'il aimait bien le rôle de protecteur silencieux que les événements lui avaient attribué ; b) qu'en se salissant les mains pour résoudre le meurtre des ingénieurs, il paierait peut-être la dette acquise au cours des années où il avait joué au petit chef, son diplôme en poche. Une dette moins envers le travail ou la profession que vis-à-vis des travailleurs qu'il avait méprisés et de ses incursions dans les quartiers ouvriers comme s'il s'était agi de zones de désastre. Il revivait l'ambiance dans laquelle il s'était formé et déformé et avait besoin de se prouver à lui même qu'il était un autre homme. L'intérêt de cette énigme était aussi d'innocenter le syndicat dans l'histoire du cadavre que l'on cherchait à lui coller sur le dos.

Et c) il voulait regarder Zapata dans les yeux, voir si le pays qu'avait un jour rêvé cet homme pouvait exister. Voir si le vieux était capable de lui communiquer l'ardeur, la foi qui avaient alimenté sa croisade. Même si la possibilité qu'il fût encore vivant lui semblait toujours douteuse, fouiller le passé à sa recherche le rapprochait de la vie.

Telle était la théorie qui était en train de se former plus ou moins clairement dans la tête d'Hector Belascoarán Shayne, détective de son métier, âgé de trente et un ans, mexicain pour le meilleur et pour le pire, divorcé sans enfants, amoureux d'une femme qui était loin, locataire d'un bureau crasseux dans la rue Articulo 123 et d'un minuscule appartement dans la Colonia Roma sud. Titulaire d'un master de Temps et Mouvements d'une université américaine et d'un diplôme de détective privé passé par correspondance dans une école mexicaine ; lecteur de romans policiers, amateur de cuisine chinoise, médiocre conducteur, amoureux des forêts, propriétaire d'un 38 ; un peu raide, un tantinet timide, légèrement maladroit, excessivement porté sur l'autocritique, qui un jour au sortir d'un cinéma avait rompu avec son passé et tout recommencé jusqu'à en arriver là où il en était aujourd'hui : en train de traverser le Puente Negro à l'arrière d'une Volkswagen, sa gabardine froissée et le sommeil lui sortant par la bouche à chaque bâillement.

– Tu continues tout droit et tu prends la troisième à droite.

– Oui, patron, répondit ironiquement sa sœur.

– Et toi, à quoi penses-tu ?

Il vit Elisa sourire dans le rétroviseur.

– Tu as besoin ou tu n'as pas besoin d'un chauffeur ?

Hector garda le silence.

– Alors, arrête de jouer aux analystes.

– D'accord, petite sœur. Je voulais pas...

Il avança la main vers le siège avant et se mit à caresser le cou de sa sœur. Sans se retourner, elle pressa sa main contre la sienne.

Deux rues avant d'arriver à l'usine, ils aperçurent la foule. Deux patrouilles de la police de Tlalnepantla bloquaient l'accès.

Hector descendit de la voiture, montra sa carte et on les laissa passer.

– Qu'est-ce qui se passe ?

– Ces imbéciles ne veulent rien dire. Rapproche-toi un peu, jusqu'à ce bistrot.

La Volkswagen s'arrêta.

Quelque deux cents travailleurs formaient un groupe compact devant la porte. Derrière les grilles de l'usine, il y avait un groupe de vigiles en armes et derrière eux, plusieurs dizaines de travailleurs dispersés. A dix mètres de la porte, d'autres groupes de travailleurs avaient des pelles et des barres de fer à la main. Il aperçut Carlos près de la porte en compagnie de deux vendeurs du journal syndical.

– Qu'est-ce qui se passe ?

– Rien, ces salopards – il indiqua du menton le groupe de jaunes armés – veulent entrer. Mais si nous tenons une heure de plus, la seconde équipe va arriver et ils sont cuits.

– Mais qu'est-ce qui s'est passé avant ?

– Nous étions en plein débrayage, répondit un petit ouvrier qui portait un pansement à la pommette, et un salopard de jaune a frappé Germán avec une barre de fer ; je m'approche comme un idiot et je m'en prends un coup moi aussi. Les copains s'énervent et commencent à le poursuivre dans toute l'usine ; quand ils sont sortis en courant dans la cour, les vigiles ont tiré en l'air pour les effrayer. Sur ce, le gérant arrive et veut me foutre dehors aussi sec. Pour agression. Ils avaient tout prévu : au moment où les vigiles me sortaient, ces salopards arrivaient avec ce député dirigeant du syndicat officiel... Ils viennent de Santa Julia, j'en connais un, on l'appelle El Chicai, il habite au-dessus d'une salle de billard derrière le marché... Mais tout a foiré parce que les gens se sont regroupés derrière la porte et voilà où nous en sommes... Les flics ont fini par arriver.

Les ouvriers massés derrière la porte commencèrent à scander : « Chiens, chiens, bande de chiens ! », puis à chanter « Nous ne bougerons pas ». Les groupes dispersés se rassemblèrent. Les vigiles entourèrent la guérite à l'entrée. Les jaunes reculèrent.

On entendit une rumeur croître au lointain.

– C'est qui ? interrogea Hector.

Une colonne de marcheurs déborda les deux voitures de flics qui bloquaient la rue.

– Ils appartiennent au syndicat d'une fonderie tout près d'ici. C'est l'heure de la pause et ils viennent nous donner un coup de main... Ça va chier, dit le petit ouvrier en faisant de grands gestes avec les bras.

Ils étaient environ deux cents et se tenaient par le bras, en rangées de sept ou huit. Les jaunes commencèrents à se disperser. Il n'en resta qu'un noyau autour du type en costume marron, mais même ceux-là reculèrent pour ne pas se retrouver coincés entre ceux qui arrivaient et ceux qui étaient derrière la porte.

Ceux qui étaient agglutinés derrière la porte comprirent leur triomphe et les cris redoublèrent. Ils débordèrent les trois vigiles qui les bloquaient encore et se ruèrent sur les grilles.

Les arrivants furent accueillis avec des hourras et des accolades.

– Ouf ! dit Carlos. On l'a échappé belle. L'équipe de l'après-midi arrive dans vingt minutes et cela n'aurait pas rigolé... Maintenant, il faut que vous rentriez coûte que coûte.

– Moi, j'y vais, dit le petit.

– N'oublie pas que ton licenciement est illégal. Tu as été agressé et tu n'as pas répondu... Entre et mets-toi devant ta machine, dit un grand type qui était resté derrière eux.

L'autre courut vers la porte et fut tiré à l'intérieur, malgré l'intervention de deux vigiles. Il fut reçu par des hourras !

– Je m'en vais, dit Hector.

– Je t'avais bien dit de rester en dehors de tout ça, répondit Carlos.

– Je suis content d'être venu.

– Peut-être que le gérant t'a aperçu dans tout ce bordel.

– Je m'en fous.

Quand il arriva au bureau, il n'y trouva personne. Il regarda par la fenêtre Elisa s'éloigner sur sa moto.

Il alla au téléphone et se mit à chercher dans les pages du vieux numéro de *Ovaciones* un nom et un numéro. Le sergent Garcia. Il appela le sergent au service des cartes grises qui pour cinquante pesos donnait l'identité des propriétaires de véhicules. Il lui donna le numéro de la camionnette Rambler verte. Il patienta quelques minutes.

– Véhicule volé il y a deux semaines. Vous voulez l'adresse du propriétaire ?

– Non, pas du tout. Merci.

– Je mets ça sur votre ardoise. Vous m'en devez déjà trois.

– Je vous règle tout ça à la fin du mois. A la cantina, n'est-ce pas ?

– Pas de problème, répondit le sergent avant de raccrocher.

Il appela une agence de détectives privés de Monterrey pour leur demander de lui retrouver l'homme au passeport costaricain qui était supposé résider dans cette ville. Puis il appela le commissariat d'Ixtepec. Il tomba sur un gratte-papier récalcitrant qui refusa de lui donner des informations sur La Tolvanera.

Hector se souvenait avoir traversé l'endroit sur la route de Oaxaca à Veracruz par l'isthme de Tehuantepec. Mais il ne put en savoir davantage.

Finalement, il nota la troisième adresse sur un bout de papier, celle correspondant à Mexico et laissa un mot au plombier pour lui demander de se renseigner si l'homme en question habitait bien cet endroit, sans toutefois aller directement chez lui. Il y agrafa un billet de cinquante pesos et le laissa sur le bord du bureau.

Puis il appela chez Marisa Ferrer mais n'obtint de la bonne qu'une réponse évasive : madame était sortie sans laisser de message.

Il se plongea alors dans le journal de la jeune fille. Les clés, s'il y en avait, devaient s'y trouver. Ne restait plus qu'à les trouver.

Mais avant de se mettre au travail, il décapsula un soda sorti du coffre-fort clandestin, alluma une cigarette et se souvint qu'il avait faim. Il maudit son excès de sang-froid, sa capacité à être méthodique même dans un moment pareil. Il détestait son manque apparent de passion. Il consacra cinq minutes à imaginer que « Blouson-vert » et « Serre-bras » étaient en train de faire du mal à la fille. Mais le court accès de rage fut vite passé. Il retrouva sa froideur habituelle, termina le soda et se plongea dans les papiers.

Au bout d'un long quart d'heure, il relut ses notes :

1. Bustamante est une femme.

Il mit un moment à comprendre que la coutume de sa jeunesse d'appeler ses camarades de classe par leur nom de famille s'appliquait aussi aux collèges de filles. C'est ainsi qu'il put enfin écarter l'histoire originale d'un Bustamante et son fiancé pour trouver *une* Bustamante et son fiancé.

2. Il n'y a aucun lien entre les notes éparses concernant l'école.

Pourtant, une rencontre avec Gisela, Bustamante et les autres copines d'Elena s'avérait nécessaire.

3. Elena détient quelque chose qui vaut plus de cinquante mille pesos, quelque chose de dangereux dont elle ne peut pas se défaire et qu'elle a obtenu dieu sait comment.

C'était là que se trouvait la clé. Cette chose qu'elle avait et qui permettait à E. et G. (E. de Esteban ? Eulelio ? Esperanza ? Une femme ?) de la faire chanter.

4. Mais tout cela tient à une chose qu'elle sait sur sa mère et que sa mère ne sait pas qu'elle sait. Est-ce

que c'était de là qu'elle avait tiré quelque chose valant cinquante mille pesos ?

Non, car il aurait trouvé une allusion au fait que la mère s'était rendu compte de la disparition de cette chose... Ce qu'Elena possède, c'est une information concernant sa mère. Elle sait quelque chose. Ce n'est pas un objet qu'elle possède. Les cinquante mille pesos concernaient autre chose.

Mais d'où tirer le premier fil ? Sans doute en s'adressant à Marisa Ferrer en personne.

Il prit le téléphone et composa à nouveau le numéro de l'actrice. La bonne lui fit la même réponse. Il laissa le numéro de son bureau et un message demandant qu'elle le rappelle.

Si je n'avais pas autant sommeil, j'irais manger, pensa-t-il en étouffant le rugissement de ses entrailles et en se laissant tomber dans le fauteuil. Il renonça à enlever ses souliers. Au cas où il lui faudrait ressortir dare-dare.

Il s'endormit à nouveau en contemplant les trois photos punaisées à côté du bureau : un cadavre, Zapata, une fille avec un bras en écharpe.

– Il va devenir fada.

– Chez moi dans mon village, il y avait un type qui roupillait ivre mort n'importe où ; un jour, il s'est endormi devant la porte d'un pédé et quand il s'est réveillé, il était déjà en train de se faire enfiler.

– Il dort ici pour ne pas avoir à refaire son lit chez lui... Vraiment pas très propre le señor Belascoarán.

Il ouvrit les yeux comme s'il s'était agi du rideau de fer d'une banque : lentement et avec des grincements ; et se retrouva face à Gilberto le plombier et Carlos le tapissier qui le regardaient pleins de sollicitude maternelle.

– Gare ! voilà le vampire qui se réveille.

– Alors Dracula, on a fait de beaux rêves ?

Ils avaient chacun un sandwich à la main et ils souriaient.

Il se leva d'un bond et leur arracha les sandwichs, d'un seul geste.

– Mettez-les sur mon ardoise, dit-il tandis qu'il cherchait la gabardine froissée.

– Merde, où il se croit ? C'est un hold-up !

– Je vous ai laissés un message et un petit boulot en plus pour vous, dit-il en s'adressant successivement au tapissier et au plombier.

– Les sandwichs, passe encore, mais vous oubliez tout le temps d'acheter les sodas, dit Gilberto.

– Vous avez pensé à donner un billet à la dame qui nettoie l'escalier ?

– Encore ? Ce n'est plus une femme de ménage, c'est un puits sans fond... Vous savez bien qu'avec l'inflation...

– L'inflation, elle gonfle tous les ans dans le ventre de votre mère, interrompit le tapissier.

– De quoi vous vous plaignez ? Quand on a des couilles, ce n'est pas une pique qui fait peur, dit Gilberto.

– La pique, c'est moi qui l'ai dans le cul pour cette fois, répondit le tapissier.

– Vous avez l'heure ? intervint Hector.

– Pourquoi faire ? De toute façon, elle change tout le temps, répondit Gilberto, décidément impitoyable.

– Trois heures et des poussières, dit le tapissier.

– Dans l'œil sans débander ! conclut le plombier.

Sans attendre l'ascenseur, Hector descendit l'escalier en piqué. A chaque palier, il agrippait la rampe pour éviter de s'envoler cul par-dessus tête.

Il déboucha dans la rue, sauta dans la voiture et accéléra.

Il haïssait la ville et il l'aimait... Et il commençait à s'habituer à vivre au milieu de sensations contradictoires.

Il acheta des cigarettes au kiosque devant l'entrée du cinéma *Le Carrousel* et observa attentivement tous les spectateurs de la première séance de *Chinameca.* Deux visages de vieux paysans retinrent son attention. Mais ils étaient trop jeunes. Dans les cinquante ans. Aucun vieillard de quatre-vingt-quinze ans n'assistait à la séance.

Il remonta dans sa voiture et mit le cap sur le Pedregal.

Aguas numéro 107 : c'était une maison massive, les murs comme cartonnés, peints en gris-crème. Un château sans dragons ni princesses. Le grillage, gris aussi, décourageait les regards vers l'intérieur du gigantesque jardin. Lorsque le deuxième chien se mit à aboyer, Belascoarán se dit que décidément les chiens devaient être les véritables propriétaires de cette ville dans la ville, connue sous le nom de Pedregal de San Angel.

– Qui est là ? interrogea une voix électronique déformée par l'interphone.

– Je cherche l'ancienne épouse de l'ingénieur Alvarez Ceruli.

– Je vais voir si madame peut vous recevoir. Qui dois-je annoncer ?

– Belascoarán Shayne.

Il répéta deux fois son nom et attendit. Un jardinier finit par lui ouvrir la porte et par le conduire jusqu'à l'intérieur de la maison en le protégeant des chiens. Une femme qui portait – et supportait – très bien ses quarante ans l'attendait dans un salon à la décoration ultramoderne. Elle était vêtue comme une maîtresse de maison de la middle class américaine, version trente ans : jupe marron clair, ruban dans les cheveux, chemisier à manches longues de couleur crème.

– Je crois comprendre que vous voulez me parler de mon ex-époux... Si je vous reçois, c'est pour que vous ne pensiez pas que j'ai quelque chose à cacher. Je préfère faire face plutôt que supporter de voir quelqu'un fouiller dans ma vie privée. Et je veux que les choses soient bien claires. C'est la première et la dernière fois que nous nous voyons. Maintenant, aux faits. Qu'est-ce que vous voulez savoir sur mon ex-mari ?

Hector lui tendit sa carte et attendit qu'elle la lui rende.

– Je recherche dans le passé de votre mari quelque chose qui puisse expliquer sa mort. Peut-être pourriez-vous...

– Gaspard était un arriviste qui s'est marié avec moi pour l'argent et le statut social. Notre mariage lui a fait gagner deux échelons dans le déroulement de sa carrière. J'ai fait une erreur et j'ai payé pour. Maintenant, je suis libre à nouveau.

– Il n'y a rien dans son passé... des relations bizarres ? Des problèmes d'argent ? Quelque chose qui daterait de sa jeunesse ?

– Il a eu la jeunesse d'un arriviste magouilleur. C'était un solitaire, il n'avait pas d'amis. A peine des connaissances. Il n'a jamais eu de problèmes d'argent. Il était bien trop prudent pour cela. Rusé, mais de ceux qui s'élèvent lentement... Rien qui puisse vous être utile.

Hector resta silencieux. Il manquait quelque chose au tableau. Cela clochait quelque part. La femme se leva et Hector fut bien obligé de l'imiter et de se laisser conduire lentement vers la porte.

– Désolée de ne pas vous avoir été plus utile.

– C'est moi qui suis désolé de vous avoir fait perdre votre temps.

Il commença à retraverser le jardin. La femme était toujours près de la porte.

– Au fait, monsieur le détective !

Hector tourna la tête.

– Cela vous intéressera peut-être de savoir qu'il était homosexuel, dit-elle à quelques mètres de lui.

A la hauteur du cinéma Insurgentes, il ruminait toujours cette dernière information. Il s'acheta une demi-livre de porc grillé et des tortillas et se distraya en confectionnant des *tacos* tandis qu'il dévisageait les spectateurs. Rien de neuf.

Il remonta dans la voiture et prit la direction de la Colonia Florida. Il avait mauvaise haleine, mal au cou à cause de la sieste dans le fauteuil et la circulation sur Insurgentes était bloquée à la hauteur de l'Hôtel de Mexico. Il aurait voulu que quelqu'un monte dans la voiture pour faire une enquête. Il aurait pu lui expliquer qu'il ne savait pas comment il avait bien pu devenir détective.

La bonne lui ouvrit la porte et le fit entrer sans poser de questions.

Marisa Ferrer l'attendait au salon.

– Du neuf ?

– Non. J'ai parlé avec des amis au bureau du procureur général, mais ils ne savent pas par où démarrer.

Elle n'avait pas pleuré mais elle était tendue. Comme un coq de combat sur le point de sauter dans l'arène.

– J'ai une question à vous poser. Une question fondamentale si nous voulons retrouver votre fille. Ecoutez-moi bien et réfléchissez avant de répondre. Est-ce que vous avez caché quelque chose à Elena qu'elle aurait pu découvrir dernièrement ?

Elle hésita.

– L'existence de mes amants...

– Il y en a eu beaucoup ?

– Cela me regarde.

L'atmosphère était tendue.

– Vous êtes sûre qu'il n'y a pas autre chose ?

– Je ne crois pas.

– Votre fille amenait des amis à la maison ?

– Il y a quelques mois, elle avait un petit ami. Un garçon qui s'appelle Arturo. En dehors de lui et de quelques copines d'école...

– Esteban ?

Elle réfléchit.

– Je ne me souviens pas d'un Esteban.

– Où allait-elle quand elle sortait ?

– Elle faisait comme les autres, je suppose... Elle allait au cinéma, ou manger des hamburgers dans les cafétérias d'Insurgentes... Avant sa rupture avec Arturo, elle allait souvent au bowling. Elle a dû y prendre goût parce qu'elle a continué à y aller toute seule.

– Le señor Burgos, que j'ai rencontré ici l'autre jour... ?

– Vous ne l'aimez pas, n'est-ce pas ?

Hector secoua la tête.

– C'est dommage. C'est un vieil ami de la famille.

– Rien d'autre ?

Elle ne répondit pas. Elle maniait nerveusement entre ses doigts la couture du coussin. Elle se mit à pleurer.

Hector sortit de la pièce et se dirigea droit vers la porte d'entrée. Il n'était pas content d'avoir mis si longtemps à se demander où Elena pouvait avoir rencontré E. et G. (On aurait dit une marque de scotch.)

Ils étaient venus après l'histoire des cinquante mille pesos. C'est Elena qui les avait appelés pour qu'ils l'aident à s'en débarrasser.

Pourquoi transportaient-ils une caisse de Coca dans la voiture ?

Il retourna au salon. Elle ne pleurait plus et regardait fixement droit devant elle.

– Quel bowling ?

– Le Florida, à quelques rues d'ici.

Il décida de faire l'impasse sur la troisième séance. L'homme était vraiment trop vieux pour y aller en soirée. La nuit était douce, accueillante. Il crut même entendre le battement des ailes d'un oiseau. Il fuma une cigarette appuyé contre la voiture. Il se dirigea lentement vers la cabine du coin de la rue.

– Passez-moi Elisa... Bonsoir, chère sœur. Tu peux me rendre un service bizarre ? Pourrais-tu aller faire un tour au service de médecine légale et demander si un certain ingénieur Osorio Barba, assassiné il y a deux mois, était homosexuel. Demande. Il est possible que le type qui a réalisé l'autopsie le sache. File leur un peu de fric, je te rembourserai.

Il raccrocha. Il était temps de débusquer le lièvre. Il fit le tour des drive-in d'Insurgentes. Ils avaient eu leur bonne époque lorsqu'ils étaient devenus des lieux de réunion pour la jeunesse dorée. On y discutait bagnoles et on y essayait les modèles bricolés. Ils avaient même été utilisés à une époque comme ligne de départ et d'arrivée pour d'innombrables compétitions sauvages de vitesse ; ils étaient à présent moribonds et survivaient de l'écho de leur passé et de la fréquentation de la classe moyenne qui venait y pique-niquer. On y trouvait des adolescents qui conduisaient pour la première fois, des bandes de très jeunes filles solitaires et coquettes, des serveurs qui s'ennuyaient. Il n'y avait aucune trace de « Blouson-vert » ni de « Serre-bras ». Du troisième, il n'avait qu'une idée floue, il se l'imaginait trapu, les cheveux frisés, mais il ne pouvait pas préciser son image. Pendant la bagarre, il ne l'avait suivi que du coin de l'œil.

Il poussa jusqu'à la Colonia Narvarte et la rue Luz Saviñon. C'était une maison tranquille, d'aspect bourgeois. Un camion de déménagement chargeait des meubles devant la porte.

– La bonne ?

– Euuuh... Elle est retournée dans son village il y a quelques jours, le patron l'a mise à la porte.

– Le patron ?

– Le frère de l'ingénieur... Je travaille avec lui, dans la fabrique de matelas...

– Vous permettez que j'y mette mon nez ?

Hector montra sa carte.

– Entrez. Mais nous avons déjà presque tout emballé.

Il visita la maison abandonnée. C'était comme si un typhon y était passé. Les meubles par terre, les objets emballés sans tendresse, efficacement dans certains cas, mais généralement à la hâte.

Il chercha un carton dans la chambre. Il n'y trouva rien d'autre qu'un matelas debout contre le mur, plus le lit et un placard démontés, les planches empilées sur le plancher.

Il remercia le déménageur et sortit. Il était dix heures du soir passées. Il monta dans sa voiture et tira son petit carnet de travail. Il essaya de mettre de l'ordre dans ses idées mais un tourbillon de faits et de noms l'envahissait.

– A quel putain de moment les trois histoires pouvaient-elles bien converger ? se demanda-t-il, sans très bien savoir s'il plaisantait ou attendait vraiment une réponse.

Il y avait le fameux Burgos. Qu'est-ce qu'il savait

sur lui ? Rien, si ce n'était que sa tête ne lui revenait pas... Ce qui le rapprochait de milliers d'autres Mexicains dont Hector n'aimait pas non plus la tête.

Il y avait le bowling et les bouteilles de Coca. Les deux choses étaient liées et fournissaient une réponse plausible à la question : où Elena a-t-elle rencontré E. et G. ? C'était aussi un premier indice pour résoudre l'enlèvement.

Il y avait Marisa Ferrer en larmes. Une image pas du tout convaincante qui dissimulait quelque chose.

Mais il y avait aussi un ingénieur homosexuel déjà sous terre, et un autre ingénieur nommé Camposanto susceptible d'inviter des gens à une fête, selon le gros ouvrier du café.

Et il y avait aussi le malaise du gérant, inexplicable, déconcertant. Et la colère syndicale qui montait.

Il y avait aussi un cadavre nommé Osorio Barba, qui avait précédé Alvarez Cerruli dans la tombe. Encore une histoire de pédés ?

Il y avait une fille dont le nom de famille était Bustamante. Et un ex-petit ami qui s'appelait Arturo.

L'ex-épouse de l'ingénieur décédé, une bonne qui était retournée dans son village, un avocat nommé Duelas, un dirigeant syndical de haute taille, les cheveux noirs, un jaune, dirigeant de la Confédération des travailleurs mexicains, avec un costume marron.

Et il y avait les trois hommes qui s'étaient fait délivrer un passeport à San José de Costa Rica en 1934.

Et pour couronner l'ensemble, il y avait aussi un carton rempli des papiers du vieux Belascoarán, et un tas de lettres dans sa poche qu'il n'avait pas eu le temps de lire.

Il lui fallait acheter des sodas pour le bureau. Porter son linge à laver. Continuer à vivre.

Son récapitulatif, qu'il n'avait pas pris au sérieux

au début, commençait à le troubler vraiment. L'ordre des priorités aurait exigé qu'il commençât par le bowling, mais il opta pour le moins important, d'autant que lui parvint par la radio la voix du « Corbeau » Valdivia.

La station Radio Mille d'où émettait XEFS était située sur Insurgentes, dans cette même Colonia Florida. Après avoir parcouru des couloirs et des studios, il tomba sur la cabine où tous les jours de onze heures du soir à cinq heures et demie du matin environ officiait « le Cuervo ». L'animateur n'était pas encore arrivé. Il décida de se secouer, d'arrêter de tourner autour du pot et d'aller droit au bowling Florida.

Avait-il peur ?

Il avait eu souvent peur dans sa vie. C'était une sensation familière. De rares fois, la peur physique d'une agression. Le plus souvent, la peur de la solitude, des responsabilités, de se tromper. Là, c'était différent. C'était peut-être l'alliage de la peur et du sommeil. Après tout, l'état rêvé pour ouvrir les hostilités, se dit-il.

Il fut frappé par la rumeur, le bruit des boules, des quilles qui tombaient, comme si la crête d'une vague lui avait giflé le visage. Il chercha des yeux les deux visages attendus. Table après table, dans les petits groupes derrière les joueurs, dans la cuisine avec sa porte tournante, dans le bureau de l'administration, à la réception d'où ils contrôlaient les pistes, faisaient les comptes, fournissaient les chaussures et les feuilles de marque.

Rien. Il alla à pas lents vers le comptoir. Qu'est-ce qu'il allait demander ? Il décida d'y aller franco.

– Je cherche une fille qui s'appelle Elena, dit-il en regardant fixement le type de la réception, un gros costaud qui souriait.

– Connais pas.

– Je suis à sa recherche parce qu'elle a été kidnappée.

– Ah oui ? dit le gros en souriant.

– Je désirerais inspecter vos installations.

– Rien que ça ? Quel dommage que cela ne soit pas possible.

– Eh bien tant pis, dit Hector sans insister.

Il tourna le dos au gros et se dirigea lentement vers la sortie.

Arrivé à la porte, il se retourna et échangea des regards avec le gros qui l'observait calmement. Au bout d'un moment, le gros leva la main et lui fit un geste obscène. Hector répondit en faisant semblant de jouer du violon et sortit dans la nuit.

Il avait sommeil, très sommeil.

6

J'ai su après que les tangos mentaient, mais il était irrémédiablement trop tard.

Mario Benedetti

– ...Et quand au lieu de partir en courant on a tabassé le bossu de Notre-Dame de Paris à coups de chaînes... Le salaud, il s'est défendu comme un enculé.

– Et Rosas, tu te souviens de Rosas, le petit brun avec la tronche de Woody Woodpecker ? Il disait qu'il n'était pas un trouillard, mais tu l'aurais vu le jour où une main a surgi du mur qu'il longeait...

– La main poilue !

– Il a pissé dans son froc. Pissé je te dis.

– Et Echenique en troisième C, un jour qu'il descendait du pont suspendu et que la grosse bonne femme lui tombe dessus en lui disant qu'elle est une revenante et qu'il est son fils. Il se tire en courant et il vient nous proposer d'aller tous lui foutre la main au cul à cette vieille salope. On se précipite à une dizaine sur elle qui répétait : “ Vous êtes mes enfants, vous êtes mes enfants ” ; on lui fout la main aux fesses dans le noir, et là, putain de surprise, c'était un mec !

– Moi, j'avais des potes en troisième qui roulaient les mécaniques. Un jour il y en a un qui s'est retrouvé coincé par une momie qui sortait d'un cercueil. Et lui qui répétait : " J'ai rien fait, je vous jure ! " Et la momie qui lui répond : " Bien sûr que si, tu es allé sur la pyramide baiser sur ma tombe ". " Je vous assure que c'était pas moi ", qu'il répétait. Et nous, on n'arrivait même pas à rire, tellement on était morts de peur. La maison des monstres, on l'appelait. Tu te rappelles ? C'était un immeuble en construction du côté d'Insurgentes nord.

– Je n'ai jamais eu aussi peur de ma vie... Mais nous y retournions quand même.

– C'était ça le défi, dit Belascoarán.

Ils étaient assis dans un minuscule bureau bourré de disques rangés contre les murs. Valdivia avait sorti une bouteille de rhum et improvisé un cuba libre dans un verre en papier. Hector buvait du ginger ale et s'en délectait.

– Et toi, qu'est-ce que tu fais ? demanda Valdivia.

– Je suis détective.

– Dans la police ?

– Non, indépendant, dit Belascoarán.

Le mot « privé » l'énervait et il avait trouvé le terme idéal pour qualifier son métier.

– Il me semblait que tu avais terminé tes études d'ingénieur.

– Ce n'est pas faux.

– Et alors...

Hector, au lieu de lui parler du passé, lui raconta le triangle où il s'était fourré et dont l'un des sommets était la compagnie Delex et l'ingénieur, l'autre les yeux fulgurants du mythe de Zapata vivant, et le troisième la fille au bras en écharpe qui avait peur.

– J'ai écouté ton émission l'autre soir. Elle m'a plu. Je te trouve parfois un peu trop conciliant avec les auditeurs. Comme si tu avais besoin de leur vendre quelque chose.

– Tu l'as écoutée à quelle heure ?

– Vers minuit et demi, ou un peu plus tard...

– Ce n'est pas la meilleure heure. Plus tard, c'est vraiment les auditeurs qui la réalisent.

Il y eut un nouveau silence.

– Tu veux que je te donne un coup de main ?

– En quoi ?

– Je ne sais pas, dit le speaker. Mais si tu as des problèmes, téléphone-moi. Je te présente. Et les gens peuvent collaborer. Tu n'as pas idée du nombre de gens qui écoutent l'émission et souhaitent collaborer à quelque chose. Ils ont besoin d'aider autant que d'être aidés.

– Je te crois.

– Réfléchis-y... Voilà nos six numéros de téléphone. Tu peux utiliser n'importe lequel, dit-il en lui tendant une carte.

Hector la prit.

– Bon, il faut que je te laisse.

– Bonne chance.

Ils se tapèrent dans le dos. Hector resta immobile dans le couloir tandis que Valdivia s'éloignait. Le speaker se retourna. C'était un homme extrêmement mince dont la tête commençait à se dégarnir. Il portait une énorme moustache sous des yeux clairs.

– N'hésite pas, mon vieux... compte sur moi. Cela ferait même du bien à l'émission.

Hector prit Insurgentes en direction de la Colonia Napoles. Il avait l'intention de monter la garde en face de la maison de l'ingénieur. Il alluma la radio.

« Ce soir, J'ai rencontré un vieil ami. C'est

incroyable comme cette ville dans laquelle nous vivons bouffe l'amitié, la détruit. Cela m'a fait très plaisir de le revoir. Il travaille actuellement comme détective et il a promis de téléphoner de temps en temps. *Les heures du Corbeau* pourront peut-être lui apporter un coup de main... C'est un détective indépendant, pas un policier bien sûr. Vous êtes donc prévenus.

Et maintenant, pour ouvrir le feu, une chanson de Cuco Sánchez qui pourrait servir d'hymne à cette émission pour commencer une nuit qui promet d'être longue et tumultueuse : *Nous sommes des muletiers.*

Et je vous rappelle nos numéros de téléphone : cinq cent onze, vingt-deux, quarante-sept, cinq cent onze, trente et un, dix-neuf, cinq cent quatre-vingt-sept, quatre-vingt-sept, vingt et un, cinq cent soixante-six, quarante-cinq, soixante-cinq, cinq cent quarante-quatre, trente et un, vingt-sept et cinq cent soixante-quatre, vingt-neuf, quarante-trois. Le Corbeau est ici pour servir de pont entre nous tous. Pour mobiliser les énergies gaspillées de la ville, pour tracer un chemin de solidarité entre les habitants de la nuit, entre les vampires du District Fédéral... N'ayez pas honte. Nous avons tous des problèmes et les solutions sont rarement faciles. »

Les mots âpres et mélancoliques de Cuco Sánchez remplacèrent la voix du Corbeau : « Nous sommes des muletiers, et tous sur le même chemin... »

Belascoarán gara la voiture à cinquante mètres de la porte de l'immeuble dans le sens de la circulation, de façon à pouvoir suivre la voiture dès qu'elle sortirait. Il descendit. La voiture de Camposanto n'était pas au garage. Il jura à voix basse. Du temps perdu.

Les lumières des panneaux lumineux, et même celles des feux rouges, lui blessaient la rétine. Le col de sa chemise avait une consistance de carton mouillé et il avait l'impression que ses chaussettes étaient devenues des macaronis autour de ses pieds. L'heure de déposer les armes semblait venue. Mais fidèle à son esprit de contradiction avec lui-même, il prit à nouveau la direction du sud. Il fit le plein d'essence et alla pisser.

Au bowling les lumières étaient éteintes. Il regarda à travers les vitres en verre dépoli de la porte de devant. On n'y voyait rien. Il examina les deux immeubles qui étaient de chaque côté, puis il fit le tour du pâté de maisons. Les rues étaient désertes. Il n'y avait qu'un couple d'amoureux contre lequel il se heurta sans qu'ils manifestent la moindre réaction. A l'arrière du bowling, il y avait une épicerie. Il refit le tour du pâté de maisons, cherchant un endroit par où se glisser à l'intérieur. Il essaya d'entrer par le parking de l'un des immeubles.

Une des chaînes qui fermaient le portail à deux battants était munie d'un cadenas mal refermé. Il entra dans le garage, trébuchant contre une poubelle ; un chat s'enfuit, effrayé. Il trouva une petite porte verte de moins d'un mètre de haut qui donnait sur le mur de ce qui devait être le bowling. Il fit glisser un verrou grinçant, la porte s'ouvrit sur un escalier de quatre marches qui donnait sur un sous-sol au plafond très bas. Les rebuts du bowling y étaient entreposés et il atteignit un endroit où étaient entassées des boules abîmées. En les touchant il sentit les morsures sur des sphères qui devaient en principe être parfaitement lisses. L'obscurité était totale. Il marchait en tâtant les murs.

Lorsqu'il trébucha pour la deuxième fois contre des quilles couchées par terre, il alluma son briquet un instant pour s'orienter. A l'opposé de l'endroit par lequel il était entré se trouvait une porte rouillée. Il s'en approcha. Elle n'avait pas de cadenas, mais le verrou était mis à l'extérieur et il était fermé.

Il chercha dans ses poches un outil pour le glisser dans la fente qui restait entre la porte et le mur, tout en sachant qu'il n'avait rien sur lui. Il alluma de nouveau son briquet jusqu'à ce que le métal lui brûle les doigts, mais il ne distinguait rien au milieu des quilles cassées, des lattes de parquet et des ordures. Il refit le chemin en sens inverse, se cogna plusieurs fois de nouveau et jura qu'il aurait mieux fait de se faire curé ou présentateur télé. Il sortit en se massant la cheville, il s'était fait mal en butant contre le pare-chocs de l'une des voitures garées dans le parking. Ce qui au début n'était qu'un exercice devenait un travail artisanal pénible. Il trouva dans la boîte à gants un tournevis long et mince. Il retourna dans le garage. La rue était toujours déserte. Il poussa la porte et marcha de nouveau entre les quilles cassées jusqu'à la porte d'en face. Il trouva la fente et commença à pousser le verrou avec le tournevis. Il réussit au troisième essai. La porte s'ouvrit en grinçant dans l'obscurité. En tâtonnant il trouva un petit escalier dans le genre de l'autre, mais avec une marche supplémentaire qu'il n'avait pas prévue, il trébucha et se fit mal au poignet en tombant. Il en était là quand il perçut une faible lumière. Il rampa jusqu'à la porte d'accès au bowling.

Lentement, essayant d'étouffer le bruit de l'air qui s'échappait de ses poumons, il sortit son revolver. Des sons de voix et de pas se rapprochaient.

– ...Qu'est-ce que tu veux qu'il pense ? Il ne sait rien, il est dans le noir. Mais en attendant, ne vous montrez pas. Emmenez-la d'ici tout de suite. J'ai donné à Géronimo l'adresse d'un hôtel sur l'avenue

Zaragoza. Le gérant me connaît depuis des années. Vous la gardez là en attendant que l'horizon se dégage...

Le nom de l'hôtel, vas-y, dis-le. Le nom de l'hôtel, merde !

– Si c'était moi, je donnerais une bonne correction à cet imbécile. Je l'attendrais à la sortie la prochaine fois qu'il ose pointer son nez...

Les voix et les pas s'éloignèrent. En baissant la tête, Hector essaya de voir par la fente inférieure de la porte. Mais il ne réussit à apercevoir que le bas d'une paire de bottes noires. Il entendit le moteur d'une voiture qui s'éloignait. Le bruit des bottes s'éloignait aussi. Il tenta de s'orienter. Se dirigeaient-elles vers la cuisine ?

Lentement il refit le chemin en arrière. Assis dans sa voiture, il essaya de reconstituer les événements... Il alluma une autre cigarette.

Quand il était entré il n'y avait pas de voitures avec des gens dedans dans la rue. Il y avait trois voitures garées mais vides, les mêmes que maintenant. Il sortit la tête par la fenêtre et les compta. Pendant qu'il était dans le sous-sol une voiture avec Elena à l'intérieur était sortie de quelque part, la même que celle utilisée par l'homme qui parlait avec celui qui avait des bottes. Il descendit de sa voiture et marcha jusqu'au garage de l'immeuble de l'autre côté du bowling. Elle avait pu sortir par là. Mais si elle était là quand il était arrivé dans sa voiture, ils avaient dû le voir. De sorte que, pendant qu'il était au sous-sol ils avaient fait sortir la fille et l'avaient mise dans la voiture.

Tout cela était bien étrange, comme si la logique avait cessé d'être une science exacte et était entrée dans le domaine du hasard.

Géronimo, avec un g ou avec un j ?

Combien d'hôtels pouvait-il y avoir sur l'avenue Zaragoza ?

Il commençait à être en colère contre lui-même. Tout semblait trop facile. Il avait surpris la conversation au moment opportun. Il n'aimait pas les solutions simples. Dans une ville de douze millions d'habitants la chance n'existe pas. Seulement la malchance. Et si tout cela n'était qu'un piège ? Un minable piège à cons ? A cons comme lui ?

Il démarra la voiture et s'éloigna de deux rues du Florida. Il se gara devant une maison éclairée où l'on donnait une fête. La musique se glissait par les fenêtres avec la lumière des lampes et l'odeur de la nourriture.

Une idée surprenante s'agitait dans sa tête. Et s'il n'y avait pas eu enlèvement ? Les larmes de Marisa Ferrer lui donnaient l'impression d'être de l'eau coulant d'un robinet ouvert.

Il avait donc trois possibilités : arracher quelques réponses à coups de pied au type avec les bottes noires ; rendre visite à l'actrice pour voir ce qui pouvait être tiré au clair ; ou rendre visite aux deux cents hôtels qu'il devait y avoir sur l'avenue Zaragoza.

Une quatrième possibilité était d'aller dormir. La tentation était forte. Mais une vague conscience du devoir et l'image de la collégienne au bras en écharpe finirent par lui faire rejeter l'hypothèse du sommeil. Il se frotta les yeux de la paume de ses mains ouvertes et alluma une autre cigarette. Le tabac commençait à l'écœurer. Il était de nouveau intoxiqué. Il jeta la cigarette par la fenêtre et sortit la tête pour prendre l'air. Il démarra, alluma la radio et laissa la fenêtre ouverte. Le vent frais lui fouettait le sang.

> « Si tu te sens bête, ce n'est pas ta faute. C'est qu'il est deux heures du matin et que tu n'as sûrement pas bien dormi.

Ici, *Les heures du Corbeau.* La première et seule émission de radio en solidarité avec les chiens noctambules, les vampires, les travailleurs d'heures supplémentaires, les étudiants qui révisent tard, les chauffeurs en service, les grévistes qui montent la garde, les prostituées, les voleurs malchanceux, les détectives indépendants, les amoureux trahis, les solitaires invétérés, et toutes les autres espèces de la faune nocturne.

Vous êtes à l'écoute du Corbeau, l'oiseau magique de la nuit éternelle, prêt à collaborer aux choses les plus étranges. Une information avant d'écouter deux sambas brésiliennes dédiées à l'amour : un habitant de la Colonia San Rafael qui habite au 117 de la rue Gabino Barreda, appartement 301, demande du secours d'urgence. Il a un gros problème de joints dans sa salle de bain et son appartement est en train de s'inonder. On demande aux habitants du quartier d'y aller faire un tour avec des cuvettes pour aider à endiguer l'inondation.

Le señor Valdés de Gabino Barreda est prié de nous renseigner sur le nombre de gens qui viendront donner un coup de main.

Ecoutons maintenant ces sambas langoureuses qui berceront notre imsomnie. »

La musique envahit la voiture. Cela faisait cinq minutes qu'il tournait autour du pâté de maisons. Il hésita entre prendre la décision qu'il ajournait depuis tout à l'heure et se rendre Colonia San Rafael pour aider à stopper l'inondation.

Il faut prendre le taureau par les cornes, se dit-il en essayant de fabriquer une phrase dont la solennité fut trahie par un nouveau bâillement ; s'il continuait comme ça, il finirait par se démettre la mâchoire.

Il prit le chemin du domicile de l'actrice. La voiture semblait marcher toute seule. Il se gara devant la maison à deux étages.

Il sonna plusieurs fois et la bonne finit par entrouvrir la porte. Il insista et entra. La bonne, vêtue d'une vieille robe de chambre sur une chemise de nuit en coton blanc, garda le silence et le laissa passer. Belascoarán parcourut le couloir en ouvrant des portes. Pourquoi était-il furieux ? Pourquoi cette sensation d'avoir été trompé par l'actrice ?

Il se dit brusquement que Marisa Ferrer était peut-être au lit avec un homme ; il s'arrêta devant ce qui devait être la porte de sa chambre. Il frappa deux fois. Personne ne répondit. Il ouvrit la porte. La lumière de la lampe sur la table de nuit éclairait Marisa Ferrer, actrice de cinéma et de cabaret qui avait trimé dur pour monter haut. Elle dormait sur le ventre, sous un drap gris perle, le dos nu et les bras pendants dans une position bizarre. Belascoarán s'approcha et la toucha. La femme ne réagit pas. Elle demeura immobile sous la main qui appuyait sur son dos.

Belascoarán se retourna. A la porte, la bonne observait en silence, les bras fermement croisés pour maintenir sa robe de chambre fermée.

– Ça lui est souvent arrivé ? demanda Hector.

Elle acquiesça.

Il fouilla dans la petite table de nuit et trouva finalement dans le tiroir d'en haut la seringue et l'enveloppe avec la poudre blanche. Il les jeta de nouveau dans le tiroir et le referma violemment.

Il traversa le couloir. La bonne le suivit.

L'air du dehors le calma. Il monta dans la voiture, décidé à sortir de l'impasse. La radio était restée allumée et diffusait une musique rituelle africaine.

Il s'arrêta devant le bowling Florida. Il hésita.

Après tout, un piège pouvait aussi trahir ceux qui l'avaient tendu.

Mais combien d'hôtels y avait-il sur l'avenue Zaragoza ? Il se rappelait en avoir vu au moins une douzaine, et encore il n'avait pas regardé attentivement. Il devait y en avoir au moins quarante, peut-être plus. Dans lequel pouvait être la fille ? C'était un piège trop compliqué. S'ils avaient voulu le tendre dans les règles de l'art, ils auraient donné le nom de l'hôtel. Il descendit et alla jusqu'à la porte du bowling.

Il parcourut le chemin qu'il avait exploré deux heures auparavant. Cette obstination qui l'empêchait d'aller dormir, qui le poussait à poser un pied devant l'autre au milieu de cette nuit sans fin, était-ce de la ténacité ?

Lorsqu'il eut dépassé la deuxième porte, il se trouva à l'intérieur du bowling. Il essaya de s'orienter. A droite les tables, au fond, à gauche, la cuisine, derrière probablement des chambres ; une lumière filtrait par la porte qu'il venait de dépasser. Il sortit son pistolet, se frotta des yeux lourds de sommeil, puis donna un coup de pied avec rage.

Un gond céda, des éclats de bois volèrent, la porte était à moitié tombée, soutenue seulement par la charnière d'en bas.

Le gros aux cheveux frisés qu'il avait rencontré le matin lisait un roman-photo, faiblement éclairé par une lampe. Les bottes reposaient à côté du lit, elles brillaient d'avoir été récemment graissées. Sur la petite table de nuit, deux verre vides, une bouteille de Pepsi-Cola à moitié vide, des cachets pour la toux. Sur une chaise à côté du lit, un couteau à cran d'arrêt, et des pantalons froissés. Sur une bibliothèque, des paquets de journaux attachés avec une cordelette et deux paquets de Philip Morris qui lui firent penser au bureau des gérants de Delex. Accrochées sur le mur, des photos de Lin May, l'actrice aux gros seins, et un poster de l'équipe de football de Cruz Azul.

Le petit gros laissa tomber la revue et se recroquevilla au fond du lit.

– Bonsoir, dit Hector.

Le petit gros ne répondit pas.

Hector regarda de nouveau la pièce. La vue du sordide chez les autres avait le don de l'émouvoir. Qu'est-ce qu'il allait faire maintenant ? Quelques instants plus tôt, tout avait l'air très clair : sortir pistolet, donner coup de pied dans porte, entrer dans pièce. D'après le scénario de cette histoire, il fallait maintenant : soit tabasser le petit gros à coups de pied pour qu'il dise le nom de l'hôtel sur l'avenue Zaragoza, soit le piéger au cours d'une conversation pour qu'il lâche le morceau.

Hector se sentait incapable de l'un et l'autre. Il essaya de trouver des options pour sortir de l'impasse où il se trouvait. Il pourrait l'attacher, attendre qu'il se détache, puis le suivre. S'il téléphonait, il fallait écouter le téléphone. Cette perspective le fit sourire. Merde, comment écouter un téléphone dans ce pays.

Le petit gros répondit par un sourire à celui d'Hector.

– Qu'est-ce qui te fait rire, imbécile ? demanda Hector de plus en plus mal à l'aise.

– Rien, dit le petit gros.

Deux minutes s'écoulèrent en silence. Enfin le petit gros, nerveux, remua sur le lit.

Hector n'avait aucune idée ferme, il sauta donc sur le lit. Le sommier s'enfonça sous le poid du détective qui, en faisant un élégant bond en arrière, revint à la case départ. Le petit gros, terrorisé, avait roulé par terre.

Hector lui tourna le dos et sortit de la pièce.

Il trouva dans l'annuaire téléphonique par noms de rues le nombre exorbitant de cent dix-sept hôtels sur l'avenue Zaragoza. Il avait envie de pleurer. Il rangea le linge qu'il fallait donner à laver, jeta la vaisselle sale dans l'évier, vida les cendriers dans la poubelle et les lava, ouvrit les fenêtres et se mit au lit tout habillé. Quelle vie de merde, se dit-il et malgré le sommeil féroce qui le poursuivait, il ne réussit pas à dormir. A cinq heures et demie, il sauta du lit, mit son visage sous le robinet d'eau froide et demeura un moment sous le jet. Il était envahi par une profonde sensation d'échec.

« La Tolvanera », était-il écrit sur la pancarte solitaire, secouée par le vent au bord de la route. Il rangea dans la poche de sa gabardine le roman qu'il avait lu pendant le trajet et s'achemina vers les rues désertes du village. Il avait dormi un peu pendant les quinze heures de route et profité de l'apaisante sensation que produisaient les plaines après Huajapan de León.

Le village semblait mort. Quatre rues poussiéreuses et solitaires. Il entra dans un bistrot, *La Rosita*, « PEPSI-COLA C'EST MEILLEUR », pour se protéger du vent qui le faisait vaciller. Il y faisait très sombre et il fut obligé d'attendre un instant avant de pouvoir apercevoir le vieux derrière le comptoir.

– Est-ce que vous savez où habite don Eladio Huerta ?

– Il est mort.

– Il a laissé de la famille ?

– Non, il était tout seul.

– Cela fait longtemps ?

– Trois ans. Si vous continuez tout droit, vous trouverez le cimetière à cent mètres.

Belascoarán s'empressa d'obéir. A la sortie du village devant un garage, deux hommes s'affairaient dans le moteur d'un camion à benne, luttant contre la poussière soulevée par le vent.

– Bonjour.

– Bonjour ! répondirent-ils en chœur.

C'était la chose qu'il appréciait le plus à la campagne : les gens disaient encore bonjour.

Derrière la boutique se trouvait un cimetière de voitures. Plus loin, le vrai cimetière se dressait dans la plaine aride. Cinquante tombes dispersées, aux croix vermoulues. L'herbe était sèche.

ELADIO HUERTA 1882-1973. Sous le nom, la photo jaunâtre d'un vieillard.

De ce côté-là, l'issue était bouchée. Plus d'échappatoire ; il lui fallait affronter la ville de nouveau. Passer de nouveau la nuit devant la maison d'un ingénieur, visiter cent dix-sept hôtels à la recherche de la fille. Il avait fui vers nulle part.

Il revint sur la route et pendant deux heures il lutta contre le vent brutal qui traversait l'isthme séparant le Pacifique de l'Atlantique et balayait la terre et les arbres. Un autocar de deuxième classe le prit et continua cahin-caha jusqu'à Oaxaca.

Le bus de Oaxaca arriva à Mexico à deux heures dix du matin. Un détective plus moulu que jamais descendit du car. Il avait derrière lui trente-cinq heures de voyage non stop. Il monta dans la voiture qu'il avait garée devant la gare routière et reprit l'avenue Insurgentes au milieu de la nuit. La radio, sa fidèle amie, lui transmit quelques messages.

> « Vous attendez ? N'attendez plus... Si vous pensez que celui ou celle que vous attendez n'ar-

rivera plus, vous avez raison. Sentez-vous maître absolu des heures qui vous restent. Arrêtez de pleurer devant la glace. Préparez-vous un café bien fort, et souriez. Ne vous posez plus de questions. La nuit, cette amie fidèle, est avec vous... »

Un disque de Peter, Paul and Mary retentit dans les haut-parleurs et cela lui rappela l'époque où il attendait la boum du samedi soir.

Il s'arrêta devant le bowling Florida et chercha des yeux quelque chose. Il trouva ce qu'il cherchait dans un immeuble en construction vingt mètres plus loin : des parpaings et du gravier. Il transporta avec beaucoup de difficultés devant le bowling dix kilos de projectiles de tailles diverses, et sous la lumière diaphane se mit à les jeter l'un après l'autre contre les vitres qui volèrent en éclats. Au milieu du fracas du combat, il se rendit compte qu'il s'amusait. Il contempla les dégâts et lança les derniers parpaings contre les pistes du bowling. Il reprit la voiture, et quitta l'endroit avant que les lumières du voisinage ne commencent à s'allumer.

– Il se moquait de moi. Et moi, j'avais l'air d'une conne. Tu m'envoies faire de ces trucs, petit frère...

Il faut avouer qu'Elisa avait du style pour dévorer les spaghettis.

– Il m'a dit : " Vous croyez que deux mois après sa mort il porte encore dans le cul les traces de ses aventures chez les vivants ? " Et il a de nouveau éclaté de rire.

Hector ne put s'empêcher de rire aussi.

– Et qu'est-ce que tu as fait ?

– Je l'ai envoyé chier, et je suis partie... En plus,

cette putain de morgue est sinistre... quelle trouille... Les morts sont rangés comme des bouteilles de bière dans un camion.

– Merci de toute façon, Elisa.

Elisa se battait toujours avec ses spaghettis. Hector, qui n'avait pas faim, la regardait manger. Ils étaient sur la terrasse d'un restaurant de la Zona Rosa. C'était un après-midi inondé de soleil et réconfortant.

– Attends, ce n'est pas tout..., dit Elisa en souriant.

– Quoi encore ?

Hector écoutait à moitié. L'autre moitié de lui-même était concentrée sur les cuisse d'une fille noire, assise deux tables plus loin, et sur le soleil qui réchauffait ses os.

– Comme tu n'arrivais pas, j'ai continué toute seule, dit-elle en engloutissant une autre portion monstrueuse de spaghettis.

– On mange beaucoup de cuisine italienne au Canada ?

– Beaucoup, répondit Elisa la bouche pleine.

– Et ils aiment ça ? demanda Hector pour dire quelque chose.

– Moooouichhh, répondit sa sœur.

Le regard de la Noire croisa celui d'Hector, puis revint au menu qu'elle avait devant les yeux.

– Qu'est-ce que tu disais ? Que tu avais continué toute seule... ? dit le détective en revenant à la réalité.

Elisa sauca son assiette avec un morceau de pain et le garçon posa devant elle un plat contenant une double portion de calamars en sauce avec du riz.

– Putain, j'avais faim...

– Qu'est-ce que tu as trouvé ?

– Un type solitaire, un certain Osorio Barba, sans vie familiale. Arriviste, gris, médiocre, excellente réputation professionnelle. Dans l'immeuble où il habitait personne n'avait plus de trois phrases à dire sur lui. Mais finalement j'ai rencontré le concierge.

Elle attaqua ses calamars. Elle prenait sans aucun doute du plaisir au rythme de la conversation. C'était une femme mince, qui avait hérité des taches de rousseur et des cheveux roux du côté irlandais de la famille. Elle avait les épaules larges et fortes. Et avait beaucoup souffert d'un mariage prématuré avec un journaliste canadien qui s'était révélé être un alcoolique paranoïaque. Ses liens avec le Mexique et avec sa génération avaient été brisés pendant quatre ans et elle commençait à peine à remettre les pieds sur terre. Elle partageait avec Hector le plaisir des situations inattendues, des nuits d'insomnie.

Elle jouait assez bien de la guitare et écrivait des poèmes qu'elle ne montrait à personne. « Je suis dans un train qui roule sur une voie désaffectée », disait-elle d'elle-même.

– Ils sont bons ?

– Très, très bons... Tu en veux ?

Hector fit non de la tête, et le regretta presque tout de suite, comme toujours. Il mit sa fourchette dans l'assiette de sa sœur et prit un énorme calamar.

– Le concierge m'a vendu pour cent pesos un carton de papiers que le mort avait laissé dans son appartement... Rien d'intéressant sauf une feuille au milieu d'une chemise remplie de bons de commande pour l'usine. Il y avait trois noms et trois adresses dessus.

– Et alors ?

– Je suis allée aux trois adresses, j'ai observé à distance les trois personnes correspondant aux noms... Ce sont des garçons de vingt à vingt-cinq ans tous les trois, ni pauvres ni riches, deux sont étudiants et le troisième est comptable à la Banque de Commerce. Je me fais refaire le nez si c'est pas des pédés.

– File-moi les noms.

– File-moi les cent pesos que ça m'a coûté.

Hector sortit un billet de sa poche.

– Je t'en prie, ne sois pas plus bête que tu ne l'es, c'était pour rire... Qu'est-ce que tu peux être sérieux !

Hector eut un sourire.

– Ce que je viens de te raconter, ça te sert à quelque chose ?

– J'ai bien peur que non. Ou plutôt si. Cela confirme qu'il y a des histoires de pédés derrière la mort des ingénieurs.

– Tu t'imagines les gros titres d'*Alarma*, s'ils apprennent l'histoire : « Des industriels pédés à Santa Clara ! »

Le garçon s'approcha de la table.

– Vous prendrez autre chose, madame ?

– Un gâteau à la fraise.

Il buvait à petites gorgées son milk-shake au mamey acheté chez le marchand de jus de fruits d'en bas. Il contemplait par la fenêtre les immeubles gris des bureaux en face, avec des vitres tellement sales qu'on ne pouvait pas deviner la raison sociale des sociétés qu'ils abritaient.

Quelques lumières commençaient à s'allumer.

Il prit l'annuaire et chercha le numéro du bowling Florida. Il composa lentement les sept chiffres.

– Allo, le bowling Florida ?

Il laissa passer un moment.

– Ecoute-moi bien, petit gros, j'ai une idée en tête : foutre le feu à un hôtel qui se trouve sur l'avenue Zaragoza et mettre trois cartouches de dynamite à la porte de ta putain de boutique.

Il entendait dans l'écouteur le son assourdi des boules qui frappaient contre les quilles.

– Au fait, dis à tes collègues d'écouter ce soir XEFS.

Il raccrocha.

– Qu'est-ce que vous avez, voisin ?

– Qu'est-ce qui se passe, don Gilberto ?

– Je vous en prie, entre nous pas de manières... J'ai des choses à vous dire au sujet du boulot que vous m'avez demandé l'autre jour, mais comme je ne vous avais pas vu...

– Aux faits, voisin, aux faits.

– Le vieux qui habitait dans la Colonia Olivar de los Padres était un vioque qui ne parlait pas beaucoup, il était tout le temps seul. Il fabriquait des harnais pour les vendre. De temps en temps, les jeunes de l'équipe de football passaient le voir et il bavardait avec eux. Il recevait une pension d'ancien combattant de la Révolution, en tant qu'ancien zapatiste. Il était connu pour aimer la bagarre. Un jour où les flics étaient venus virer des squatters, il a sorti le fusil et il les a braqués avec. En 1970, il a quitté l'endroit, sans laisser d'adresse. Des années plus tôt, il était déjà parti, mais il était revenu. Aujourd'hui, la maison est vide, les squatters l'utilisent pour entreposer du matériel de construction.

Il guetta la réaction à ses renseignements. Hector écoutait en silence, en dessinant des fleurs sur le vieux journal qui leur servait d'agenda.

– C'est tout. Je vous laisse à vos peines parce que j'ai un chantier qui m'attend.

– Qu'est-ce que vous allez réparer ? Et à qui ?

– Secret professionnel, l'ami. J'allume ?

Hector fit signe que non.

Il s'approcha du tas de lettres qui étaient sur sa table et y joignit celles qu'il gardait depuis des jours dans sa poche.

Derrière le bureau l'attendait un fauteuil tournant

très fatigué. Il s'y affala et mit les pieds sur la table. Dans la pénombre grandissante, on pouvait encore distinguer nettement les trois photos accrochées au mur. Don Emiliano Zapata, le cadavre écroulé sur le bureau et la fille au bras en écharpe. Qui poursuivait qui ? La nuit tombait sur la ville comme une chape de plomb. Il se leva et revint à la liste des hôtels sur l'avenue Zaragoza. C'était une question de patience maintenant. Il composa le premier numéro.

– Passez-moi tout de suite le gérant... Dites à vos amis qu'ils ont jusqu'à minuit pour relâcher la fille, autrement, je fais sauter l'hôtel...

Il raccrocha.

Appeler tous les numéros de la liste allait lui prendre plusieurs heures. Et il n'était même pas sûr que l'hôtel se trouvait sur l'avenue et pas dans une rue proche.

Une heure et demie plus tard il avait fait autour de soixante-quinze appels, tous avec le même résultat. Après ses menaces, on demandait : « Qui est à l'appareil ? » «C'est qui ? » On l'envoyait chier, ou on lui répondait par une plaisanterie. L'hôtel qu'il cherchait pouvait aussi bien être le premier que le dernier appelé. Il continua, fidèle à son programme. Il avait la bouche sèche.

– Passez-moi tout de suite le gérant... le responsable alors... Allô ? Dites à vos amis qu'ils ont jusqu'à minuit pour relâcher la fille, autrement je fais sauter l'hôtel. Je ne plaisante pas.

Il raccrocha.

– Qu'est-ce qui vous arrive, voisin ? Pourquoi voulez-vous faire sauter un hôtel ? Et pourquoi rester dans le noir ? demanda l'ingénieur expert en cloaques qui démarrait son travail de nuit.

– Passez-moi le gérant... Allô ? Dites à vos potes qu'ils ont jusqu'à minuit pour relâcher la fille, autrement, je réduis en miettes votre putain d'hôtel... Je vous jure qu'il ne restera qu'un tas de merde ! termina-t-il, emphatique.

Il raya l'hôtel Peregrino de la liste. C'était le tour de l'hôtel del Monte.

– Ce sont des crises de folie qui me prennent.

– Vous avez la gorge esquintée. Ça fait longtemps que vous téléphonez ?

– Deux heures à peu près.

– Je vais vous aider... Qu'est-ce que je dois dire ?

Hector lui expliqua les mots clés et lui céda le téléphone en lui montrant l'endroit de la liste où il en était. Il laissa El Gallo et alla chercher un soda dans la cachette. C'était le dernier. Merde, au lieu de se moquer du plombier il aurait dû aller en acheter. Ses voisins de bureau allaient lui passer un savon.

– Passe-moi le gérant, tout de suite, c'est une affaire grave, dit l'ingénieur au téléphone. Ecoute-moi bien, connard, dis à tes copains qu'ils ont jusqu'à minuit pour relâcher la fille, autrement, je fais sauter ton putain d'hôtel en mille morceaux... La dynamite est prête.

Il raccrocha.

– Alors, c'était comment ?

– Parfait. Laissez, je continue.

– Non, je continue, je sens que ça me plaît.

Hector s'affala dans le fauteuil.

– Sauf qu'on n'y voit que dalle avec les néons dehors. S'il faut téléphoner dans le noir, on pourrait au moins allumer des bougies ?

– Excusez-moi, voisin, j'avais mal à la tête.

Il se leva pour allumer la lumière et revint s'affaler dans le fauteuil.

– Je voudrais parler au gérant... Ecoute-moi bien, grand fils de pute, vous avez jusqu'à minuit pour relâcher la fille... Dis-le tout de suite à tes potes, autrement je réduis ton hôtel en bouillie.

Il était franchement rayonnant.

Hector en profita pour s'intéresser à son courrier. Il commença par un télégramme.

> « Adresse correspond maison démolie depuis seize ans. Propriétaire mort dans accident voiture. Agence Garza Hernández, Monterrey. »

Voilà qui mettait fin à l'histoire des passeports délivrés à Costa Rica.

– ...votre hôtel de merde, en miettes !

Il mit de côté un avis de réception pour aller chercher à la poste un paquet de livres envoyé de Guadalajara. Une lettre de l'Académie mexicaine de recherche criminelle, pour l'inviter à donner un cours sur le thème de son choix. Il la jeta à la poubelle. Une lettre de l'Association de karaté et arts martiaux Kai Feng, à laquelle étaient joints des dépliants sur les cours et leurs tarifs. Une lettre de la señora Saenz de Mier où elle disait à Gilberto que son travail n'était pas sérieux : la douche crachait de l'eau couleur café, et un vrai tourbillon de bulles de savon se produisait chaque fois qu'on tirait la chasse d'eau. Il la garda comme une relique. La seule chose qui manquait c'était qu'on entende *La Marseillaise* quand on pissait.

– ...Votre hôtel ne sera plus qu'un tas de décombres après les bâtons de dynamite que je vais y foutre. Ah, ah, ah ! ricana l'ingénieur Villareal pour ponctuer sa menace.

Il améliorait remarquablement le texte original.

Deux lettres avec des prospectus, l'un pour une boutique de jouets, l'autre pour une exposition.

La collection entière du *Septième Cercle* – deux cent quinze exemplaires – pour deux mille pesos. Vraiment pas cher, se dit-il.

– Allô ? Je voudrais parler au gérant...

Au-dessous du paquet, comme si elles avaient attendu que les affaires mineures filent à la poubelle, deux lettres avec des tampons et des timbres bizarres. Il hésita entre les ouvrir et les remettre dans sa poche jusqu'à ce que l'orage où étaient impliqués cent dix-sept hôtels se soit calmé.

Il se sentait pour le moment plus le débiteur de la fille au bras en écharpe que de celle à la queue de cheval, si loin et pourtant si proche. Mais il décida d'ouvrir les lettres en pensant que le désastre de sa vie amoureuse avait bien sa place dans le labyrinthe aux trois histoires. Joli titre pour un roman policier : *Le Labyrinthe aux trois histoires*, par Hector Belascoarán Shayne.

Il alluma une cigarette.

– Nous sommes décidés à détruire jusqu'à la dernière pierre de votre hôtel. J'ai sur moi les cartouches de dynamite....

Cela aurait été une belle histoire policière s'il n'avait pas été aussi concerné : il se foutait des résultats et de ses employeurs, mais pas du rôle qu'il avait accepté dans la distribution.

La première lettre disait :

> « Je suppose que tes lettres poursuivent les trains et les cars que je prend. Je ne veux pas que tu restes avec l'impression que je les fuis. C'est un problème de vitesse sur les routes, elle a augmenté, ce qui fait que je voyage plus vite que la lumière qui revient de Mexico. Tu n'aimerais pas changer d'hôtel tous les jours ? Heureusement, l'argent commence à s'épuiser et je n'ai aucune intention d'en demander à mon père. Arrivera donc le moment où il faudra que je décide si je dépense les dollars que j'ai en

réserve, ce qui voudrait dire que j'oublie la possibilité du retour et que je me transforme en prolote mexicaine perdue en Europe ; ou alors j'arrête de fuir et je rentre à Mexico.

J'ai mis dix dollars de côté exprès pour envoyer un télégramme et te prévenir.

Comment vas-tu, mon amour ?

Tu es toujours solitaire, avec ta tête de chien triste ? Ces derniers temps je te vois. Le psy que j'allais voir à Mexico dirait que c'est un symptôme de paranoïa. Mais hier tu étais sur le ferry-boat du Bosphore, et il y a une semaine je t'ai vu dans un village de bergers en Albanie, et l'autre jour dans une page de la rubrique sports de *France Soir.* Je te jure. Tes doubles, tes alter egos font des leurs en Europe.

Ils sont peut-être derrière des étrangleurs locaux, ou alors il se peut qu'ils surveillent, tout simplement et en permanence, mes inévitables faux pas.

Solution s'écrit avec un t ou un c ?

Je t'aime, je te fuis, je t'attend tous les soirs dans un lit vide et dans mes rêves. »

Moi

– ...Car si vous ne faites pas ce que je vous dis de faire, j'ai la dynamite qui fera voler votre hôtel en morceaux. Ce n'est pas de la rigolade. Depêchez-vous donc, dit El Gallo au téléphone.

Avec la lettre, il y avait une photo de la fille à la queue de cheval sur un bateau. Elle était accoudée à la rambarde, regardant la mer au loin ; un demi-sourire éclairait son visage. La brise soulevait légèrement ses cheveux, elle portait une jupe écossaise, des chaussettes et un chemisier transparent.

La deuxième lettre était datée de trois jours plus tard.

« J'ai laissé des traces partout. Si on me soupçonnait de quelque chose, je serais une suspecte idéalement maladroite. J'ai laissé dans tous les hôtels où je suis descendue mes coordonnées à Paris pour qu'on fasse suivre tes lettres. Mais, maintenant je veux savoir, j'ai besoin de savoir. Je veux une raison solide, par écrit, pour revenir. Le 27 je serai à l'hôtel Heliopolis d'Athènes. Envoie-la moi.

Je t'aime... La distance entraîne la distance. C'est ça la clé, ce n'est pas vrai que la distance rapproche, la distance nous éloigne davantage.

Donne-moi des indications sur tes folies, je veux les partager. J'ai découvert, malgré ma frivolité, qu'ici aussi on prépare le grand bûcher sur lequel nous serons tous danseurs ou martyrs.

La vie continue.

Je veux un vrai portrait de toi. Je n'ai pas pu convaincre les chauffeurs de taxis, ni les patrons de restaurants, ni les amitiés que je noue et dénoue, que je suis amoureuse d'un être tangible ; tu leur sembles une abstraction folklorique (excuse-moi, mais c'est l'image que déclenchent les mots " détective mexicain "). »

– C'est fini, voisin... Et maintenant qu'est-ce qu'on fait ? dit El Gallo en raccrochant le téléphone et en rayant le dernier nom sur la liste.

– La vie continue, répondit le détective, qui reprenait sa place dans le monde après la lecture des lettres.

Il but d'un trait sa boisson, parce qu'il avait soif et envie de fêter ça.

– Je vous remercie, voisin.

– Des services comme celui-là, quand vous voudrez ! Je commençais à m'amuser, dit El Gallo.

– Vous allez passer la nuit ici ?
– Oui, toute la nuit.
– J'ai encore un service à vous demander alors. Au cas où on m'appellerait pour laisser un message, téléphonez à XEFS, demandez à parler au Cuervo Valdivia, il me passera le message. Voilà les numéros de téléphone, notez-les...
Il lui tendit la carte. Il prit le téléphone et composa un numéro.
– La señora Ferrer ?
– Ne quittez pas, de la part de qui ?
– Belascoarán Shayne.
Il y eut un bref silence.
– Vous avez des nouvelles d'Elena ?
– Nous saurons bientôt quelque chose... j'espère. Au cas où elle arriverait, vous pouvez m'appeler à ce numéro...
Il lui donna le numéro du bureau.
– ...et laisser le message à l'ingénieur Villareal. Je calcule qu'elle devrait être à la maison vers une heure.
– Vous êtes sûr ?
– Non, je ne suis pas sûr... mais il y a des chances.
– J'ai appris que vous étiez venu me rendre visite l'autre jour...
– Oui, je suis passé..., dit Hector et il raccrocha.
Il fit le numéro de la station de radio et demanda au Cuervo de jouer les intermédiaires. Valdivia eut l'air amusé. Il accepta, en plus, de transmettre un message chiffré qu'Hector lui dicta au téléphone.
– Au fait, voisin, c'est sérieux cette histoire de dynamite ?
– Pourquoi ?
– Parce que je pourrais vous en trouver des cartouches... Dans un des chantiers où je travaille, ils en ont oublié quelques-unes... Pas beaucoup, deux ou trois.

– Vous savez vous en servir ?
– Oui.
– Ce serait gentil de me les donner et de me dire comment ça marche.
– Mais à une condition.
– C'est oui.
– Il faudra me dire ce que vous allez en faire et que je sois d'accord.
– Vous avez tout à fait raison. Amusez-vous bien, dit-il en mettant sa gabardine sur les épaules et en sortant.

La pluie avait rafraîchi la rue. Hector passa à côté de la file des spectateurs de la dernière séance du Metropolitan, il monta dans la voiture et prit Insurgentes, vers la maison de l'ingénieur Camposanto. Question obstination, il devenait décidément imbattable.

Il alluma la radio.

> « ...J'ai trouvé dans le recueil de poésie vietnamienne dont je vous parlais ces lignes, et j'ai eu soudain l'impression qu'elles avaient été écrites pour moi. Le poète s'appelle Luu Trong Lu : “ Tu parles à la radio ? Tu travailles ? Nous nous retrouverons toujours au plus dur de la bagarre. ”
>
> Vous ne trouvez pas que ces lignes traduisent une belle idée ?
>
> Et maintenant, laissons de côté les histoires personnelles et donnons de la nourriture spirituelle aux grands malades d'amour, aux solitaires de la nuit dont le cœur suppure... Voici une bonne dose de boléros mélodramatiques, pour qu'ils se moquent un peu d'eux-mêmes.
>
> José Feliciano chante : *Nosotros*. »

Valdivia avait dû aller aux chiottes et était constipé

car le technicien envoya dans la foulée une deuxième, puis une troisième chanson. Il était minuit moins vingt lorsqu'Hector dépassa le rond-point d'Insurgentes. L'odeur de *tacos* à la viande grillée faillit le détourner de son destin, mais il ne succomba pas à la tentation.

> « Et maintenant, un message personnel adressé à des jeunes enfermés dans un hôtel de l'avenue Zaragoza : " Vous courez un grave danger. Il vaut mieux que vous laissiez en liberté ce qui ne vous appartient pas. On ne doit pas retenir des choses dont on n'est pas propriétaire. Autrement, vous aurez de très gros problèmes... "
>
> Pour parler d'autre chose, j'ai le plaisir de vous annoncer que demain du vent d'est soufflera sur les lagunes de Xochimilco, sur le lac de Chapultepec et sur le Lago Nuevo. Aucune marée n'est prévue. »

Il enchaîna sur une mélodie rituelle africaine.

La rue où habitait Camposanto était occupée par un groupe d'ivrognes qui jouait au football. Hector s'aperçut qu'on était samedi soir. Sur le point de se garer, il croisa la voiture de l'ingénieur. Un événement qui le prit au dépourvu. Lorsqu'il parvint à faire demi-tour, Camposanto avait une rue d'avance. Hector resta à cette distance le temps d'une série de *danzones*, deux blues et quelques airs montagnards suisses, que des travailleurs de nuit d'une usine qui fabriquait des montres avaient demandés au Corbeau de mettre parce qu'ils tombaient de sommeil. Entretemps, le Corbeau avait parlé de la nécessité de se débarrasser des rats qui avaient envahi un pâté de maisons de la Colonia Guerrero ; du malaise que provoquaient dans le voisinage les fêtes organisées par la Maison des étudiants de Chiapas dont le bruit débordait largement la maison. Il demanda quelqu'un pour faire une piqûre à une petite vieille diabétique, lut un passage du livre de Philip Agee sur la CIA, mit en garde contre des caramels avariés de la maison Imperial ; puis finalement, transmit le message attendu.

« Et maintenant quelques messages personnels.

Germán : Lauro te fait dire que la réunion de demain à l'école a été reportée.

Ami détective : la femme que tu sais a téléphoné pour dire qu'Elena était arrivée saine et sauve et qu'elles t'attendaient.

Maruja : Julio Banuelos te fait dire que si tu n'as plus l'intention de revenir à la maison, tu aies au moins l'attention de venir chercher ton bordel.

J'échange des timbres de pays africains contre des tampons triangulaires de n'importe quel pays. Alvaro, boîte postale deux mille trois cent cinquante-quatre, bureau de poste numéro vingt... »

Lorsque Camposanto quitta le Viaducto pour prendre l'avenue Zaragoza, Hector mâchait le filtre de sa dernière cigarette. Où pouvait bien aller ce salopard ? L'homme s'arrêta enfin devant un hôtel minable qui répondait au nom de Géminis 4. Hector attendit qu'il disparaisse à l'intérieur du bâtiment pour parcourir les parkings environnants à la recherche de la camionnette Rambler. Il trouva un marchand de *tacos* ouvert qui vendait aussi des cigarettes et monta inutilement la garde dans sa voiture jusqu'à six heures du matin.

Il commençait à en vouloir beaucoup à l'ingénieur insomniaque. Il le suivit jusqu'à l'usine au milieu des embouteillages du matin.

La ville crachait ses troupes sur les avenues. Elle ne pardonnait pas les heures de sommeil mal dormies, le froid, ce grand manque de chaleur dans tout le corps. Elle ne pardonnait pas les mauvaises humeurs, les petits déjeuners pris au lance-pierres, les brûlures d'estomac, la mauvaise haleine du matin et la lassitude.

La ville envoyait ses hommes tous les matins à la guerre. Les uns avec tout le pouvoir dans les mains, les autres avec une ridicule bénédiction quotidienne. La ville était une vraie merde.

Quand il constata que Camposanto allait bien à l'usine, il s'arrêta devant un bureau de poste et écrivit, appuyé sur le guichet, une lettre qu'il avait en tête depuis la veille.

> « Je t'attends. Je suis tout entier engagé dans une partie de chasse où se croisent un ingénieur pédé transformé en cadavre, une adolescente au bras cassé et un cadavre enterré sous des statues équestres et qui menace de sortir de sa tombe. »
>
> Moi

Il la posta avec plein de timbres contre la tuberculose et de tampons « par express ». Au dernier moment il glissa dans l'enveloppe la photo que le tapissier avait prise avec un instamatic appartenant à la concierge. On y voyait au premier plan ses pieds sur le fauteuil, et derrière, l'image du bureau en désordre, le portemanteau d'où pendait la gaine avec le 38 dedans, et la gabardine. « Une vraie œuvre d'art », écrivit-il au dos de la photo.

Il arriva à l'usine Delex et se gara au parking,

devant la voiture qu'il avait suivie toute la nuit. Dans la tête embrouillée du détective à moitié endormi, il s'agissait clairement d'un défi.

Il attendit dix minutes devant le bureau du gérant en contemplant les fesses d'une secrétaire (celle qui avait montré généreusement ses jambes en essayant d'attraper des dossiers dans un meuble trop haut pour elle), avec des yeux froids, dépassionnés, quasi scientifiques. Il réussit même à calculer leur surface en centimètres carrés. Il accepta le café avec des biscuits qu'on lui offrait et écouta les blagues sur l'ancien président de la République à qui, même à la retraite, on ne pardonnait rien.

Le bureau de Rodríguez Cuesta sentait le renfermé et tandis que celui-ci signait des papiers après lui avoir indiqué de s'asseoir, il eut une sensation bizarre : eux aussi n'étaient que des pauvres mortels, et la mort violente perforait aussi les murailles de pierre dressées par la bourgeoisie pour se protéger des intrus. Après tout, leur impunité avait des limites, et pas seulement historiques.

– Je vous écoute, dit l'homme fort de Delex en levant les yeux.

– Je voudrais que vous me disiez ce que vous voulez au juste que je découvre. J'ai envie de vous le demander depuis l'autre jour.

– Vous ne pensez tout de même pas que je vais faire votre travail à votre place, señor Belascoarán, répondit Rodríguez Cuesta en souriant.

– Alors, disons les choses autrement : de quoi votre compagnie a-t-elle peur, en plus des graves conflits avec le syndicat ?

– Je ne comprends pas votre question. Ou peut-être que je ne souhaite pas y répondre... Je suis sûr que les généralités sur notre appréciation de la situation économique du pays ne vous intéressent pas.

– Absolument pas, répondit Hector en se levant.

– Je vous prierais de maintenir vos relations avec nos adversaires du syndicat sur un plan strictement professionnel.

– J'aimerais toucher l'avance dont nous avons parlé l'autre jour, rétorqua Hector en ignorant la remarque du gérant.

– Passez voir le comptable, le señor Guzmán Bravo.

Avec un chèque de quinze mille pesos dans la poche, qu'il devait convertir en liquide dans le courant de la matinée, Hector quitta l'usine Delex. Il sentait que derrière lui restaient un tas de questions sans réponse. La ville l'aspira affectueusement dans son haleine, ignorante de ses yeux rougis par le manque de sommeil et de ses surprenants tics nerveux qui atteignaient une variété et une intensité qu'il n'avait jamais connues.

7

« Tu crois au coup de foudre ? interrogea la fille.
– Je crois en la confusion », dit Paul Newman.

Du haut de la terrasse

– Salut ! fit Belascoarán du pas de la porte.

La jeune fille allongée sur le couvre-lit bleu dans ce qui était encore une chambre d'enfant lui sourit.

– Comment avez-vous fait pour qu'ils aient peur ?

Hector haussa les épaules.

– Parce qu'ils ont vraiment eu peur. Ils me demandaient : “ Mais qui est donc ce fils de pute qui a tiré l'autre jour sur la camionnette et qui m'a filé un coup de pied... ” Et moi je leur disais : “ c'est mon ange gardien ”, et ça les rendait encore plus furieux.

– Ils t'ont fait mal ?

– Deux ou trois coups quand ils m'ont emmenée... Ensuite, de l'intimidation... “ On va te violer, on va t'enfermer comme un chien enragé, on va te brûler la plante des pieds. ” Rien que des conneries dans ce style.

La fille avait l'air excessivement fragile avec son bras dans le plâtre qui ressortait sur le couvre-lit, ses cheveux tombant sur sa figure, son sourire de dame aux camélias. Et au pied du lit la lumière douce du matin filtrée par les rideaux bleus. Tout le décor semblait contribuer à forger l'image d'une pauvre adolescente abandonnée.

– Assieds-toi, dit la jeune fille.

Hector se laissa tomber sur la moquette, s'étira et s'allongea. Il chercha une cigarette et l'alluma. La fille s'assit sur le lit et lui passa un cendrier.

– Ça ne va pas ?

– J'ai sommeil, c'est tout.

– Tu allais vraiment dynamiter l'hôtel ?

Hector confirma.

– Ils ont peur, ce ne sont pas des professionnels, dit la jeune fille.

– Les professionnels, ils sont comment ?

– Je ne sais pas. Efficaces. Plus durs. Ceux-là ne croyaient pas à ce qu'ils disaient...

Il fumait en silence, observant à contre-jour les colonnes de fumée qui montaient au plafond. Il aurait pu passer des heures ainsi. Des heures entières à regarder la fumée et à se reposer, à laisser cette douce matinée pénétrer dans ses veines. Un petit café bien chaud ? Un Coca plutôt.

– Tu vas me raconter ce qui t'arrive ? demanda-t-il soudain.

– Non, pas encore.

– Tu serais d'accord pour partir en vacances dans un endroit où ils ne peuvent pas te retrouver ?

La jeune fille acquiesça.

– Alors, on s'en va.

Elle sauta du lit.

– J'y vais comme cela ou je m'habille ?

– C'est toi qui décide.

– Ferme les yeux.

Hector ferma les yeux. Il nageait dans le bien-être ;

la moquette était profonde et il sentait le sommeil monter lentement. Il l'entendit fouiller dans les tiroirs et devina le contact de la peau contre l'étoffe.

– Je suis prête. Maman ne dira rien ?

– Elle dira ce qu'elle voudra, répondit le détective en se levant maladroitement.

Il avait du temps. Il pouvait voir venir ceux qui recherchaient l'objet valant cinquante mille pesos et Elena était en sécurité chez sa sœur. Hector décida donc de se consacrer à la recherche de Zapata.

Le premier jour, en étudiant une carte géologique de l'Etat du Morelos, il localisa les zones susceptibles d'abriter des grottes. Il écarta en premier les régions où l'influence zapatiste était la plus forte. S'il s'y était trouvé, les communautés l'auraient su et n'auraient pas eu besoin de faire appel à ses services de détective. Si la grotte existait, elle devait être totalement isolée de la zone zapatiste. Ce qui simplifiait le problème. Mais n'empêchait pas que la grotte pût se trouver à peu près partout, sauf dans les régions de plaine. Je n'y arriverai pas comme cela, décida-t-il après avoir passé quatre heures à étudier la géographie du Morelos. Il explora certaines idées qu'il avait eues. Si Zapata avait poursuivi l'aventure de sa vie aux côtés de Sandino, il avait pu ensuite poursuivre son combat en participant au soulèvement de 1932 au Salvador, et même aux brigades internationales en Espagne. Il consulta des listes non officielles, passa en revue livres et photos. Au sein du groupe de Mexicains qui avait combattu en Espagne, il n'y avait pas trace d'un homme de cinquante-sept ans avec des caractéristiques physiques susceptibles de correspondre.

Il se sentait comme un membre d'une secte ésotérique consacrée à la préservation des fantômes. Là était peut-être le problème de fond : il aimait se rapprocher du passé, à la poursuite d'un mythe, et ce, plus à la façon d'un historien ou d'un journaliste que d'un détective. Il décida de passer outre ses préjugés et de rechercher un certain Zapata, don Emiliano de son prénom, comme si ce nom n'avait jamais été enseveli sous des tonnes de papiers, comme si on ne lui avait jamais consacré d'avenues ou érigé de monuments. Zapata, ce Zapata-là, était un personnage de quatre-vingt-dix-sept ans, disparu en 1916, qu'il s'agissait de retrouver soixante ans plus tard.

Comment arrivait-on d'Amérique centrale dans les années 30 ?

En bateau. Par Veracruz ou Acapulco. Dans le cas de Zapata, qui voulait rester incognito, il était plus probable que cela fût Veracruz, plus éloigné de ses terres d'origine. Il tenta de retrouver les listes des mouvements portuaires de Veracruz pour les années 1934 et 35. Au ministère de la Marine, on lui rit au nez.

Restait la possibilité, s'il devait croire les histoires de l'homme qui l'avait engagé, d'un lien possible avec la guérilla de Jaramillo.

Il relut l'excellente autobiographie du leader paysan assassiné. Rien ne transparaissait. Il n'y avait aucun indice d'une relation pareille. Elle aurait dû évidemment laisser des traces chez l'héritier de Zapata. Si elle avait existé, cela n'avait pu être qu'à une époque non traitée dans l'autobiographie. Soit une des périodes sur lesquelles il était le moins prolixe, lorsque Jaramillo travaillait comme administrateur du marché de la Colonia Santa Julia ; soit lors du second soulèvement, terminé par l'assassinat. Une ou deux idées lui traversèrent la tête. Il les nota sur un bout de papier qu'il mit dans sa poche. Puis, comme on change de veste, il franchit la frontière qui le menait dans une autre histoire.

Il voulait poser une question à Marisa Ferrer : D'où venait l'héroïne ? Mais les titres du journal du soir lui firent changer d'histoire à nouveau et franchir une nouvelle frontière. « Des agitateurs syndicaux accusés de l'assassinat d'un sous-directeur. » La guerre avait éclaté chez Delex.

> « Le commandant Paniagua, responsable du sixième groupe d'agents de la police judiciaire de l'Etat de Mexico a procédé à l'arrestation, à l'heure de la sortie de la première équipe, des assassins présumés : Gustavo Fuentes, Leonardo Ibanez et Jesus Contreras. Malgré les tentatives d'amis de ceux-ci pour s'opposer à leur arrestation, le groupe de policiers est parvenu à les appréhender et à les conduire au commissariat où ils ont été mis à la disposition du parquet... »

Venait ensuite le rappel du meurtre.

Il revint au bureau et chercha les listes des suspects que lui avait remises la compagnie. L'affaire était si mal ficelée que deux des inculpés, selon la compagnie elle-même, ne figuraient pas sur les listes. C'est-à-dire qu'ils n'étaient pas dans l'entreprise ce jour-là ou qu'ils n'appartenaient pas à l'équipe présente sur les lieux au moment du crime.

Il prit le téléphone et demanda à parler au gérant.

– Il est évident, señor Belascoarán, qu'il s'agit d'une bêtise... Mais le commandant Paniagua a insisté... Vous pouvez comprendre... Je souhaite que vous poursuiviez votre enquête... Je regrette de vous avertir que Paniagua vous posera des problèmes s'il vous trouve sur son chemin... Ah, j'oubliais. A partir de maintenant, je veux que vous me remettiez les rapports en mains propres, sans laisser de copies dans votre bureau ni nulle part ailleurs. Je désire disposer personnellement de l'information et nous conviendrons mutuellement des mesures que nous jugerons nécessaires, dit Rodríguez Cuesta.

« Paniagua vous posera des problèmes » : qu'avait-il voulu dire ?

Il aurait beau s'agiter, il n'arriverait pas à stopper l'engrenage. Une migraine violente et subite lui fit fermer les yeux. Il décida d'aller se coucher. Les choses s'éclairciraient au fur et à mesure, et la nuit serait longue si tout fonctionnait selon les plans confusément ébauchés dans sa tête.

Il sortait du bureau lorsque le téléphone sonna.

– Elle m'a échappé. J'ai été payer à la caisse et vlan, elle avait disparu !

– Ce n'est pas ta faute, chère sœur.

Il laissa la voiture devant le bureau et prit le métro. La migraine le faisait marcher lentement et le poursuivit jusqu'à ce qu'il mette la clé dans la serrure de chez lui. Il alla droit à la salle de bain et ouvrit les deux robinets. Il mit la tête sous le jet. Puis il laissa son blouson par terre et se dirigea vers le lit en déboutonnant sa chemise et en secouant ses cheveux. Il ne fut pas content en le trouvant occupé.

– Je me doutais, après t'avoir vu ce matin, que tu irais te coucher avant ce soir, dit la fille au bras dans le plâtre, cachée sous les draps dans la douce pénombre.

La chambre était dans le même désordre que les jours précédents : des vêtements et des livres par terre, des vieux journaux dépliés dans tous les coins, des assiettes sales et des verres à moitié pleins dans les endroits les plus insoupçonnés. Hector contempla l'étendue du désastre et se dit qu'il avait beau ramasser, tout était toujours pareil, même s'il aurait juré qu'il avait ramassé quelque chose la dernière fois qu'il était venu. Au moins, les cendriers étaient vides et la chambre ne puait pas le tabac.

– J'ai l'habitude de dormir au bureau quand je suis à bout de forces.

Il s'en voulut immédiatement de donner des explications alors qu'on ne lui avait rien demandé.

– J'espère que tu ne m'en veux pas de mon audace.

– T'en vouloir...

Il ne termina pas sa réponse. Il alluma une cigarette.

– Tu crois au coup de foudre ? interrogea la fille.

Ses vêtements jonchaient le sol au milieu des autres. Elle était donc à poil.

– Je crois en la confusion, répondit-il en citant une réplique d'un vieux film de Paul Newman qu'il avait vu à la télé deux mois avant.

– C'est qui ? demanda-t-elle en montrant la photo de la fille à la queue de cheval le suivant un an plus tôt sur San Juán de Letrán.

– Une femme.

– Ça, je sais... Une femme, c'est tout ?

– Une femme dont je suis amoureux, ou quelque chose dans le genre, répondit-il, résigné à sa défaite.

Première possibilité : je couche avec elle et merde ! Que la migraine redouble pour me punir.

Deuxième possibilité : je ne couche pas avec elle et je m'occupe de l'interroger jusqu'à ce qu'elle me dise ce qu'elle fuit et ce qu'elle peut bien cacher qui vaille cinquante mille pesos.

Troisième possibilité : je prends une couverture et je dors par terre.

Il choisit évidemment la dernière solution.

La fille le regarda tristement. Puis sortit lentement du lit. Elle avait de belles jambes et des petits seins pointus. Le bras en écharpe lui donnait des airs de garçon démentis aussi sec par son triangle pubique. Les cheveux lui tombaient sur un côté du visage.

– Je ne te plais pas ?

– Tout est très compliqué... Si tu me fais une petite place dans le lit et que tu me laisses dormir, j'essaierai de t'expliquer à mon réveil.

La fille obéit et se mit d'un côté du lit.

Soit que cela fût un gros effort d'abandonner un lit avec une femme dedans, soit parce que tous ces mois de solitude et d'abstinence n'avaient pas compté pour des prunes, soit enfin parce que le sommeil l'avait poussé dans des bras ouverts qui n'attendaient que cela... Mais surtout parce qu'il trouvait la fille sympathique et vivante... Toujours est-il que pour toutes ces raisons et d'autres qu'il ne s'expliquerait jamais, il se retrouva six heures plus tard en train de lui faire l'amour tout en essayant de ne pas heurter le bras dans le plâtre.

– Je croyais que les anges gardiens n'avaient pas de sexe.

– Moi je croyais que les adolescentes d'un collège de bonnes sœurs gardaient leur virginité dans une petite boîte...

– Oui, mais au Mont de Piété. C'est ça le secret. Tu serais surpris si tu savais que dans la classe de sœur Maria, la seule vierge, c'est sans doute elle. Et encore, parce qu'elle est lesbienne.

Son mal de crâne avait disparu et il ne lui restait qu'une légère gueule de bois.

La chambre était à présent totalement obscure. Hector essaya de deviner l'heure en reconstituant ses derniers faits et gestes, mais il se rendit compte que les jours et les nuits étaient en bouillie dans sa mémoire et que les heures de sommeil tout au long de la dernière semaine ressemblaient à des accidents, des interruptions momentanées dans une course sans fin.

Il s'habilla devant la fille, pour qu'il fût bien clair qu'il ne regrettait rien. Il trouva ses vêtements dispersés autour du lit, comme s'ils avaient été expulsés du champ de bataille.

– Tu pourrais partir d'ici et retourner chez ma sœur ?

– Je ne peux pas rester ici ?

– Si tu es partie de chez toi, c'est pour être en sûreté. Cela ne sera pas le cas ici.

– D'accord. Si tu me prêtes de quoi prendre le bus, dans dix minutes je suis partie.

Elle descendit lentement du lit et s'habilla maladroitement, en remuant avec difficulté son bras dans le plâtre. Pour finir, elle demanda à Hector de lui boutonner son blouson en jean avec la manche décousue. Elle était prête.

Hector lui caressa la joue et la fille lui embrassa la main.

– Je suis prête à te raconter une histoire...

– Demain matin, rendez-vous pour le petit déjeuner chez Elisa. Tu me raconteras là-bas.

– Je t'attendrai.

Elle sortit en laissant cette promesse dans l'air de la pièce. Hector attendit qu'elle soit dans la rue et il la suivit du regard par la fenêtre.

Quand il la vit se diriger vers Insurgentes, il sortit, à pied lui aussi. Il avait rendez-vous avec quelqu'un qui ne l'attendait pas.

– Dites-moi, Camposanto, de quoi Rodríguez Cuesta a-t-il donc peur ?

Il avait l'impression de s'être introduit par erreur

dans une maison de poupées, dans un rêve qu'il ne pouvait plus abandonner. Toutes les choses semblaient avoir été rangées bien à leur place par un maniaque méticuleux. Et toutes les choses avaient un aspect infantile. C'était la maison dont aurait rêvé une fillette ordonnée si elle en avait eu la possibilité et l'argent pour. Un chat siamois se promenait dans le salon.

Camposanto, en peignoir gris, un verre de cognac à la main, commençait visiblement à se sentir mal à l'aise. Jusque-là, la conversation s'était résumée à des formules de politesse plus ou moins générales. Comme le petit train de Chapultepec qui fait le tour du jardin zoologique.

– Pourquoi m'avoir choisi moi ? Vous auriez pu parler à Haro, ou au comptable.

– Parce que vous êtes homosexuel, tout comme Alvarez Cerruli, et l'ingénieur Osorio Barba, mort il y a deux mois dans une autre entreprise de la zone de Santa Clara... Ne voyez aucune intention désobligeante dans ce que je dis. Je me trompe ?

– C'est vrai, dit-il.

Il s'était mordu la lèvre lorsque Belascoarán avait froidement prononcé le mot homosexuel.

– Je crois qu'il existe un lien entre ce fait et les assassinats... Mais ce n'est pas là ma question pour le moment. Je voudrais avant vous demander de quoi le gérant a-t-il peur ?

– C'est ce que vous pensez ? Qu'il a peur ?

– Je souhaite une réponse, pas un échange de questions.

– Il a probablement peur du scandale.

– Non, c'est autre chose. Il n'a pas besoin de moi. La police pouvait résoudre l'histoire sans intermédiaires. Il a besoin de moi pour quelque chose que la police ne peut pas faire, pour découvrir un coupable qu'il connaît et dont il a peur.

Hector lut la surprise dans les yeux de Camposanto. Il avait tapé dans le mille.

– Merci de ce que vous avez fait pour moi, dit Hector en se levant.

Il se trouvait à nouveau dans le lieu des questions et des réponses, là où tout avait commencé, avec les trois dossiers sous ses yeux, et où au moins l'une des histoires commençait à s'éclaircir.

Il était de nouveau face aux trois photographies qui avaient tout déclenché, qui l'avaient fait se mettre en chasse. Cela faisait une heure qu'Hector était là. Il était arrivé en portant un carton de sodas, qu'il avait rapidement rangé dans le « coffre-fort ». Il avait plongé la tête dans son carnet. Il relut ses notes :

> « Le gérant d'une usine, qui possède des intérêts dans de nombreuses autres et pèse d'un grand poids économique (préciser combien et où), engage un détective pour résoudre le meurtre d'un ingénieur homosexuel (le deuxième d'une série).
>
> Publiquement, il cherche à rendre coupable le syndicat. Mais il souhaite avoir des preuves qui accusent le véritable coupable. Coupable dont il a peur et qu'il connaît (des suppositions tirées de mon intuition).
>
> Pourquoi avait-il besoin de preuves ? Simple curiosité ?... Non. La curiosité ne vaut pas que l'on paie un détective et que l'on partage son secret avec lui.
>
> Il voulait les preuves pour faire pression d'une façon ou d'une autre sur le coupable. Ce qui renforce ma conviction qu'il le connaît.

Qui est-ce ? Et pourquoi Rodríguez Cuesta a-t-il peur ?

Les réponses sont liées... Répondre à l'une, c'est répondre à l'autre.

Bon, mais pourquoi assassiner deux ingénieurs homosexuels ? Est-ce que le premier crime n'avait pas de rapport avec le second ?

Qu'est-ce qui pouvait obliger X à tuer un ingénieur homosexuel ? X serait-il lui-même homosexuel ? Impliqué dans les mêmes histoires ?

Etait-ce Alvarez Cerruli qui avait amené X à Rodríguez Cuesta ? Ou était-ce l'inverse ? C'était un chemin que l'on pouvait parcourir dans les deux sens.

Mais quels liens existait-il entre X et R.C. ? Complicité. Chantage.

Maintenant, il fallait retrouver X. »

Bon sang ! On se serait cru au cinéma. Il décida de renommer l'assassin WW plutôt que X ; c'était encore plus exotique. Mais il y avait quand même une savoureuse cohérence dans tout ce montage.

– Un café, cher voisin ? interrogea l'ingénieur qui était plongé dans ses papiers couverts de signes étranges et cabalistiques, juste sous les yeux d'Hector.

– Non merci, je préfère un soda...

– Au fait, j'ai apporté ce dont nous avions parlé... C'est dans le coffre-fort.

Hector regarda les trois cartouches de dynamite. Les trois mèches étaient courtes, un fil rougeâtre tressé.

– Ce sont des mèches de vingt secondes, on peut les allumer avec une cigarette. Enterrées ou entourées d'autre chose, leur force destructrice augmente. En extérieur, l'onde explosive est mortelle, ou presque, dans un rayon de huit mètres... Il vaut mieux s'en méfier, elles pourraient vous causer un sacré choc.

Hector hocha la tête. Il observait la dynamite avec le plus grand respect.

– Allons-y, dit Elisa en commençant à dénouer la ficelle autour de la boîte à chaussures.

Ils s'étaient donné rendez-vous dans un restaurant où l'on trouvait à l'arrière d'anciens boxes, des tables encadrées de panneaux en chêne blanc, et de vieux serveurs silencieux.

– Attends une seconde, Elisa.

– Quoi ? Tu ne veux pas que je l'ouvre ?

– J'étais en train de me dire que le vieux allait nous créer des histoires et que je n'ai vraiment pas le temps pour..., dit Hector.

– Cela ne nous coûte absolument rien de savoir ce qu'il pouvait bien vouloir de nous, dit Carlos.

– Ainsi soit-il.

Elisa termina de dénouer la ficelle et ouvrit la boîte. Elle contenait un cahier à reliure grise fermé par deux bandes, une carte nautique pliée en seize et une petite chemise avec des documents ; il y avait au fond une enveloppe blanche, sans inscriptions. Elisa déposa les quatre objets sur la table et les disposa sur une seule rangée.

– Je suppose que nous devrions commencer par la lettre.

8

Un cahier, une carte, une chemise avec des documents et une lettre.

Et je pensais aussi qu'il devait être de ceux-là, de ceux qui travaillent au grand jour et non de ceux qui recherchent le plaisir de l'ombre.

Pío Baroja

– Non, le cahier d'abord, dit Carlos.
Elisa défit les attaches et ouvrit le cahier.

« Mon histoire est un combat à l'image de mon époque. J'aurais bien voulu ne pas me tacher les mains du sang d'autres hommes.

Cela n'a pas été possible. J'ai tué face à face au nom de mon idéal, mais mon idéal s'éloignait de ma vie.

A treize ans, je me suis fait socialiste et je crois que je continue à l'être. C'est la justice qui m'a poussé vers le socialisme, le désir de justice et la faim de mon peuple. Je servais à la chaudière d'un petit vapeur qui faisait du cabotage le long de la côte de la mer Cantabrique. Il était affrété par des entreprises pharmaceutiques à une époque où dans le Nord il était plus facile de faire du commerce par bateau que par train. Le petit vapeur ne rechignait pas à d'autres tâches, et plus d'une fois nous avons fait de la petite contrebande ou de la pêche au filet. Je suis fier d'avoir été le fondateur à quatorze ans à peine du Syndicat des travailleurs de la mer, à San Sebastián, qui regroupait à l'époque plus de mille employés, marins, pêcheurs et dockers de la région côtière du Pays basque.

J'avais la réputation d'être têtu, d'avoir la tête dure, et c'était vrai sans aucun doute. Mais j'avais aussi la réputation de n'avoir qu'une parole.

Cela m'a causé de nombreux désagréments et plus d'une fois j'ai dû rester à terre sans embarquement. Une situation grave parce que je revenais les mains vides dans une pauvre demeure où mon père avec son salaire de famine était bien incapable de payer des dettes ou d'améliorer la triste situation du foyer.

Nous avons connu la faim.

Je n'ai jamais raconté cela parce que c'est de l'histoire ancienne. Pas plus que je n'ai raconté en détail les histoires qui composent ma vie, parce que je crois que chacun d'entre vous a sa propre histoire et que les souvenirs d'un vieil homme dérangent plus qu'ils n'aident à forger le caractère.

En octobre 1934, à bord d'un voilier vermoulu, je me trouvais dans le port d'Avilés sur ordre du parti socialiste, chargé de transporter des armes pour préparer l'insurrection contre la tentative des fascistes d'accaparer le pouvoir gouvernemental. Je me trouvais dans ce beau port des Asturies lorsque la révolution a éclaté. C'était la première fois de ma vie que je la voyais en face. En raison de ma modeste participation à ces événements qui s'achevèrent par notre défaite, je fus obligé de passer plus d'un an dans le sud de l'Espagne. J'étais marin sur des cargos assurant la liaison avec le Maroc. J'avais pris un faux nom et coupé les liens avec ma famille qui me croyait en France. Je repris contact avec le parti qui me confia des tâches éditoriales. J'écrivais dans *Le Marin du sud* que je diffusais autour de moi, je participais à la réorganisation des syndicats portuaires et je transportais jusqu'en Afrique des camarades en fuite. Grâce à ces occupations, je finis par connaître comme la paume de ma main – et mieux même, si cela est possible – les côtes du Maroc et de la Tunisie, et celles du Sahara espagnol, de Guinée et de Sidi Ifni. Je m'y fis de grands amis et découvris qu'il n'y avait pas que le monde des Blancs. Pour un Basque de vingt-cinq ans, ce n'était pas rien. Je jure que j'aurais souhaité être basque africain. Basque, je n'y renoncerais pour rien au monde et c'est même un motif d'orgueil. Dans le port de Tunis, je rencontrai ma première femme, et c'est à cette époque difficile que je suis devenu un homme.

J'ai aimé la mer comme peu l'ont aimée, mais j'ai aimé beaucoup plus encore la cause que j'avais épousée.

Grâce à l'amnistie, je pus rentrer à San Sebastián et participer à la réorganisation de nos syndicats. Le soulèvement fasciste me prit par surprise. J'étais en train de me reposer dans un village de montagne, aux côtés de mon père malade qui mourut au même endroit quelques jours plus tard. Moi, j'étais déjà parti m'engager, volontaire pour le front. Je fis la guerre en tant que capitaine d'un groupe de miliciens socialistes et anarcho-syndicalistes qui luttèrent avec bravoure. A la chute du front du nord, je me chargeai du transport de nombreux camarades sur des chaloupes qui, trompant le blocus, débarquèrent en France. Je retraversai la frontière et l'on me confia l'organisation de la fourniture par mer de vivres et de munitions destinées aux forces loyalistes.

En nous jouant des bateaux fascistes et des intrus allemands et italiens, nous pûmes durant deux ans maintenir ouverte la côte de l'Espagne loyaliste.

Je suis fier de n'avoir durant ces deux ans pas pris un seul jour de repos. Je ne l'ai jamais désiré. Tout le monde ne peut pas en dire autant. Mais l'heure n'est pas aux récriminations. Beaucoup d'autres ont fait leur devoir aussi bien que moi. Et bien d'autres, encore plus nombreux, sont morts, et leur sang versé est le nôtre, et nous avons une dette à leur égard.

La guerre se termina par notre défaite et je quittai Valence sur un bateau de pêche, le *Maria Engracia.* Nous y avions adapté deux moteurs anglais qui auraient fait avancer un cuirassé. Ceux qui fuyaient avec moi, compagnons de hasard, firent serment au beau milieu de la Méditerranée, non loin des côtes africaines, de ne pas pardonner, de ne pas oublier, de continuer le combat. Nous étions dix-sept.

La guerre perdue, nos camarades furent internés en Afrique dans des camps de concentration par les Français qui voulaient éviter les problèmes et qui en voulant les éviter en eurent plus que leur compte.

En utilisant d'anciennes amitiés nous changeâmes l'immatriculation du bateau et le fîmes passer sous pavillon costaricain. Nous utilisâmes des faux papiers fournis par un réseau organisé par le parti communiste à partir de Casablanca où travaillaient deux camarades juifs-allemands que nous appréciions beaucoup et qui étaient des faussaires d'une extraordinaire habileté.

Les mois écoulés entre la fin de la guerre civile et le début de la Deuxième Guerre mondiale furent utilisés pour réaménager notre bateau, pour faire de la contrebande de cigarettes avec les ports français, ce qui nous permettait de manger. Notre cabotage nous amena jusqu'en Albanie. Nous fîmes aussi du trafic d'armes. Deux camarades nous quittèrent à cette période pour essayer de retrouver leurs familles.

De l'époque où j'avais combattu à Valence, j'avais gardé une énorme tendresse pour la femme qui est aujourd'hui votre mère. J'avais fait sa connaissance un soir où elle chantait à une veillée récréative et culturelle des Brigades internationales. Nous vécumes plusieurs journées d'amour au milieu de l'ouragan de la guerre. Je jurai que lorsque j'en aurai à nouveau la liberté, j'irais la chercher dans son pays. Elle était, comme vous le savez, irlandaise, de bonne famille, fille d'un professeur de lettres classiques qui était fier que sa cadette ait été chanter pour les hommes d'Espagne.

Durant toute la guerre, je lui écrivis chaque fois que je le pus pour raviver notre amour.

Nous fûmes pirates. Nous attaquâmes des cargos italiens dans des ports et au large, nous parvînmes même à couler un garde-côte allemand près de Tripoli.

Nous n'arborions pas de pavillon, nous changions de nom et d'aspect, nous étions des loups solitaires. Mariano Helguera et Vicente Diaz Robles, deux camarades anarcho-syndicalistes de Cadix très aimés parmi nous, trouvèrent la mort dans ces combats. Valeriano Corral, un Catalan sans parti, bon comme du pain et plus acharné au combat que nous tous, fut gravement blessé. Nous dûmes le débarquer et n'entendîmes plus jamais parler de lui.

Les Anglais utilisèrent notre expérience et nous nous laissâmes utiliser par eux car notre cause n'admettait pas de petitesses. Nous fîmes de la contrebande d'armes pour les partisans yougoslaves, transportâmes des commandos canadiens pour des missions de débarquement sur les côtes d'Afrique du Nord, puis de France.

Sur notre petit bateau qui devait devenir plus tard l'un des deux éléments de notre flotte pirate, et que nous avions baptisé pour nous-mêmes *El Loco* – le fou –, de même que le second fut appelé *Aurore sociale* alors qu'il se nommait officiellement *Le Poisson barbu*, que son nom était écrit en arabe et qu'il était immatriculé au Libéria, sur notre petit bateau disais-je, nous vivions en complète démocratie et liberté, et si je faisais office de capitaine, c'était par la libre décision de mes camarades. C'est ainsi que furent décidées quelques actions contre des ports de l'Espagne franquiste. Nous parvînmes à attaquer une caserne de carabiniers aux Baléares et deux navires de guerre de la marine factieuse dans le port d'Alicante.

Malgré la diversité de nos actes et nos rapports avec les groupes anti-fascistes qui opéraient sur les côtes d'Afrique du Nord, nous nous sentions très attirés par les actions de la Résistance française, le maquis, auxquelles participaient de nombreux compatriotes. Nous travaillâmes étroitement avec, en particulier, le groupe d'un Grec basé à Marseille qui s'appelait Tsarakis, mais dont le nom de guerre était Christian. Nous participâmes à une attaque contre le siège du commandement naval allemand à Marseille, qui fut un succès, et effectuâmes plusieurs transports d'armes pour les résistants. Trois autres camarades restèrent sur le carreau. Je veux consigner ici leurs noms pour conserver leur mémoire : Valentín Suarez, mécanicien de Burgos, socialiste ; Leoncio Pradera Villa, communiste de León, franc et sympathique, ami fidèle, et l'Andalou Beltrán, syndicaliste et borgne.

En 1944, nous surprîmes une canonnière italienne près des côtes albanaises. Ils essayèrent de nous arraisonner en pensant que nous transportions des fruits secs et qu'ils pourraient s'approprier notre cargaison. Le combat dura vingt minutes, bord contre bord, jusqu'à ce qu'il n'en restât plus un seul.

C'est là que nous tombâmes sur vingt-trois kilos de pièces d'or de différents pays, transportées en Italie sur ordre du maréchal d'Ambrosio. Nous dissimulâmes ce petit trésor sur la côte d'Afrique du nord. Après la libération de l'Europe, nous pensions l'utiliser pour financer la libération de l'Espagne. Nous pensions fermement que tout le monde nous aiderait à en finir avec le dernier réduit fasciste d'Europe.

Au début de 1945, je débarquai en France et rejoignis un bataillon presque entièrement formé d'Espagnols qui combattait en fer de lance de la Division Leclerc. Avec moi débarquèrent Simon Matias, qui trouva la mort en Tchécoslovaquie lors d'une contre-attaque allemande, et Gervasio Cifuentes, de Mieres, un grand ami qui est mort dans la solitude il y a quelques années au Mexique.

Six camarades demeurèrent à bord du *El Loco*, et collaborèrent avec la marine anglaise pour le déminage des parages de Malte.

La guerre une fois finie, nous apprîmes qu'ils étaient morts et qu'avec eux avait coulé notre cher bateau. Fendu en deux en pleine Méditerranée.

Les hasards du destin m'emmenèrent au Mexique. J'épousai votre mère et je tentai de trouver le repos après toutes ces années de sang et de guerre. La défaite et la trahison des alliés m'avaient fait très mal et je finis par faire la même chose que beaucoup d'autres : je jetai l'ancre devant un rivage paisible et je fis de l'exil une attente qui ne se termina jamais.

Cifuentes et moi-même reparlâmes souvent de l'histoire des vingt-trois kilos de pièces d'or. Il travaillait comme comptable dans une usine de chaussures et moi-même, comme vous le savez, entrai dans une maison d'édition dont je suis, au moment d'écrire ces lignes, le sous-directeur.

Voilà toute l'histoire. Aujourd'hui, vous êtes des adultes. Je ne vous parlerai pas d'exemple à suivre. Il n'y a pas de meilleur exemple à suivre que le sien propre ; je veux seulement vous léguer une poignée d'histoires pour que vous ne puissiez pas dire que votre père était un vieillard tranquille qui passait ses après-midi à lire sur un rocking-chair dans le jardin de la maison de Coyoacán. Je n'ai pas toujours été vieux. La seule chose qui arrive, c'est que le temps passe. »

Que faire d'une histoire pareille ? Comment l'intégrer à sa propre vie et relier le passé avec le présent ? se demanda Hector. Les documents qu'ils passèrent peu à peu en revue étaient des coupures de journaux français et anglais, des interviews, des articles de quotidiens italiens et espagnols qui confirmaient des morceaux de l'histoire du vieux Belascoarán. Il y avait même deux certificats délivrés par l'armée française qui attestaient de la participation du *El Loco* à des actions de soutien pour la Résistance et qui délivraient la médaille de la Résistance au capitaine Belascoarán et à son équipage.

La carte était celle d'un fragment très agrandi de la côte d'Afrique du Nord où figurait le lieu où il avait enterré l'or.

– Et maintenant, qu'est-ce qu'on fait ? On part en Afrique à la chasse au trésor ? interrogea Elisa.

– Je sens que je vais devenir fou, dit Hector.

– Tout cela ressemble à un roman d'aventures, mais je vous certifie que si père veut que nous allions chercher cet or, j'en suis, dit Carlos.

– Ouvre l'enveloppe, Elisa.

Elisa déchira le bord de l'enveloppe et en sortit une courte lettre.

« Chers enfants, je désire, vu que mon ami et camarade Cifuentes est mort sans descendance, que vous accomplissiez notre dernier vœu. Lisez le cahier qui accompagne cette lettre et récupérez l'or. Décomptez les frais que vous consacrerez à l'entreprise et remettez l'or aux organisations syndicales espagnoles qui luttent ouvertement contre le régime franquiste et défendent la cause des travailleurs.

J'ai confiance en vous. Je sais que vous vous acquitterez en mon nom de cette dette. »

JMBA

– Tu as du Coca ? demanda Hector à son frère.

– Moi je voudrais un café, dit Elisa.

– Le vieux a raison. Ce n'est que justice... Mais je n'avais vraiment pas besoin en ce moment de rajouter dans mes rêves la côte de l'Afrique du Nord, dit Hector.

– Prends les choses avec calme, frérot. Rien ne nous oblige à partir demain.

– Et après tout, pourquoi pas ? demanda Hector avec un sourire.

9

C'était un vaste enchevêtrement de sentiers sinueux et tordus appelé labyrinthe.

R. Ocken

Inaccessibles à la lumière, d'infinis détours et mille perfides sentiers embrouillés et tortueux empêchaient celui qui s'y aventurait de trouver le chemin du retour.

M. Meunier

Il tenait un nom et il avait quelque espoir que le vieux à l'époque n'ait pas eu besoin d'en changer. Isaías Valdez.

Il n'avait pas d'autre élément lorsqu'il entra dans le marché et se mit à visiter chaque étalage, guidé par une main magique qui lui disait : « Vous devriez voir don Manuel, lui y était à cette époque... » ; « On dit que doña Chole est là depuis l'inauguration du marché » ; « Don Manuel a connu Rubén Jaramillo, c'est ce qu'il dit ». Il passa des légumes à la viande, parla avec de vieux marchands de fruits, avec un vendeur de poulets, mais personne ne lui donnait de réponse.

Peu à peu, il laissa tomber sa question initiale qui tentait d'arracher à la fange de la mémoire le nom d'Isaías Valdez.

– Un ami de Jaramillo ? Oh là là, il y en avait beaucoup. Ils venaient lui rendre visite depuis sa terre d'origine. Lui recevait tout le monde, il leur donnait un fruit, un morceau de pain, il parcourait le marché et parlait avec eux... Des amis d'ici ? Du marché ? Il en avait pas mal... Soixante-cinq ans ? Ah, vous voulez parler de don Eulalio, don Eulalio Zaldivar... Oui, tout à fait. Il était très ami de Jaramillo. Mais il parlait très peu... Voyons voir... Je dois avoir une photo de tous les vendeurs de l'époque. Voilà, ça c'est Jaramillo, et là à droite, on le voit à peine, c'est don Eulalio, il portait toujours un sombrero et un foulard au cou, comme s'il avait été malade. Il avait la voix enrouée... Il vendait des fruits... A l'étalage qui est là... Il est parti en 1947, mais il est revenu. Il y a six ans à peu près, il a arrêté. Il était très vieux et il n'avait pas de famille. Une adresse ? Non, il n'a pas laissé d'adresse...

L'ombre, le fantôme, la tache grisâtre toujours au second plan des photographies. Etait-ce vraiment Zapata ? Il était réduit à une tache grise pendant qu'on le réinventait dans les manuels scolaires et sur les plaques de rues.

Le conte de fées de don Emiliano Zapata. Où chercher à présent ?

– Je suis venu pour entendre une histoire.

La fille le regarda. Ils étaient dans la vieille maison de famille de Coyoacán, où habitait Elisa pour le moment. Dans un angle du patio, savourant l'ombre et la citronnade préparée par la vieille servante. Hector accrocha son blouson aux branches basses d'un arbre et retroussa ses manches. Tel un oiseau de mauvais augure, la culasse de son 38 dépassait de l'étui qui faisait une tache obscène sous l'aisselle.

Une auréole contre laquelle aucun déodorant ne pouvait quoi que ce soit. Il finit par suspendre le pistolet et son étui à une autre branche.

– Je ne vais rien pouvoir te dire... Pour le moment, dit la fille en allant se placer de l'autre côté de l'arbre.

Hector la regarda à travers les branches les plus basses. Elle agrippa le tronc de son bras valide.

– Tu n'as jamais essayé de te suicider, n'est-ce pas ?

– Jamais.

Hector reprit l'étui avec l'arme et décrocha son blouson. Il aurait préféré le soleil, le patio rempli de blancs reflets aveuglants, une limonade glacée, un cigare de Veracruz ; un roman de Salgari. Cela aurait pu faire un bon après-midi. Il aurait préféré...

– Je vous écoute, dit le gérant dans la douce obscurité de la pièce, seulement violée par les fines rayures de lumière brillantes qui se faufilaient par les persiennes.

Une atmosphère préfabriquée, prévue pour détruire les bruits de l'usine qui entraient par les interstices.

L'usine était tendue. Des groupes de briseurs de grève montaient de nouveau la garde devant la porte principale, et les vigiles, le fusil à la main, surveillaient l'entrée. En passant à proximité des chaînes, il avait été témoin d'un débrayage. Il s'était arrêté. Les ouvriers étaient immobiles devant leurs machines, comme s'ils observaient une minute de silence pour un camarade tombé au combat. Les contremaîtres s'agitaient de l'un à l'autre, menaçaient, intimidaient, dressaient des constats. Le débrayage n'affectait qu'un secteur, les autres continuaient à travailler. Au bout de cinq minutes exactement, le travail avait repris. Mais ce fut au tour de ceux qui parcouraient l'atelier avec les chariots élévateurs d'interrompre leur tâche.

Il avait entendu une étrange discussion entre un ingénieur et un conducteur de chariot. « Remettez cela en marche, imbécile ! » « Faites-le vous même ! » « Vous êtes payé pour. Qu'est-ce que vous faites ? » « Vous n'avez peut-être pas remarqué que je suis en train de débrayer, pauvre con ? »

Le bureau avait par contraste des allures de havre de paix, comme s'il avait fait partie d'un décor de théâtre, d'une autre histoire, d'un autre épisode du même feuilleton.

– Je suis venu vous poser quelques questions, répondit-il après un silence.

– Je vous écoute, dit le gérant en sortant de la poche de son veston un paquet de Philip Morris.

Cela lui rappelait quelque chose. Sur le meuble de chevet du petit gros...

– De quoi avez-vous peur ? Qu'est-ce que vous craignez de l'homme que je recherche ? Qu'est-ce qui vous empêche de me dire son nom ? Qui est-ce ?

Le gérant le regarda un instant, les yeux dissimulés derrière la fumée de la cigarette.

– Je vous paie pour que vous apportiez des réponses.

– Vous voulez les réponses à ces questions ?

– Je veux le nom de l'assassin, et les preuves qui vont avec.

Hector se leva.

– Vous ne me plaisez pas, dit le gérant.

– Vous non plus, vous ne me plaisez pas, répondit Hector.

Il jeta sa Delicado filtre à moitié consumée sur la moquette. Il sortit sans se retourner.

– Asseyez-vous donc, cher ami, dit Gilberto en lui offrant le fauteuil tournant.

Carlos le tapissier nettoya le siège avec un chiffon de flanelle.

– Vous prendrez un soda ?

– Quoi, qu'est-ce qu'il y a ? J'ai gagné à la loterie sans le savoir...

– La loterie ?

– Le soda arrive tout de suite.

– Non, c'est juste qu'on vous a téléphoné pour vous laisser quelques messages et comme...

– Allez, dis-lui, fit Carlos en offrant au détective une demi-bouteille de soda au tamarin.

– On veut vous tuer.

– Qui a dit ça ?

– Des gens au téléphone.

– Combien d'appels ?

– Deux.

– Bah ! S'il n'y en a eu que deux..., dit le détective en s'envoyant une bonne lampée de soda.

– Il y a un autre message... Il prit le journal sur lequel il avait écrit et lut : “ Lui dire qu'il n'a pas pensé qu'un commandant de la police peut aussi être pédé. ”

– Quoi ?

– “ Lui dire qu'il n'a pas pensé qu'un commandant de la police peut aussi être pédé. ”

– Qui a dit cela ?

– Ça, je ne sais pas... Ils ont juste demandé si vous étiez là et quand nous avons répondu, votre secrétaire et moi-même, que vous étiez sorti comme d'habitude, que vous ne fichiez rien...

– Comme d'habitude aussi, interrompit le tapissier.

– ...Alors il m'a demandé de vous transmettre le message suivant : " Lui dire qu'il n'a pas pensé... "

Hector chercha des yeux le journal d'il y a deux jours et finit par le trouver sur le dossier du fauteuil : " ... le commandant Paniagua de la police judiciaire de l'Etat de Mexico, qui est chargé de l'enquête... "

Le lien entre Alvarez Cerruli et le gérant, le lien de la peur, pouvait donc être un commandant de la police judiciaire... Paniagua ?

Dans le parc de l'Alameda, en face du palais de Bellas Artes, un homme avalait de l'essence et crachait du feu. La ville était remplie d'Indiennes assises par terre en train de vendre des noix. Les journaux annonçaient la chute du gouverneur de Oaxaca.

Belascoarán termina son café au lait et sortit de la cafétéria. L'homme qu'il était en train de suivre avait soigneusement laissé un pourboire et s'était levé quelques secondes plus tôt.

Il portait un costume clair et une cravate d'un bleu brillant, il était robuste, bien en chair sans être gros, et avait les cheveux très noirs. De son visage, on voyait surtout un nez bulbeux et des lunettes noires. Belascoarán avait deviné le revolver à la ceinture, le revolver qui obligeait l'homme à garder sa veste boutonnée et à se mettre de temps en temps de la crème Nivea sur le haut de la fesse gauche pour calmer les brûlures dues au frottement. Le revolver à la ceinture... Il avait dû voir trop de westerns à la télé, c'était une vieille coutume de pistolero de village arborant son deuxième membre à la vue de tous.

Cent pesos par-ci, cent pesos par-là, et la tournée des cafés de Bucareli où se réunissaient les gratte-papier vautours, spécialistes du fait divers du matin, lui avaient permis de dresser une biographie imprécise mais savoureuse du personnage.

Il était né à Puebla, mais s'était formé dans un coin de l'Etat du Jalisco. Deux procès pour assassinat l'avaient piteusement envoyé à la prison de Guadalajara dont il était sorti à chaque fois innocenté, mais les mains et le revolver tachés de sang. Pistolero pour le compte du maire d'Atotonilco, commandant de la police judiciaire à Lagos de Moreno. Il avait participé activement à la répression contre les mineurs de Nueva Rosita dans le Cohahuila, en tant que chef adjoint de la police judiciaire de l'Etat en 1952. Propriétaire d'une fabrique de glace à Guanajuato en 1960. Il faisait sa réapparition en 1968 dans la police judiciaire de l'Etat de Mexico où son ascension avait été rapide. Commandant depuis trois ans.

L'homme marchait à pas alanguis, comme un vautour guettant sa proie dans un bal de village. Ils passèrent à l'ombre de la tour latino-américaine et prirent la rue Madero. L'homme s'était arrêté deux fois, l'une devant une boutique de confection masculine pour regarder un veston, l'autre devant un magasin d'appareils photo où il avait observé attentivement une paire de jumelles.

L'homme était réputé pour son silence et sa brutalité. On disait qu'il avait personnellement contribué à briser les grèves de Naucalpan en 1975 et qu'il avait tabassé des étudiants du collège de Sciences et d'Humanités dans les locaux de la police. Mais pour le reste, le silence. Aucune rumeur dans les milieux soi-disant bien informés.

Lorsque l'homme s'arrêta devant une troisième vitrine, Hector commença à se dire qu'il avait dû se rendre compte qu'il était suivi. Il s'arrêta devant la librairie américaine et enleva sa gabardine.

Deux étranges personnages passèrent à côté de lui pour prendre comme prévu le relais. L'un d'entre eux arborait sur la tête une casquette Sherwin Williams, l'autre, barbu, portait sous le bras des échantillons de tissu à tapisser.

– ...Le patron a intérêt à nous payer des heures sup, autrement sa filature, il peut se la mettre...

C'est ce que le détective entendit lorsque Gilberto passa devant lui. Il eut un sourire. Il attendit deux minutes et sortit dans la rue. L'homme aux lunettes noires n'était pas en vue. Le couple formé de ses deux voisins tournait à gauche dans la rue Isabela la Catolica. Elisa était sur sa moto, arrêtée juste devant lui.

– Tu montes ?

– On y va. Garde tes distances.

– Il n'a pas de voiture ?

– Il l'a laissée dans la contre-allée de l'avenue Juárez avant d'entrer dans le café.

Ils démarrèrent.

Le temps lui semblait trop court et il commençait à cause de ça à détester la ville, le monstre aux douze millions de têtes. La fenêtre du bureau filtrait la nuit. Si la première partie de cette histoire avait été placée sous le signe du soleil, c'était maintenant le labyrinthe qui dominait la scène. Un labyrinthe qui comme tout labyrinthe qui se respecte devait avoir une issue. C'était ce qui rendait d'autant plus angoissant le point mort où étaient coincées les trois histoires : il pouvait presque en voir l'issue, la sentir... Et en même temps, il pouvait parfaitement passer devant sans s'en rendre compte.

Il colla sous la photo de Zapata une feuille de papier blanc et écrivit à la plume :

1924 : Tampico.

1926 : Nicaragua. Avec Sandino. Le capitaine Zenón Enriquez.

1934 : Passeport au Costa Rica.

1944 : Travaille au marché du 2 Avril. Jusqu'en 1947. Eulalio Zaldivar.

Il y revient de 62 à 66. Il habite Olivar de los Padres à cette époque. Isaías Valdez.

?

Après un moment de réflexion, il barra le point d'interrogation. Il aimait mieux un espace blanc qu'un signe. Il accrocha un deuxième papier à la photo du cadavre. Il reprit son stylo plume et écrivit :

Alvarez Cerruli : Mort. Homosexuel.

Un gérant : Rodríguez Cuesta. Il a peur. Chantage ?

Un mort plus ancien : homosexuel aussi.

Un flic.

Classicisme : opportunité, motif, mécanique du commandant Paniagua.

Derrière lui, l'ingénieur nyctalope haussa la voix :

– Vous écrivez un roman, voisin ?

– Au fait, vous qui connaissez bien le milieu...

– Vous croyez ça, vous...

– Je veux dire le milieu industriel...

– A peu près aussi bien que vous.

– A quel genre de trafic peut se livrer un industriel pour qu'on le fasse chanter ?

– Un industriel qui fait quoi ?

– Le gérant de Delex.

Sans connaître à fond le monde de Rodríguez Cuesta, il n'arrivait pas à trouver le lien entre le motif du chantage et le maître chanteur, et ne pouvait donc relier la chaîne aux deux maillons assassinés. Rodríguez Cuesta voulait le dernier maillon de la chaîne, le flic. C'était lui qui lui avait donné la clé. A moins que quelqu'un d'autre que le gérant n'ait appelé pour le mettre sur la piste du commandant.

De toute façon, il ne s'agissait pas de lui fournir un maillon, mais d'obtenir la chaîne complète. Il fallait en plus négocier pour qu'ils laissent le syndicat tranquille. Mais pour négocier, il faut avoir quelque chose à mettre sur la table. Il écrivit au pied de la colonne « idées » :

> L'autre ligne : le monde d'un gérant. Contrebande ? Pourquoi ? Qu'est-ce qu'il y avait d'autre ? Des femmes, de la drogue ? Le gérant serait-il homosexuel lui aussi ?

Il se dit brusquement qu'en fait il ne connaissait rien aux homos. Ils faisaient partie d'un monde supposé obscur, dont il n'avait entendu parler qu'à demi-mots ; il ne savait même pas vraiment comment baisaient les homosexuels, et la seule fois qu'il s'était un peu approché de ce monde clandestin, c'était quand il était au lycée et que dans un autobus un type d'une trentaine d'années lui avait fait de l'œil. Cela dit, il professait la tolérance sexuelle : tant qu'ils n'emmerdaient pas les autres, il n'en avait rien à foutre, qu'ils baisent comme ils voulaient.

De toute façon, qui étaient les gens « normaux » ? Lui, qui avait mis fin à ses deux mois d'abstinence à peine interrompus par deux ou trois branlettes et deux pollutions nocturnes en faisant l'amour avec une adolescente qui avait un bras dans le plâtre ?

Indubitablement, l'horizon de Belascoarán était en train de s'élargir. Il avait appris ces derniers mois qu'aucune misère humaine ne lui était étrangère.

Il passa à la troisième photographie où Elena lui souriait.

Il accrocha un troisième papier blanc au-dessous et écrivit :

> « Toi, tu as quelque chose qui vaut cinquante mille pesos.
>
> Tu l'as dit aux amis du petit gros qui t'ont fait des misères.
>
> Quelqu'un a essayé de te tuer. (Pas les amis du petit gros. D'autres.)
>
> Te tuer ou te faire peur ?
>
> Ce que tu caches est compromettant pour ta mère.
>
> Ta mère prend de l'héroïne.
>
> Il y a un certain Burgos qui me fait sérieusement chier. »

Il s'éloigna du mur et contempla les trois photos et les trois papiers qui les accompagnaient comme si cela avait été un tableau de Van Gogh. Un détective de roman policier se serait écrié « Eureka ! ». Et tout se serait mis en place.

Mais les choses n'étaient pas toujours ce dont elles avaient l'air, à plus forte raison alors qu'il ne disposait que d'informations en morceaux qui se recoupaient vaguement. La mère d'Elena était certes héroïnomane, mais le paquet pouvait contenir des pièces d'or ou des microfilms du KGB ou des timbres précieux, ou le numéro de la combinaison d'un coffre à la Banque du Mexique renfermant les preuves qui impliquaient des banquiers dans une tentative de coup d'Etat prévue pour le précédent « sexennat ».

Ledit Burgos avait beau être laid et ne pas lui revenir, il pouvait très bien n'être qu'un pacifique producteur de cinéma. Quant au commandant Paniagua, il n'était qu'un truand de plus au service de la loi et de l'ordre, mais c'était peut-être tout.

C'était décidément le grand avantage de la vie sur la fiction : elle était sensiblement plus compliquée.

Il bâilla bruyamment, ce qui fit sourire son voisin.

– Il fait sommeil ? Depuis l'autre jour que je vous observe, je vois bien que ça ne va pas fort... Si vous passez vos nuits à faire des petits dessins sous les photos et vos journées à poursuivre des assassins, vous allez finir par craquer.

– Ce n'est pas faux.

Il alla au fauteuil tout déglingué qui lui tendait les bras.

Oui, décidément, la première vertu de la vie, c'était sa complexité.

– Reveillez-moi quand vous partez.

– Je m'en vais à cinq heures et demie, dès que j'aurai terminé cette saloperie, dit l'ingénieur qui contemplait des cartes des égouts qui avaient plutôt l'air de dessins de Paul Klee.

Il alluma un petit cigare fin et exhala la fumée vers le plafond.

– Avant que vous arriviez, ils ont encore téléphoné pour dire qu'ils allaient vous tuer.

– Et vous, qu'est-ce que vous leur avez dit ? interrogea Belascoarán en se faisant un oreiller de sa veste et en plaçant le pistolet entre son corps et le dossier.

– Qu'ils avaient que de la gueule.

– Et qu'est-ce qu'ils vous ont dit ?

– Qu'à moi aussi ils allaient me fermer ma grande gueule.

– Vous auriez mieux fait de ne pas la ramener.

Hector enleva ses chaussures. L'ingénieur Villareal alla ouvrir la fenêtre. Un courant d'air froid dissipa la lourde chaleur de la pièce. Il laissa tomber la cendre dans la rue. Hector imagina le petit tas de cendres qui descendait les quatre étages.

– Il y a des fois où les cartes, ça me court sur le système, dit l'ingénieur en tirant de son blouson un revolver qui datait de l'époque où son père chassait le puma à Chihuahua, et en le mettant sous le fauteuil.

– Il y a un cran de sûreté ? Si un coup part, Gilberto et Carlos vont encore dire que c'est de ma faute et que leur protection n'est pas assurée, dit Belascoarán en souriant.

– La vôtre a l'air de l'être...

– Au bout d'un an dans ces histoires, on commence à apprendre... On arrête de courir quand les menaces commencent.

– Vous n'avez jamais pensé qu'ils pourraient vous flinguer, Belascoarán ?

– Ça m'est arrivé.

– Et alors, pourquoi vous ne cherchez pas un autre boulot ?

– Parce que j'aime ça, je suppose... J'aime ça, répondit le détective en fermant les yeux.

Des patrouilles de police de l'Etat de Mexico bloquaient à nouveau les accès de l'usine. Les travailleurs d'autres entreprises étaient devant les portes, hésitant entre la bagarre ou l'occupation de l'usine.

Il descendit de la Volkswagen et sortit sa carte lorsqu'un flic essaya de l'arrêter. Dans chaque voiture, il y avait deux policiers avec des casques et des mitraillettes. Le matin gris et poussiéreux était chargé d'électricité. Il entendit le hennissement des chevaux. Les drapeaux rouges et noirs de la grève étaient accrochés à l'entrée où près de cinq cents travailleurs attendaient en rangs irréguliers, armés de bâtons et de pierres. A vingt mètres, un escadron de la police montée flanqué de trois voitures avec des agents armés de mitraillettes. Les flics à cheval avaient dégainé leurs sabres. Derrière les voitures de police, le gérant était assis dans son propre véhicule et plusieurs ingénieurs allaient et venaient autour de lui. Il aperçut Camposanto, lui aussi dans sa voiture dont la portière était ouverte. Il passa sans s'arrêter et alla droit sur Rodríguez Cuesta.

– Ce n'est pas le moment de parler de nos histoires, revenez demain, dit le gérant en le voyant venir.

Hector passa à côté de lui et traversa le rang de police montée.

Un cheval était en train de chier, un autre tapait des sabots sur le sol d'où s'élevait un petit nuage de poussière. Il ne regarda pas les visages des flics.

Craignant de rompre le charme qui lui ouvrait un passage, il continua à avancer, mais le charme fut en effet rompu lorsqu'un sergent croisa son sabre devant sa poitrine.

– Où allez-vous ?

– Je veux passer, répondit Hector.

– Vous êtes journaliste ?

– Oui.

– Alors vous feriez mieux de vous écarter, dit-il en le poussant avec son sabre.

Hector recula. Il alla jusqu'au bistrot qui était dans un no man's land. Petit à petit, on entendit une rumeur sourde qui enflait : « Les flics hors d'ici, libérez nos camarades. » Un autre cheval se mit à hennir.

– C'est toi le détective ?

Hector confirma. Un garçon d'une vingtaine d'années avec un uniforme de l'entreprise, était à côté de lui et regardait.

– Et toi, qu'est-ce que tu fais ici ? demanda-t-il à son tour.

– S'il y a du grabuge, il faut que j'aille prévenir notre avocat, répondit le jeune homme qui serrait son poing gauche avec la main droite, comme s'il avait été en train de presser une orange.

– Comment je fais pour passer ? interrogea le détective.

– On peut entrer par les terrains vagues là-bas derrière... Mais tu ferais bien de ne pas t'en mêler, ça ne te regarde pas...

– Qui a dit ça ?

– Le comité... Il y a quelqu'un qui a dit que tu étais un ami, mais qu'il y avait quand même un doute.

Hector regardait toujours.

– Qu'est-ce qui va se passer ?

– On attend du renfort. Des potes du quartier et de l'Ecole polytechnique. Les flics vont peut-être se retirer. Ils attendent les ordres de quelqu'un, du gouverneur peut-être... Il vaut mieux que tu t'en ailles.

Mais quelque chose le retenait à la porte du bistrot, qui l'empêchait de continuer sa quête de l'assassin, ou de ceux qui faisaient peur à une fille au bras dans le plâtre, ou de l'ombre de Zapata.

– Pourquoi y a-t-il grève ?

– Pour qu'ils reconnaissent le syndicat indépendant comme le seul légitime et qu'ils libèrent les camarades emprisonnés... Pour qu'ils arrêtent de faire travailler des jaunes.

Deux policiers en uniforme traversèrent les rangs de la police montée et s'approchèrent des premières lignes de grévistes. Ce fut la bousculade autour d'eux. Puis on entendit des cris, des hourra ! des applaudissements. La police montée commença à se retirer dans l'ordre et la voiture du gérant démarra brutalement en marche arrière.

– Qu'est-ce qui se passe ? interrogea Hector.

– Ils s'en vont... Pour le moment, ils n'ont pas rompu la grève... Ils vont négocier. Attends voir.

Le jeune homme s'éloigna du bistrot... Hector entra pour boire un soda. Il avait la bouche sèche, comme souvent, comme presque toujours ces derniers jours. A l'intérieur du petit local, la totale obscurité vint calmer ses yeux rougis. Au dehors, un matin sale de lumière sans soleil. Il s'assit et la patronne posa devant lui une bouteille rouge.

– Je vous ai appelé, mais ça ne répondait pas.

– Merci, répondit le détective en lui tendant un billet de vingt pesos.

– Quoi de neuf, détective ? Vous n'étiez pas venu les mains vides. De quel côté vouliez-vous vous mettre ? dit le gros ouvrier qui entrait avec un groupe d'amis pour fêter la victoire.

Il passa à côté de lui et s'assit à une table proche. Hector chercha une réponse mais ne la trouva pas.

Paniagua – le commandant Federico Paniagua pour être précis – avait des horaires irréguliers. Il avait aussi une maison dans le quartier de Lechería, une grosse épouse quinquagénaire qui faisait très bien la cuisine (c'était une évidence après deux heures passées à humer le fumet de ses plats), deux grands fils dont l'un tenait un magasin de pièces pour autos. Il avait aussi une chambre dans un hôtel vieillot, avec des portes en bois peintes en vert qui ouvraient sur un patio avec une fontaine. Là-bas, il s'appelait Ernesto Fuentes et était voyageur de commerce.

Il avait une troisième couverture. Un appartement dans un immeuble moderne de la Colonia Irrigación, derrière le club Mundet. Personne ne l'y connaissait. Une compagnie d'assurances automobiles occupait le rez-de-chaussée et dans les deux appartements au-dessus du sien vivait un Anglais, ex-consul de son pays à Guadalajara, vieux célibataire à la retraite, et un couple de jeunes mariés qui était en voyage de noces. Il n'y avait pas de concierge, seulement une dame qui faisait le ménage des escaliers tous les deux jours et un encaisseur de loyers qui passait chaque mois.

Le policier passait une ou deux fois par jour au commissariat de Tlalnepantla et se rendait cinq ou six fois par semaine à Toluca.

Quand il était en service, il était accompagné de deux hommes, un chauffeur, toujours le même, et un deuxième personnage qui changeait selon le véhicule emprunté par le chef.

Si j'avais seize employés dans mon agence, je mettrais des guetteurs devant la maison de la Colonia Irrigación et quelqu'un prendrait une chambre à l'hôtel de la calle Donceles. Mais si tu n'as pas de pain, mange des *tacos,* se dit-il avant de décider de consacrer sa nuit à l'une de ces deux activités. Mais auparavant, il quitta le nord de la ville et parcourut une vingtaine de kilomètres dans la brume jusqu'à la maison de Marisa Ferrer. Il n'y trouva qu'une domestique silencieuse qui lui referma la porte au nez.

10

... Respirez profondément et surtout faites en sorte de ne pas lâcher votre arme lorsque le sol arrive à toute vitesse en contact avec votre visage.

Roque Dalton

Ses yeux ressemblaient à deux fentes, ses bras pendaient de chaque côté du corps, ses pieds se traînaient sur un sol cotonneux ; il avait la bouche sèche et acide, et les dents couvertes de poils inexistants.

Il aurait volontiers changé son pistolet contre une fontaine d'eau claire où plonger son visage et où rester le temps que l'eau fraîche ravive ses tissus, en écoutant les oiseaux qui descendent boire et les cavalcades des enfants en route pour l'école.

A défaut de fontaine, une servante lui prêta le tuyau d'arrosage avec lequel elle avait lavé la voiture de son patron et Hector se mit sous le jet d'eau froide jusqu'à s'en engourdir le visage.

En se secouant comme un chien mouillé, il se dirigea vers sa voiture, mettant fin à cette nuit de veille inutile devant la maison de la Colonia Irrigación.

Cela ne pouvait pas durer comme ça. S'il laissait

les choses avancer lentement vers nulle part, il finirait par tomber mort de sommeil au coin d'une rue, le dos au mur et les yeux pleins de colle. Il fallait forcer le destin. Il en avait marre de ne pas pouvoir jouer à tous les postes pendant le match. Le ballon passait à côté de lui et il courait derrière pendant quatre-vingt-dix minutes sans pouvoir rien faire. Il était temps de faire éclater les choses, qu'elles explosent, qu'elles débordent.

Comment faire pour marquer le premier but ?

La bonne sœur le conduisit dans une salle vide où il y avait un vieux piano et des restes de décors sur des châssis en bois avec des nuages peints sur des cartons. Posées sur le plancher aux deux extrémités de la pièce, des palettes cassées faisaient office de bancs. Hector alluma une cigarette et se laissa tomber sur une des banquettes de fortune qui grinça sous son poids. La tête entre les bras, il laissa la cigarette se consumer, se contentant de jeter de temps à autre un coup d'œil à la fumée qui se détachait lentement et montait en double colonne vers le plafond.

– Señor détective, les filles sont là, dit la jeune sœur qui l'avait laissé dans la pièce.

Derrière elle, il devina les silhouettes des trois camarades d'Elena.

– Est-ce que je pourrais m'entretenir un instant seul avec elles ?

– Le professeur d'anglais demande que cela soit rapide. Elles sont en cours.

– Ne vous inquiétez pas, je serai bref.

Les filles entrèrent, partagées entre la timidité et l'amusement face au nouveau spectacle. Elles riaient entre elles, pour se donner du courage. Hector leur indiqua les bancs tout tordus. Les filles s'assirent.

Toutes les trois répétèrent le geste machinal de tirer sur leurs robes pour cacher leurs jambes. Hector se souvint de la fille dans son lit, et de ses plaisanteries sur la virginité perdue dans les collèges de bonnes sœurs.

– Gisela, Carolina et Bustamante..., affirma le détective.

– Ana Bustamante, répondit une fille mince et vive, un œil caché par ses cheveux noirs.

– J'ai besoin de votre aide, dit Hector.

Il garda un instant le silence. Les filles lui firent signe qu'elles étaient d'accord.

– Comment va Elena ? demanda l'une d'elles.

– Bien pour le moment, mais si je ne trouve pas ce que je suis en train de chercher, sa vie est en danger.

Il regarda les filles droit dans les yeux, l'une après l'autre. Avec toute l'intensité dont il était capable en ce matin où le sommeil refusait de l'abandonner.

– Est-ce qu'Elena vous a confié quelque chose à cacher ?

Elles échangèrent un regard.

– A moi, non.

– A moi non plus.

– Moi elle m'a demandé si je pouvais garder un paquet dans le coffre-fort de mon père, mais je lui ai dit que je ne connaissais pas la combinaison, répondit celle qui s'appelait Bustamante.

– Il y a longtemps qu'elle te l'a demandé ?

– Avant qu'on vienne l'embêter à la sortie de l'école... C'était il y a deux semaines environ.

– Elle n'a pas insisté ? Elle n'a fait aucun commentaire là-dessus à l'une d'entre vous ?

– Non, dit l'une d'elles.

Les deux autres confirmèrent en secouant la tête.

– Je suis désolé de vous avoir dérangées, dit le détective.

Les filles se levèrent et sortirent de la pièce l'une derrière l'autre.

Mais où alors ? se demanda le détective affalé sur la banquette au dossier cassé.

– Un moment !

Il sortit en courant à la poursuite des filles qui s'immobilisèrent dans le couloir une dizaine de mètres plus loin.

– Est-ce qu'Elena a un casier, une armoire fermée à clé, un endroit où elle range ses affaires, ici à l'école ?

Son paquet sous le siège avant, Hector Belascoarán Shayne arrêta sa voiture devant l'hôtel de police de Santa Clara. Il n'était pas pressé de l'ouvrir.

Il savait qu'un tiers de ses problèmes était résolu et que la solution enveloppée dans un paquet de quarante centimètres sur vingt-cinq, en papier gris, fermé par une ficelle terminée par une boucle, pouvait l'attendre dans la voiture en stationnement. Il parcourut des couloirs en demandant son chemin et finit par tomber sur le bureau du responsable de l'enquête.

– Pouvez-vous me dire ce qui vous amène ici ? interrogea un jeune bureaucrate brun qui arborait une tache de jaune d'œuf sur sa cravate plutôt criarde.

– J'ai des informations importantes concernant l'assassinat de l'ingénieur Alvarez Cerruli de Delex.

– Vous vous appelez ?

– Hector Belascoarán Shayne.

Lorsque la porte s'ouvrit, il vit deux hommes à l'intérieur du bureau.

L'un était une vieille connaissance de ces derniers jours, le commandant Paniagua en personne. Il était au fond de la pièce, appuyé contre un meuble métallique, le pistolet bien en évidence à la ceinture. L'autre homme se présenta comme le *licenciado* Sandoval, substitut chargé de l'enquête. Laissant de côté les ronds de jambe, Hector s'assit sans y avoir été convié.

– Vous dites que vous avez des éléments qui peuvent éclaircir la mort de l'ingénieur Cerruli ? Nous vous écoutons. (Il désigna Paniagua.) Vous connaissez le commandant Paniagua, qui s'occupe de cette affaire ?

Hector fit signe que oui. Le commandant Paniagua, caché derrière ses lunettes noires, eut un geste d'étonnement.

– Des éléments, oui. Ou plutôt, je peux vous démontrer que la piste que vous suivez est sans issue.

Hector sortit son carnet. Il le consulta un moment, laissant le défi flotter dans l'air.

– Les trois hommes que vous avez mis en prison ne peuvent pas avoir commis le crime. S'il est établi que le crime a été commis entre cinq heures et cinq heures et demie, Gustavo Fuentes n'avait pas encore pris son service et il y a plusieurs témoignages établissant qu'entre quatre heures et cinq heures et demie, Ibañez était sur la chaîne et qu'il n'a pas quitté son poste. D'autre part, le troisième inculpé, Contreras n'est pas venu travailler ce jour-là. Ce qui signifie qu'il vaudrait mieux que vous les laissiez sortir avant que j'aie l'idée d'aller raconter aux journaux comment vous vous êtes mêlés pour d'obscures raisons à un conflit du travail.

Hector alluma une cigarette et attendit.

– Et vous, quel est votre intérêt dans tout ça ? interrogea le substitut.

Hector eut un sourire.

Des œufs brouillés au jambon, une carafe de jus d'orange et des bananes à la crème correspondaient exactement à l'idée qu'il se faisait d'un bon petit déjeuner.

– Tu as une tête à faire peur, dit Elisa après avoir posé les assiettes sur la table.

– Toi aussi.

Ils étaient assis face à face dans la vieille salle à manger familiale. Enveloppée dans son peignoir jaune, Elisa se frottait les yeux.

– J'ai sommeil. Je suis restée à parler avec ta cliente jusqu'à dieu sait quelle heure.

– Elle est comment ? interrogea Hector en attaquant ses œufs au jambon.

– Pas bête. Elle fait peur ou pitié, c'est selon. Je suppose que cela m'énerve de me revoir au même âge qu'elle... tout me semblait facile.

– Elle t'a dit quelque chose ?

– Pour moi, c'est du chinois. Si tu m'expliquais une partie de l'histoire...

– C'est là-dedans, je ne l'ai pas encore ouvert, dit-il en montrant le paquet enveloppé dans son papier gris.

Elisa prit le verre de jus d'orange qu'Hector venait de servir et le but d'un trait, sans respirer. Hector regarda sa sœur avec tendresse.

– Qu'est-ce que tu as fait dernièrement ?

– J'ai tout retourné dans ma tête. Depuis que je suis rentrée, j'ai l'air d'un fantôme... J'avais envie de me remettre aux études.

– Tu as des nouvelles de ce type ?

– Alan m'écrit tous les mois. Une lettre succincte, toujours la même, et un chèque de quatre cents dollars, toujours le même aussi, que tous les mois je déchire en petits morceaux et que je lui renvoie... Est-ce que tu t'es jamais demandé pourquoi je m'étais mariée et que j'étais partie ? dit-elle en le regardant fixement.

– A cette époque..., commença Hector.

– J'ai toujours été la sœur sandwich... Tu étais le frère rangé, responsable, sérieux. Le frère modèle et Carlos le frère brillant... Et moi je voulais quitter la maison, prouver que je pouvais vivre seule. C'est pour ça que je me suis mariée.

Hector lui prit la main et la serra. Elisa lui sourit.

– Le moment est mal choisi pour faire des confessions, n'est-ce pas ?

– Pour faire des confessions, le moment est toujours mal choisi... Le passé sent mauvais, se retourner fait peur... Six ans après la mort de papa, nous nous rapprochons de lui et nous nous rendons compte que nous n'avons jamais été proches, que nous n'avons jamais rien compris. Que tout était dissimulé derrière des rideaux de fumée. Avec toi, chère petite sœur, c'était pareil.

– Alan était brillant dans son genre. Tous les matins, il travaillait dans son journal, tous les après-midi, dans le bar d'un hôtel. Tu sais comment c'est, une ville du Canada ? Une maison isolée, la télé en couleur, la neige qu'on regarde tomber tout un après-midi derrière la fenêtre. Je parlais toute seule, pour ne pas oublier l'espagnol.

– Tu jouais bien de la guitare avant ?

– Même ça j'ai oublié. J'ai tout oublié. C'était comme un rêve, un mauvais rêve. Je n'ai jamais pu comprendre ce pays, et je n'ai pas su non plus m'en protéger. Putain de merde, quelle saloperie.

– Ne remue pas tout ça, dit Hector en repoussant son assiette vide.

– Tu attends qu'elle se réveille ? demanda Elisa.

– Non. Ne la laisse pas sortir. Je reviens dans deux heures.

– Si tu reviens pour déjeuner, je te promets de ne plus flipper et de servir six plats chinois différents.

– Cache ce paquet à un endroit où elle ne le trouvera pas, dit Hector en allumant une cigarette qui lui sembla un délice, maintenant qu'il avait l'estomac plein et la matinée devant lui.

– Vous dites que vous avez vu le gérant sortir ? Que vous vous en souvenez parce qu'il vous a demandé de réparer son pneu, ou son cric, ou quelque chose dans le genre ?

Le vigile Rubio, plaque 6453, fit signe que oui. Il lui avait offert un siège dans la pièce aux murs humides, avec des meubles recouverts de plastique. L'homme en chemisette était en train de prendre un café. « Aujourd'hui, c'est mon jour de repos, vous savez. »

– Il était seul ?

– Seul. Tout seul dans sa voiture.

– Mais quand il est entré, il était seul dans sa voiture ?

– Il entrait toujours seul.

– Mais cette fois... Attendez un peu. A quelle heure est-il arrivé ?

– L'ingénieur Rodriguez arrive toujours autour de dix heures.

– Seul ? Et cette fois ?

– Voyons voir... Je crois que je ne l'ai pas vu entrer. J'ai ouvert la grille métallique, mais j'étais en train de vérifier les papiers d'une camionnette qui sortait et donc... Mais je crois bien qu'il était seul. Il est toujours seul.

– Qui était au volant de la camionnette ?

– Un type de par ici, je ne sais pas comment il s'appelle. On l'appelle le Chinguinas.

– Encore une question... Ou plutôt deux.

– Comme vous voudrez. Nous sommes à votre disposition...

– Les ingénieurs, ils entrent seuls ?

– Ils ont tous leur voiture... De temps en temps, il y en a deux ensemble, quand il y en a un qui a laissé sa voiture à réparer, ou parce qu'ils sont passés par les bureaux avant d'aller à l'usine. Des histoires dans ce genre...

– Camposanto est arrivé seul ?

– Je crois que oui.

– Ils laissent leur voiture au parking ?

– Non, pas eux. Ils stationnent plus loin, sous un auvent réservé aux voitures de direction, il y a le nom de l'ingénieur ou du comptable marqué au-dessus de chaque place.

– Il y a du monde là-bas à cette heure ?

– S'ils arrivent de bonne heure, il y a les gens qui sont dans la cour... Mais s'ils arrivent plus tard, ils peuvent seulement tomber de temps en temps sur un manutentionnaire.

– Encore une : après l'arrivée des patrouilles de police, combien de policiers sont entrés en tout ?

– Ouh... La première patrouille. La seconde. Deux voitures de flics en civil... Et puis, l'ambulance.

– Le commandant Paniagua était-il dans l'un des véhicules ?

– Non, je ne l'ai pas vu entrer. Je l'ai seulement vu sortir. Il a dû entrer par derrière.

– Par derrière ? Où par derrière ?

– Il y a une entrée à l'arrière de l'usine. Du côté des terrains vagues, il y a une porte en principe condamnée par où sortaient les camions avant. En ce moment, il y a un piquet de grève là-bas.

– Mais cette entrée était condamnée. Pourquoi l'aurait-il empruntée ?

– Attendez. Je ne suis même pas sûr de l'avoir vu à l'intérieur, ce commandant... C'est bien celui dont on a parlé dans les journaux ? Celui qui a arrêté les trois ouvriers ?

– Lui-même. Un petit brun à lunettes noires, plus très jeune, dans les cinquante ans...

– Je suis sûr qu'il n'est pas entré avec les flics en civil. Mais je l'ai vu à la porte.

– Vous ne vous rappelez pas l'avoir vu à l'intérieur ?

Il répéta la question à la secrétaire, au gardien de la porte de derrière et à deux manutentionnaires. Les grévistes le reçurent avec méfiance et répondirent évasivement. Le résultat était vague. Ils ne se souvenaient pas l'avoir vu. Ou bien « si, mais non, c'était un autre jour », et des choses dans le genre.

Paniagua pouvait être l'assassin. Mais sur quoi se basait-il pour le soupçonner ? Sur un coup de fil anonyme qui disait qu'il était pédé. Il pouvait être entré dans la voiture du gérant, il pouvait s'être caché dans un coffre, il avait pu passer par la porte de derrière... Avait-il un alibi ? Comment vérifier les déclarations du commandant sur l'endroit où il avait passé l'après-midi ? Ce n'était pas le moment d'aller le demander à la police judiciaire de l'Etat de Mexico. Cela avait été un coup tiré en l'air et cela n'avait servi à rien. Il lui fallait essayer autre chose.

En ouvrant la porte, Hector vit d'abord le pistolet, puis le visage de l'homme. Il avait peur.

– Vous allez me laisser à la porte, ou vous me laissez entrer ? interrogea le détective.

– Je n'ai rien à vous dire.

– Vous n'avez pas grand-chose à faire ces jours-ci

avec l'usine en grève, dit Hector en poussant doucement la porte de l'épaule.

L'ingénieur Camposanto s'écarta. Hector alla au salon des poupées et se laissa tomber dans un fauteuil. Camposanto referma la porte.

– Je n'ai rien à vous dire.

Il se dirigea vers le fauteuil en traînant des pieds. Il laissa le pistolet sur la table centrale. Hector sortit une cigarette et l'alluma. Il laissa tomber son briquet par terre et tira son pistolet de son étui pendant que l'ingénieur ramassait le briquet.

L'homme qui se redressait le briquet à la main se trouva face au canon braqué sur lui.

– Qu'est-ce que vous voulez ?

– Que vous me passiez votre pistolet, en le prenant par le canon avec deux doigts s'il vous plaît...

Il mit l'arme dans la poche de sa gabardine et attendit que l'homme soit assis devant lui. Camposanto se mit à pleurer, la tête entre les mains. Les sanglots allaient en augmentant. Déconcerté, Hector continuait à tirer sur sa cigarette.

– Je ne voulais pas, dit l'autre entre deux sanglots.

– Alors, pourquoi l'avez-vous fait ? interrogea le détective, au bluff, comme un enfant qui jouerait à la « piñata » et essaierait les yeux bandés de dégommer avec son bâton le pantin de terre cuite qui se balance quelque part au bout d'un fil au-dessus de sa tête.

– Fait quoi ? répondit l'ingénieur en séchant ses larmes sur la manche de sa robe de chambre.

– Le tuer.

– Je n'ai tué personne, répondit-il très digne.

– Attendez, laissez-moi réfléchir un peu.

– Vous ne savez rien du tout.

– Mais il sera toujours temps de vous filer des coups de pied dans la gueule pour vous rendre bavard.

– Ce n'est pas la peine.

– Par exemple, pourquoi m'avez-vous menacé avec un pistolet alors que je venais juste vous demander quelque chose ?

L'ingénieur baissa les yeux et fixa le sol.

– Il y a longtemps que vous connaissez le commandant Paniagua ?

– Je ne le connais pas.

– Je ne suis pas pressé, dit le détective.

Il sortit son paquet de cigarette, le posa sur la table de verre et attendit.

La tension monta avec une intensité pareille au silence qui envahissait la pièce. Camposanto, immobile sur son siège, évitait le regard du détective. Il tirait sur la ceinture de sa robe de chambre grise, jouait avec les fils. De temps à autre, il avait un regard furtif pour le canon du pistolet. Hector décida que l'attente lui était favorable. Cela allait être un duel entre la faiblesse de l'autre et son propre sommeil. Il regarda sa montre : onze heures cinquante-six. Midi. Midi trente-six. Midi cinquante-huit. Une heure quarante-cinq.

– Vous attendez quoi ? demanda une voix rauque, quasi méconnaissable, qui sortait des lèvres de l'ingénieur en train de frotter ses mains moites.

– Que vous me racontiez. Il y a longtemps que vous connaissez le commandant Paniagua ?

– Cela fait quelques mois. Alvarez Cerruli me l'a présenté dans un club de golf qui est sur la route de Querétaro.

– Comment vous-êtes vous aperçu que lui aussi était homosexuel ?

– Alvarez me l'a dit... Il semble qu'ils se connaissaient depuis un certain temps déjà.

– Comment est-ce qu'ils s'étaient rencontrés ?

– A une soirée, je crois.

– Qu'est-ce que vous avez pensé de Paniagua quand vous l'avez rencontré ?

– Il était silencieux... très poli.

– Vous étiez en train de prendre le café avec le chef du personnel, un certain Fernandez lorsque le crime a été découvert ? demanda Hector en changeant de thème et en allumant une autre cigarette.

– Oui... Qu'est-ce que vous insinuez ?

– Rien, j'interroge seulement... Qu'est-ce que vous avez fait ce jour-là entre seize heures trente et dix-sept heures trente ?

– Je suis revenu de déjeuner vers seize heures quinze, je suis allé à l'atelier d'ajustage et j'ai discuté avec le responsable, puis j'ai été au laboratoire. Je suis resté enfermé avec les gens du contrôle de qualité jusqu'à dix-sept heures quinze et ensuite, sur le chemin des bureaux, je me suis arrêté prendre un café avec Fernandez.

Il avait répondu sans une seule hésitation, avec beaucoup d'assurance. Mais il y avait un hic. Quelque chose qui ne collait pas et qu'il essayait de dissimuler...

– Vous avez déjeuné avec qui ?

– Dans une cafétéria de l'avenue Insurgentes Nord.

– Son nom ?

– Je ne m'en souviens pas.

– Vous étiez seul ?

– Oui, tout seul.

– Reprenons. Avec qui avez-vous déjeuné ?

L'ingénieur garda le silence.

– Je ne suis pas pressé, dit Hector en regardant de nouveau sa montre.

Une heure quarante-huit.

– J'ai déjeuné avec Alvarez Cerruli, répondit Camposanto qui se recroquevilla dans son fauteuil avant d'ajouter : il avait peur, très peur. Il était pris entre deux feux et ils ne le lâchaient pas. Moi je savais déjà ce qui allait se passer. Je ne supportais pas de voir Alvarez décomposé de trouille. Il chiait dans son froc ! Et moi qui faisais comme si de rien n'était...

S'il avait été un peu moins endormi, moins émoussé, Hector aurait entendu un peu plus tôt le bruit derrière son dos, mais il ne réagit que lorsqu'il entendit le coup sec de la porte que l'on forçait ; il se jeta au sol entraînant le fauteuil avec lui et vit un éclair au bout d'un pistolet. Dans une position incommode et bizarre, les pieds emmêlés dans le fauteuil, il tira deux fois en direction de la porte. Il aperçut une main terminée par une arme qui tirait une fois encore. La balle s'écrasa dans la moquette à quelques centimètres de son visage. La porte se balançait, retenue par un seul gond. Derrière lui, il entendit les cris de Camposanto, noyés par le sang qui envahissait sa gorge. C'était comme des bulles dans un marécage. Il cacha ses pieds derrière une colonne et visa à la hauteur de l'estomac. La balle traversa la porte et alla se perdre dans le couloir. Il n'y avait personne. En se levant, il trébucha contre le fil d'une lampe. Collé contre le mur, il atteignit la porte. Il sauta. Le couloir était vide. Son cœur battait au rythme d'une chanson russe dans une boîte à musique. Derrière, Camposanto agonisait.

– Qui l'a tué ?

– Paaa...nii...aaaguaaa, dit la voix à mi-chemin vers la tombe.

L'homme ne lui était absolument pas sympathique. Mais il était en train de mourir et Hector n'y pouvait rien. La mort l'effrayait, l'intimidait.

– Signez ici, dit Hector en sortant son carnet et en glissant son stylo plume dans la main du mourant.

A la deuxième tentative, Camposanto put serrer le

stylo entre ses doigts et griffonner son nom au pied de la page. Sous la robe de chambre grise, le sang coulait sur sa chemise. Hector lui prit la main et après lui avoir trempé les doigts dans le sang, apposa deux empreintes à côté de la signature. Lorsqu'il retira les doigts ensanglantés, il se rendit compte qu'il tenait la main d'un cadavre. Il la repoussa avec un mélange de peur et de dégoût.

Il écrivit au-dessus de la signature : « Le commandant Paniagua a assassiné Alvarez Cerruli », et mit la date et l'heure : une heure cinquante-cinq.

Il avait la main tachée de sang et il l'essuya sur la robe de chambre grise.

Si c'était Paniagua, la police devait l'attendre dehors pour lui coller le mort sur le dos. Ils étaient même peut-être déjà dans l'ascenseur. Il sortit de l'appartement en courant. Le couloir était vide mais on entendait des voix derrière les portes. Il monta les escaliers en courant. Sur le toit-terrasse, deux femmes étaient en train de laver du linge et un gamin jouait aux petites autos sur une piste peinte en gris avec une voiture sans roues. Il sauta par-dessus la piste pour ne pas l'abîmer et passa sur le toit d'à côté en sautant au passage une grille d'un mètre de haut.

La rue était tranquille. Il n'y avait pas de patrouilles. Il arriva à sa voiture et monta. En mettant le contact, il se rendit compte qu'il était tout en sueur. Il n'avait plus sommeil. Deux questions : Pourquoi avoir tué Alvarez Cerruli dans l'enceinte de l'usine alors que cela aurait été plus simple n'importe où ailleurs ? Pourquoi l'assassin n'était-il pas entré pour le tuer lui ?

Le jeu devenait macabre. C'était une plaisanterie où l'on arrachait l'œil de l'enfant d'en face sans le vouloir. Il fallait ensuite essayer d'expliquer aux adultes que ce n'était qu'un jeu, que personne n'avait jamais voulu éborgner personne, que le sang répandu par terre n'était que de la peinture.

Il se lavait les mains furieusement, la chemise par terre. Le miroir lui renvoyait une figure sans couleurs, jaunâtre, avec une barbe de trois jours et des yeux rougis. Un visage de fantôme. Trois morts, qu'est-ce que ça pouvait bien foutre ?

Il avait une petite marque rougeâtre à la pommette, une très légère brûlure. Etait-ce la balle qui l'avait frôlé et s'était écrasée dans la moquette ?

De la porte, Elisa le regardait.

– Il y a eu des problèmes ?

– Un type a été tué à côté de moi.

– Qu'est-ce qui s'est passé ?

– Rien, il a été tué.

Il aurait bien voulu changer de chemise, mais il ramassa celle qui était tombée par terre et la remit. Tandis qu'il la reboutonnait avec des gestes maladroits, le miroir lui renvoyait le visage du fantôme qu'il était en train de devenir.

– La fille t'attend... Tu veux que je vienne avec toi ?

– Oui, donne-moi ce que je t'ai demandé de garder.

Elena était en train de lire un roman dans le patio, les jambes au soleil, une bouteille de soda au pied de la chaise en lanières de plastique tressées.

Hector s'approcha et s'empara de la bouteille. Une longue gorgée aida à dissoudre son nœud dans la gorge.

– Salut le fantôme, ça boume ?

– Hier j'étais encore ton ange gardien.

– Mais tu es bien trop amoché pour jouer aux anges gardiens. Tu n'as pas vu ta tête ?

Elisa arriva en traînant deux chaises. Hector vint à son aide.

– Et ça, qu'est-ce que ça fait ici ? demanda Elena en voyant le paquet.

– J'ai été obligé d'aller le chercher, vu que tu ne voulais pas me le montrer.

– Tu vas l'ouvrir ?

– Ouais.

– Qu'est-ce que tu vas faire du contenu ?

– Tu n'as qu'à me le dire.

– J'étais coincée, je ne savais pas quoi faire... Le brûler, le laisser où je l'avais trouvé... Le vendre et me tirer avec le fric... Tous mes problèmes viennent de là.

– Ta mère ne sait pas que tu l'as.

– Je crois que maman ne sait même pas qu'il existe.

– Arrêtez de tourner autour du pot et ouvrez-le, dit Elisa.

– Ça craint, dit Elena.

– Moi, je ne crains rien, dit Hector.

Il y avait soixante-douze photos brillantes et très nettes. Elles auraient pu servir d'illustrations pour un *Kāma sūtra* national ou pour faire prospérer un institut de sexologie. Il n'y avait qu'un seul personnage féminin, souvent reconnaissable à son grain de beauté sur la fesse gauche, ou au sourire au troisième plan, derrière un méli-mélo de seins et de pubis. Les trois personnages masculins qui l'accompagnaient à tour de rôle étaient facilement identifiables : leurs noms et prénoms étaient en tous points semblables à ceux d'éminents hommes politiques qui avaient fait la une des journaux une douzaine d'années plus tôt et dont on parlait encore parce qu'ils occupaient toujours un ministère ou que l'on continuait à parler d'eux bien qu'ils fussent à la retraite. Belascoarán souriait en voyant aux côtés de cette femme brillamment élastique les trois gnomes au front en sueur, aux gestes violents et aux visages enfiévrés.

– J'ai tellement honte, dit Elena.

– Ça c'est de la technique, dit Elisa.

– Ta mère connaît l'existence de ces photos ? interrogea Hector.

– Elle n'aurait jamais accepté de se faire prendre... C'est une pute, je sais bien. C'est une pute, mais elle a encore sa fierté, dit la fille en se mordant les lèvres.

Au-dessus du tas ressortait une photo brillante, avec un énorme lit circulaire autour duquel l'ancien ministre poursuivait une Marisa Ferrer toute nue. Elle tenait un coussin contre son ventre et ses seins semblaient ballotter au rythme de sa course. Le type avait gardé ses chaussettes.

– Où est-ce que tu les as trouvées ?

– Je les ai volées dans la voiture de Burgos... Un soir pendant qu'il dînait avec maman... J'ai forcé la serrure avec un tournevis et un fil de fer, et j'ai sorti le carton où il y avait les photos, un magnétophone et d'autres objets. Je ne savais pas ce qu'il y avait dedans, je voulais seulement m'amuser et faire chier Burgos. J'ai jeté le magnéto et le reste dans un terrain vague, mais j'ai gardé le paquet pour voir ce qu'il contenait. Je l'ai ouvert. J'étais effrayée, dégoûtée. Et j'avais tellement peur.

– C'est lui qui t'a poussée quand tu es tombée de la terrasse et que tu t'es cassé le bras ?

La fille fit signe que oui. Elle pleurait à présent ouvertement, sans chercher à cacher son visage. C'était une manière noble de pleurer, sans honte, tout à fait consciente des larmes qui coulaient sur les joues. Elisa la prit dans ses bras et elles restèrent ainsi l'une contre l'autre.

– Le deuxième accident..., insista Hector.

– Je n'ai jamais su ce qui s'était passé, c'était peut-être une coïncidence.

– Burgos t'a dit quelque chose ?

– La fois où il m'a jetée par la fenêtre... J'étais en train de lire et il est entré dans la chambre. Il m'a fait peur et je suis sortie sur la petite terrasse. Il m'a dit qu'il savait que c'était moi qui avais les photos, qu'il valait mieux que je les lui rende. J'ai fait celle qui ne comprenait pas et il m'a bousculée. Je ne crois pas qu'il avait l'intention de me faire dégringoler.

Hector soupira. Il n'y avait donc derrière tout cela que ce cher Burgos, propriétaire d'une encyclopédie illustrée de rapports érotiques entre une actrice et trois politiciens en vue. Rien que Burgos, pas les chiens de la politique.

– Pays de merde. Si les modèles des photos apprennent que nous avons ces tirages, nous pouvons déjà nous considérer comme morts... Et toi, espèce de folle, à qui voulais-tu donc les vendre ?

– Cela vaut beaucoup d'argent.

– Oui, cela vaut beaucoup d'argent, bien plus que les cinquante mille pesos que coûte une concession au cimetière... Le petit gros et ses amis, ils ont su que tu les vendais ?

– Je leur ai montré une photo où l'on voit celui-là.

Elle leur montra la photo du dessus.

– Allons manger, dit Elisa. Nous allons oublier tout cela pour un temps ou je ne vais plus pouvoir dormir pendant plusieurs jours.

– C'est la peur ou l'excitation ? demanda Hector en riant.

– Les deux, répondit Elisa.

La fille sourit entre ses larmes.

Il avait passé l'après-midi à sommeiller dans un cinéma, pour gagner du temps et recharger en énergie sa machine éreintée. A présent, tandis qu'il dégustait une glace excessivement compliquée, à six parfums, avec en prime des noix, de la crème Chantilly, des fraises, du melon et du sirop de cerise, Hector nota le plan sur sa serviette en papier.

a) Comment Paniagua est-il entré à Delex ?

Dans quel but a-t-il tué l'ingénieur ?

Pourquoi le gérant de R.C. veut-il des preuves contre lui ?

b) Où est passé le vieux après avoir quitté le marché en 1966 ? Dans des grottes ?

c) Détruire les photos ? Les négocier ?

Comment coincer Burgos ?

En savourant les dernières cuillérées qui bien qu'écœurantes n'en étaient pas moins agréables, conscient de toute une théorie métaphysique auto-élaborée sur les glaces composées qui fournissent des calories, il décida que bien que les choses fussent claires, cette clarté était plutôt obscure.

Le soir qui tombait le surprit dans le fauteuil du ciné, en train de se dégourdir, d'étirer ses jambes endormies. Il marcha sur Insurgentes, se cognant contre les vagues humaines de cette heure de pointe : employés partageant l'exode du peuple élu vers son foyer, myriades d'adolescents qui prenaient le contrôle de la rue et la faisaient leur, amoncellement de voitures jouant l'angoissante symphonie du klaxon.

C'était un condensé de ville qu'il connaissait bien, dont il avait déjà été témoin et complice. Le labyrinthe finissait par déboucher dans son propre centre. La place des sacrifices humains peut-être ? Territoire du Minotaure, site de la boucherie, les trois histoires approchaient finalement de leur dénouement.

« Finalement de leur dénouement. » La sonorité de la phrase lui plaisait. Tandis qu'il assumait, poussant dans la rue son corps engourdi, étourdi par le bruit du trafic, sa condition de chasseur solitaire, le détective recherchait les fils possibles qui mèneraient à un dénouement surprise.

Le premier problème était de trouver une issue qui convienne pour le conflit de Delex. Une issue qui ne fasse pas le jeu du flic assassin ni du gérant tout puissant. Et une issue qui convienne pour les embrouilles photographiques de Burgos.

Cela semblait clair, mais quelque chose venait déranger l'ordre de ses idées. La remarque du gros ouvrier de l'usine Delex : « De quel côté... » C'était comme du sel sur une plaie non refermée.

Burgos n'était qu'un pou qui prenait des photos de gnomes politiciens à poil dans un pays qui avait institutionnalisé le marathon sur plumard comme seul moyen de mener une carrière artistique. Un pays où le pouvoir était au bout de la verge, où les plus forts s'envoient en l'air tandis que les plus faibles regardent.

Mais si Burgos n'était qu'un pou, le commandant Paniagua était un fonctionnaire typique et efficace. Parce que toutes les règles sont fondées sur des principes généraux. Et si l'on ne pouvait pas reprocher quelque chose à Paniagua, c'était bien de ne pas respecter les règles du jeu. D'accord, il était peut-être très légèrement en marge du système. Mais c'était à des gens comme lui que le système faisait appel lorsqu'il voulait assassiner des étudiants ou poursuivre des grévistes.

Le seul qui faisait moralement tache dans le paysage national, c'était peut-être le détective. C'était peut-être pour cette raison que l'on cherchait à le tuer, et cela ne serait sans doute pas difficile.

Il se dit que les solitaires mouraient sans faire de bruit, sans altérer sérieusement l'ordre des choses.

Il arrêta sa voiture devant la maison de Marisa Ferrer. Il jeta son mégot par la fenêtre et respira la douce atmosphère de la nuit. Il devait y avoir des fleurs quelque part. Son sens olfactif l'avertissait de la présence d'une fleur, même s'il n'avait jamais su les distinguer. Il chercha des yeux et aperçut des fleurs blanches grimpantes ; il y avait aussi des roses à l'entrée de la maison d'à côté. S'il avait regardé derrière lui, il aurait vu deux hommes descendre d'une camionnette Rambler, qui était maintenant de couleur rouge-cuivre.

– Faites voir un peu vos mains ! dit une voix derrière lui.

Hector se retourna lentement, les mains à côté de ses poches. Il avait boutonné son blouson durant le trajet pour pouvoir ouvrir la fenêtre sans être gêné par le froid. Sortir son pistolet lui aurait pris des heures.

Le petit gros s'approchait, un cran d'arrêt à la main. Juste derrière lui, le type qui à un moment donné de cette histoire avait jeté les bouteilles de Coca aux pieds de la fille le tenait en joue avec un calibre 22. Esteban ? C'était bien cela ? Esteban « Serre-bras ».

– Quelle surprise, le petit gros ! Et vous, c'est Esteban, n'est-ce pas ?

– La ferme, trou du cul, dit le petit gros.

– Nous voulons les photos, dit Esteban en relevant le canon de son pistolet et en visant son visage.

Imaginons que le petit gros se retrouve au milieu... commença à se dire Hector, avant de renoncer aux jeux héroïques, aux exploits de cinéma. Sûr qu'avant qu'il lui refile un bon coup, il prenait une balle dans la tête.

– Quelles photos ?

– Celles qu'elle a. Tu veux jouer au plus malin ? Pour parler, tu es champion...

Hector sourit. Le silence était peut-être sa seule vertu.

Le petit gros lui donna un coup de pied dans la jambe. Il était en train d'apprendre sa technique. Attaquer d'entrée, en silence, absurdement. Il trébucha et reçut un nouveau coup de pied au moment où il tombait, dans les côtes cette fois. Hector ravala son cri de douleur. Derrière le petit gros arrivait Esteban « Serre-bras » qui lui marcha sur la cheville. Hector hurla. Quelles pouvaient bien être ces fleurs ? Des géraniums ? Des iris ? Des lys ? Des fleurs pour couronnes de mariées ? Ces dernières ne poussaient que sur des orangers. Le petit gros lui flanqua un nouveau coup de pied, dans l'estomac cette fois. Hector sentit l'air s'échapper de ses poumons et refuser d'y revenir. Il lutta de toutes ses forces contre la sensation de noyade tandis que le petit gros déchirait la manche de son blouson avec le couteau. L'acier parvint jusqu'à la peau et le sang jaillit.

– On va te faire la peau, salaud.

– Qu'est-ce qui se passe ? J'appelle la police ! cria une femme dans le lointain.

La voix semblait s'éloigner, mais elle était suffisamment proche pour que le petit gros et Esteban « Serrebras » courent jusqu'à la camionnette. Couché par terre, Hector aperçut les bottes qui fuyaient sur le gazon qui bordait le trottoir. Il continua à se battre contre ses poumons qui refusaient de fonctionner et d'aspirer de l'air. Toujours au sol, il entendit le moteur qui démarrait et en regardant son sauveteur, il vit des jambes qui sortaient d'une jupe.

– Evoumeciii, dit-il.

Il était clair qu'il avait voulu dire : « je vous remercie. »

– Je vois qu'il était temps que j'arrive, dit la voix de Marisa Ferrer qui souriait cent mètres au-dessus de sa tête. Il appuya son visage contre le gazon pour en sentir la fraîcheur et regretta de toutes ses forces le cinéma minable où il somnolait tandis que Tarzan s'apprêtait à traverser le canyon. Tout cela, pour une saleté de glace à six parfums et des fleurs blanches, pensa-t-il.

– Où est le lit circulaire ? interrogea le détective.

Assise en face de lui, sur un tabouret qui tournait le dos au miroir en ovale et à la tablette, la femme le regardait amusée.

Je la verrai toujours sans vêtements, pensa le détective. Sous la lumière douce filtrée par les abat-jour bleus des deux lampes de chevet, la chambre avec sa moquette bleu clair semblait n'avoir ni début ni fin. C'était comme vivre à l'intérieur d'un œuf.

– Le lit circulaire... Ce n'est pas ici ?

– Ils vous ont frappé à la tête ?

Hector fit signe que non.

– Et ma fille ? demanda la femme, tout sourire.

Vous êtes bien mieux qu'elle, pensa le détective. Mais couché sur le lit, il se contenta d'indiquer qu'elle allait bien.

– Il ne lui est rien arrivé, n'est-ce pas ?

– Rien, elle va bien... Vous avez déjà fait l'amour dans un lit circulaire ?

– Je suppose que cela a dû m'arriver... On n'arrive pas à l'âge que j'ai sans vivre quelques expériences...

Elle eut un geste qui laissait sa phrase en suspens tout en la complétant, bras tendus le long du corps et paumes ouvertes.

– Un lit circulaire dans une maison prêtée. Où se trouve-t-elle ?

– Vous êtes sérieux ?

– Tout à fait. Je sais que vous avez couché avec des fonctionnaires du gouvernement, avec des hommes politiques. Je sais qu'il existe des photos de vos exploits au lit. Je sais que si ces photos sont découvertes, vous pouvez y laisser votre tête... Où se trouve-t-elle ?

– Ce n'est pas possible.

– J'ai vu les photos.

La femme se mit debout et chercha ses cigarettes sur la table de nuit. Elle en alluma une.

– Donnez-moi du feu, s'il vous plaît.

Hector tira de la poche de sa chemise avec son bras valide un paquet de Delicados tout froissé. La femme lui alluma une cigarette avec le briquet en or. Ils se regardèrent à la lueur de la flamme.

– Elena est au courant ?

Hector fit signe que oui.

– Qu'est-ce qu'elle pense de moi ?

– Je n'en sais rien.

– Et vous ?

– J'ai de plus en plus de mal à juger les gens. Je sais que moi, je ne l'aurais pas fait, dit Hector, en essayant le ton de la plaisanterie.

– Nous ne sommes que des gants usés... Au début, cela dégoûte de se servir de son corps. On nous a tellement répété que ce n'était pas un jouet. Mais on se lave, et on se sent comme neuf. Souvent mieux que ça même. Il n'y a pas de raison de s'arrêter... On continue, il ne faut plus se serrer la ceinture, on se venge des copines d'école qui t'ont traitée de pute et de la tante de Guadalajara qui ne veut plus te parler. On marche sur les restes. “ On marche sur les restes ” : cela ne vous dit rien ? C'est une phrase que j'ai déjà employée. Dans *Flor del Mal*, encore un film de merde... Un de plus. Ce n'est quand même pas maintenant que je vais me mettre à pleurer et à prétendre que j'ai honte. Honte, mon cul ! J'aurais dû coucher avec d'autres, plus doux, plus entiers, plus humains, moins pourris... plus pauvres, moins forts... Parce que vous savez, au bout du compte, tout cela, ce n'est rien du tout. Et moi au moins, j'ai ça.

Elle lui tournait le dos de trois quarts et son doux visage brillait, profilé par la lumière de la lampe, et par moments gonflé de rage. Allongé sur le lit, fourbu, Hector avait envie d'enlever ses chaussures, d'allumer la télévision, de changer de chaîne comme on change de vie ; il cherchait un endroit où mettre ses cendres. Il en avait assez de partager les misères des autres, de comprendre. Il voulait que la femme le laisse tranquille. Mais elle se mit debout, arracha les bretelles de sa robe noire, porta ses mains à son dos, la fureur déjà oubliée, retrouvant le rythme appris qui collait inconsciemment à ses actes, et fit coulisser la fermeture Eclair. Ses seins brillèrent à la lumière diffuse des lampes aux abat-jour bleus. La robe glissa au sol, à peine ralentie par les hanches et il ne resta qu'une petite culotte blanche et les bottes noires, brillantes comme des poils de chat.

Hector fut tenté d'étirer son bras et de toucher la peau douce. La femme enleva sa culotte avec les deux mains, la faisant rouler sur ses jambes jusqu'à ce qu'elle tombe par terre.

– Cela vous fait peur ?

Hector lui tendit la main et elle se laissa tomber sur le lit à côté de lui, nue à l'exception de ses bottes, parachevant un strip-tease qui ne triompherait jamais au cinéma parce qu'il était soudain devenu humain.

Hector enlaça la femme qui se colla silencieusement à lui. Hector regarda le plafond et exhala la fumée. Il n'avait plus rien à donner, hormis sa solidarité. Un soutien entre paumés sur la même terre, dans ce même pays qui nous faisait et nous défaisait, nous prenait et nous larguait, et nous transformait en charognes, en pitance pour les vautours. Les yeux fixés au plafond vide, il suivait la colonne de fumée expulsée par les poumons.

– Quelle scène de merde, non ? dit la femme.

Elle se leva et alla chercher un peignoir dans le placard.

Hector voulut tendre les mains pour la retenir, mais il la regarda s'éloigner, hypnotisé.

– Comment vous sentez-vous ? demanda-t-elle en revenant.

– Comme un imbécile.

– J'ai soigné votre blessure au bras. Elle n'est pas profonde, mais vous feriez mieux d'aller voir un médecin, pour qu'il vous pose quelques points si c'est nécessaire.

– Le lit circulaire ? interrogea Hector de nouveau.

Il monta dans sa voiture et alluma la radio le temps de faire chauffer le moteur.

« Bonsoir à tous les couche-tard. Tout va mal, n'est-ce pas ? » dit la voix du « Cuervo » Valdivia dans les haut-parleurs à l'arrière.

– Tout n'est qu'une saloperie de merde, dit Hector Belascoarán Shayne.

« Ne dramatisez pas... Vous croyez peut-être que si je suis à ce micro, c'est par plaisir... Ne croyez pas ça. Je suis comme tout le monde, il faut bien que je gagne ma croûte. »

– Tu l'as dit, répondit le détective en démarrant. Il appuya son bras blessé, qui tenait le volant, contre la fenêtre, pour le reposer. Il avait encore plus mal à l'estomac et à sa jambe gauche quand il appuyait sur l'embrayage. Il lança la petite Volkswagen en direction du nord, empruntant à nouveau Insurgentes. Il passait sans les voir devant des vitrines éclairées, des lampadaires éternellement allumés, et des feux d'amants de la dernière heure en train de s'éteindre. Il imaginait des lits douillets, des verres de lait sur la table de nuit et le mot « fin » du dernier film à la télévision.

« Soyez sans illusion, aujourd'hui est un aussi sale jour pour moi que pour vous... J'ai même pensé à me tirer une balle dans la tête...

Mais je me suis rappelé que j'avais un rendez-vous nocturne avec les compagnons des ombres, les derniers humains, les désespérés, les solitaires... De sorte que je suis là de nouveau, prêt à partager cette nuit et à apprendre. Solidaire dans la solitude.

Pourquoi je vous raconte des histoires tristes ? Pour en prendre ma part. »

– Pourquoi tu ne parlerais pas à une actrice solitaire qui vient de s'endormir ? demanda Hector à voix haute à ce Valdivia qui sortait de la radio au beau milieu de cette nuit mercurielle.

« Mais avant de vous passer un air populaire rempli de messages et de mélancolie, pour bien ruminer notre peine, je voudrais lancer un message urgent : le propriétaire d'un chien, au 165 ou 167 rue Colima, est prié d'empoisonner son animal qui empêche d'étudier cinq de nos amis qui ont un examen demain. Il semble que le chien n'ait pas eu son dîner et cela fait deux heures qu'il hurle.

Autre message urgent à l'intention de notre ami le détective, qui doit errer quelque part, pris dans les griffes de la nuit perfide et amoureuse. Cela fait deux fois que l'on appelle pour te prévenir que l'on veut te tuer. Je suppose que tu as l'habitude de ce genre de plaisanteries. Mais au cas où cela t'intéresse, je peux te passer l'enregistrement des voix. Salut à toi, l'ami.

Et maintenant, en mémoire de ce que je n'ai pas fait cet après-midi, et vu que notre détective solitaire en a besoin pour cette nuit, voici une *samba* argentine. La *Samba pour ne pas mourir.*

Avec vous comme tous les soirs, le " Cuervo " Valdivia et son émission de radio qui n'a même plus besoin de qualificatifs. »

« Ma voix brisera l'après-midi... » entonna la *samba* à la radio. Hector arrêta la voiture au coin d'Insurgentes et de Felix Cuevas pour écouter la chanson.

Puis il repartit. Un quart d'heure plus tard, il était devant son bureau.

– Du neuf, voisin ?

L'inévitable, l'éternel ingénieur Villareal, alias El Gallo, était en train de travailler à ses maudits plans.

– Vous ne vous ennuyez jamais, ingénieur ?

– Pu-tain-pas-qu'un-peu, répondit-il en s'arrêtant à chaque syllabe.

– Des messages ?

– Des nèfles... Qu'est-ce qui vous amène à ces heures ?

– Il faut que je relise des notes que j'ai laissées dans le coffre-fort depuis le premier jour.

– Quel premier jour ?

– Le premier jour de tout cela, répondit Hector en tirant du coffre-fort un soda et le dossier contenant les déclarations des flics et des témoins à l'origine de l'affaire Alvarez Cerruli.

– J'ai quelque chose pour vous, dit El Gallo en lui tendant une poignée de photocopies.

– Qu'est-ce que c'est ?

– L'autre jour lorsque vous m'avez demandé ce que pouvait bien trafiquer Delex, j'ai relu vos notes et j'ai questionné certains amis qui travaillent pour le gouvernement. Je suis tombé là-dessus.

« Contrebande de métaux précieux », titrait le journal daté d'un an et demi.

– Eh bien voilà toute l'histoire, dit Hector après avoir lu l'article.

– C'est l'impression que j'ai eue lorsque j'ai lu.

– Tous mes remerciements, voisin.

– Merde, mais vous vous êtes fait casser la gueule ! dit El Gallo en levant les yeux pour la première fois et en regardant le détective.

– Rien de grave. Une bonne aspirine et ça repart.

Hector plongea la tête dans le dossier. Il ne restait plus qu'à nouer les fils, et à se faire rembourser les dettes.

Il vérifia soigneusement les déclarations des secrétaires, des flics des patrouilles cent dix-huit et soixante-seize, du vigile Rubio. Tout collait. Qu'avait dit Camposanto avant de mourir ? « Je savais ce qui allait arriver, il me l'avait déjà demandé. »

Il ne restait plus qu'à trouver dans laquelle des

trois maisons du commandant Paniagua se trouvait la photo de la femme du mort. Où est-ce qu'il avait conservé le trophée macabre. C'était facile.

– Je vais aller dormir un peu, voisin.

– Vous ne restez pas dans le fauteuil ?

– Ce corps a besoin d'un lit douillet, dit Hector.

Il laissa l'ingénieur souriant à ses plans et à ses cigares de Veracruz. La lumière du couloir était de nouveau en panne et il se guida grâce au reflet qui sortait par la vitre du bureau. Il alluma son briquet et contempla la plaque :

BELASCOARÁN SHAYNE : Détective

GOMEZ LETRAS : Plombier

« GALLO » VILLAREAL : Expert en drainages profonds

CARLOS VARGAS : Tapissier

Il profita de la flamme pour allumer une cigarette. Chaque ville a le détective qu'elle mérite, se dit-il.

La première rafale de mitraillette fit voler en éclats la vitre et le fémur de sa jambe droite. A la seconde, il sentit sa tête exploser en mille morceaux turbulents et irréparables, qui ne pourraient plus jamais coïncider. En tombant, dans un réflexe absurde, il porta la main à son pistolet. Il resta tout ensanglanté sur le sol, la main près du cœur.

11

Pas la force brute. Il s'agit d'un jeu cérébral.

Georges Habache
(cité par Maggie Smith)

– Il est possible que dans quelques mois, vous puissiez jeter la canne à la poubelle. Je crois que si vous n'êtes pas trop pressé, vous récupérerez peu à peu l'usage de la jambe, ne vous en faites pas pour cela. Mais pour ce qui est de l'œil gauche, vous ne devez pas vous faire trop d'illusions. Certains de mes confrères ont suggéré une opération en Suisse... mais franchement, l'acuité est totalement perdue, c'est un œil mort, señor Shayne.

– Belascoarán Shayne, dit une voix rauque qui sortait de la chaise en face du docteur.

– Excusez-moi, señor Belascoarán.

– Est-ce que vous pourriez me fournir un bandeau noir, docteur ? Je n'aime pas regarder cet œil dans un miroir, cet œil mort comme vous dites.

– Mais oui, je vais tout de suite vous faire un bon pour la pharmacie d'orthopédie.

Hector sortit en boitant. Il s'appuyait sur une

canne noire au manche arrondi. Finalement, en termes d'image, le gain était appréciable. Un bandeau sur l'œil gauche, une barbe bien fournie, une canne solide qui, après les modifications adéquates, pourrait dissimuler un stylet, comme celle du comte de Monte-Cristo.

Il retourna à la chambre où il avait passé les trois dernières semaines et rangea les livres et son pyjama dans la petite valise écossaise ; il remit le pistolet dans son étui qu'il attacha avec précaution. Il le sortit de nouveau pour vérifier le chargeur et le cran de sûreté. Il prit la dernière lettre de la fille à la queue de cheval et se laissa tomber sur le lit. Il prit la dernière cigarette sur la table de nuit, froissa le paquet et le lança dans la poubelle. Il rata lamentablement son coup et se dit qu'il lui faudrait s'habituer à mesurer les distances avec un seul œil.

> « Il faudra que j'organise une énorme fête pour tes voisins le plombier et le tapissier. Grâce à leurs lettres bizarres, je sais que tu vas mieux mais que tu ne peux pas encore écrire. Ils m'ont envoyé des mots merveilleux qui commençaient par “ Chère demoiselle à la queue de cheval, ici Gilberto et Carlos, voisins et amis fidèles du détective Hector... ” Il y avait aussi des coupures de presse. Tu es parvenu à être un sujet de faits divers. Comment vas-tu ?
>
> Je vais rentrer. Je ne veux pas que tu penses que je rentre pour jouer les infirmières de cet étrange personnage qui laisse ses morceaux sur le chemin. Je rentre parce que ma recherche est devenue plus agitée, mais il n'y avait rien au bout du chemin, rien qu'une nuit étoilée sur la terrasse d'un hôtel d'Athènes où j'ai échappé aux séductions d'un diplomate allemand et d'un

capitaine américain qui se rendaient dans une base de l'OTAN.

Sans oublier cette liqueur de menthe glacée dans l'énorme verre que je tiens entre les mains. Triste destin pour la fin d'une recherche. C'est pour cela qu'à onze heures du soir j'ai trouvé une agence de voyages ouverte jour et nuit et ai réservé mon billet pour Paris d'où je repartirai pour Mexico.

Je te donne un délai d'une semaine à partir de la réception de cette lettre pour te préparer.

Je joins une liste des rois wisigoths d'Espagne pour t'aider à résoudre tes problèmes de détective. Tu n'as qu'à souligner les noms des assassins : Alaric, Ataülphe, Sigeric, Valia, Théodorède, Turismond, Théodoric, Euric, Teudisèle, Agila, Atangilde, Liuva, Léovigilde, Recarède, Liuva II, Vitéric, Gundemar, Sisébute, Recarède II, Chintila, Sisenande, Kintila, Tulgo, Kindasvite, Receswinthe, Vamba, Ervige, Egique, Vitiza, Akila et Rodrigue.

S'il y en a un seul que tu n'as pas souligné, tu es dans la merde : cette bande d'assassins, à eux tous, ont expédié plusieurs milliers de citoyens de leur époque dans l'autre monde.

Un papillon s'est endormi sur le rebord de la fenêtre. »

Moi qui t'aime.

Sur le côté de la lettre il y avait un message écrit au crayon : « Je prends le vol Iberia 727 de Paris le mercredi 16. » Hector, en souriant, froissa la lettre et la lança dans la corbeille à papier. Cette fois, elle rebondit sur le bord, sembla hésiter avant de tomber à l'intérieur. Sur ce premier triomphe, il quitta sa chambre et quitta l'hôpital.

– Vous, vous allez devenir maboule, dit Gilberto qui était en train de faire des calculs laborieux sur un devis pour déboucher une canalisation.

– Ne me dites pas qu'il vous faut faire tous ces comptes pour une minable canalisation de rien du tout, intervint le tapissier qui avait fait des petites annonces de l'*Universal* sa bible de poche.

Hector rangea dans sa petite mallette les dossiers et papiers qui étaient à l'origine des trois histoires. Il laissa les photos sur le mur, pour qu'il reste une trace si les choses ne tournaient pas rond. Il prit aussi les cartouches de dynamite.

– La grotte est peut-être dans Mexico même, elle n'est pas forcément dans le Morelos, dit-il à voix haute.

Il prit le téléphone.

– Carlos ? Est-ce que tu aurais un ami qui connaîtrait les quartiers les plus pourris de Mexico ?

Il fut surpris de constater que le curé n'était pas en soutane. C'était un jeune homme avec de grosses lunettes, un pull gris à col roulé et aux coudes usés, les cheveux en désordre.

– Des grottes ? Je connais deux endroits, il se peut qu'il y en ait beaucoup d'autres... Mais j'en connais deux... Vous voulez que je demande à certains camarades ?

Hector répondit par l'affirmative. Le curé sortit. Le soleil entrait par la vitre cassée de la fenêtre du presbytère. Sur le mur, on pouvait lire deux affiches : « Chrétiens pour le socialisme » ; « La parole du Seigneur libère ou endort. Qu'est-ce que tu préfères ? »

– On m'a donné le nom d'un autre quartier, dit le curé en revenant. Je n'y ai jamais été personnellement, mais...

Hector tendit une Delicado filtre que le prêtre accepta. Ils fumèrent ensemble en silence.

– Je vous remercie..., dit Hector en se levant.

L'autre lui avait remis un petit papier avec les adresses.

– Vous n'avez pas besoin de dire merci. Je me rappelle que vous nous avez rendu un grand service en remuant la boue dans cette histoire à propos de la construction de la basilique...

– Je n'avais aucune bonne raison de la retenir... Qu'est-ce que tu aurais fait à ma place ?

Hector haussa les épaules.

– La fille voulait voler de ses propres ailes. Mais elle se sentait inutile, impuissante toute seule. Sa mère lui a dit : “ Voilà les billets d'avion. Nous allons prendre un nouveau départ toutes les deux... ” Il m'a semblé que c'était la moins mauvaise solution...

– La moins mauvaise..., répéta Hector.

– Tu sais quoi ? Tu es plutôt en beauté, petit frère.

Hector sourit. Il leva la main pour commander un autre café.

Des semaines antérieures à la fusillade, il ne gardait que la sensation d'avoir été immergé dans le sommeil, et avait pris l'habitude de boire du café fort.

– Où sont-elles allées ?

– En Pologne, je crois. Elle a trouvé une bourse pour faire du théâtre là-bas. Et Elena avait très envie de se mettre à étudier le dessin. Elle a laissé à la maison un morceau de son plâtre pour toi, avec sa signature dessus.

Hector paya la note et se leva.

– Qu'est-ce que tu vas faire ?

– Régler quelques comptes.

– Tu as besoin d'aide ?

Hector fit non de la tête et s'éloigna en boitant.

– Ils ont rompu la grève trois jours après ton entrée à l'hôpital. Avec des charges de la police montée et tout le cirque... Les jaunes sont entrés travailler. Les autres ont refusé de reprendre le travail s'il y avait des représailles. Un accord a été signé dans ce sens. Le conflit continue à l'intérieur. Ça va, ça vient. Il y a eu quelques licenciements...

– C'est une défaite ? interrogea Hector.

– Ben... Il y a toujours à apprendre des luttes. Cela n'a pas été une victoire, mais dans cette ville, c'est vraiment difficile... Je ne sais pas comment dire... Ni une victoire ni une défaite..., dit Carlos en tendant au détective une tasse de café fumant bien fort.

– Mais tout le contraire..., dit Hector.

– Au fait, Elisa a déposé l'argent à la banque sur un compte ouvert au nom de tous les trois... Qu'est-ce qu'on va en faire ?

– Je n'ai pas l'intention d'y toucher...

– Si j'en utilise une partie pour les familles des travailleurs mis à la porte, ça te pose un problème ? demanda Carlos.

– Pour moi, aucun... Ils ont libéré ceux qui étaient en taule ?

– Le lendemain de la fin de la grève.

– Encore heureux, dit Hector qui se brûla en avalant une gorgée du café fumant.

– Et tu sais finalement qui a tué l'ingénieur ?

– Je sais qui, pourquoi et comment. Ce n'est pas si compliqué d'assembler les faits.

Il descendit du bus en faisant attention de s'appuyer sur sa canne et marcha jusqu'à l'immeuble de deux étages. Devant un magasin d'accessoires pour autos, trois hommes jouaient au lancer de pièces de monnaie.

– Je peux jouer ?

Ils le dévisagèrent tous trois de la tête aux pieds en souriant.

– Si ça vous chante.

Hector lança en premier et sa pièce s'immobilisa à plus de vingt centimètres de la ligne tracée sur le goudron. Il perdit son premier peso.

La deuxième fois, la pièce roula et dépassa la ligne. Il perdit son deuxième peso.

La troisième fois, la pièce retomba juste sur la ligne et bougea d'à peine deux centimètres. Il ramassa les pièces de ses adversaires, les remercia d'un geste et entra dans l'immeuble.

– Pour un borgne, il a du cul, dit un des joueurs.

Il sonna. Le majordome (avec cette allure, ça ne pouvait être que le majordome) ouvrit la porte.

– Lord Kellog ? (Quelle horreur ! Exactement comme les corn-flakes).

– Qui dois-je annoncer ?

– Hector Belascoarán Shayne, détective indépendant.

– Un moment.

Par la porte entrebâillée, il entendit les pas fatigués du vieux diplomate.

– *Sí* ?

Son espagnol était doux, parfait, avec un accent peut-être un peu trop impersonnel, académique.

– Je voudrais que vous veniez avec moi. Je vais commettre un acte illégal et je voudrais que vous et votre majordome en soient témoins.

– *With pleasure.* Germinal !

Le majordome accourut à l'appel. C'était le bon côté des Anglais. Pas besoin de perdre son temps en explications inutiles. Ils descendirent à l'étage du dessous. Hector sortit son pistolet et tira deux fois sur la serrure. Les éclats manquèrent de lui arracher la main. La serrure céda. Il poussa la porte avec sa canne et entra.

Le majordome et l'Anglais, qui traînait toujours des pieds, les yeux amusés derrière ses lunettes de myope, entrèrent derrière lui. Il poussa la porte de la chambre. Un lit à deux places, une table de nuit, une bibliothèque vide, avec seulement des piles de vieilles revues, une table avec un tiroir. Il hésita avant d'ouvrir le tiroir. Dans un cadre argenté, la photo de l'ex-épouse d'Alvarez Cerruli le regardait avec un sourire approbateur, comme si elle avait été fière du triomphe du détective.

– Je veux que vous écriviez simplement sur un papier ce que vous avez vu et que vous le signiez.

– Je peux voir votre carte professionnelle ?

Hector tira sa carte plastifiée avec le tampon. Pour dix capsules de Pepsi et deux pesos, ils lui en donneraient sûrement une autre, avec le bandeau, la photo serait même mieux.

Le sujet de l'Empire britannique tira un stylo plume en or et s'assit à la table. En deux minutes, il relata brièvement les faits, d'une haute écriture régulière. Il mit la date et signa en bas. Le majordome signa à son tour.

– Merci beaucoup pour le service.

– J'espère pouvoir vous être utile, señor...

– Belascoarán Shayne.

– Shayne ?

– D'origine irlandaise.

– Ah, ah, dit Lord Kellog.

– Je regrette beaucoup..., dit Rodríguez Cuesta dans la pénombre accueillante de son bureau.

Hector interrompit la phrase avec un mouvement de la pointe de sa canne.

– Voici les preuves qui démontrent que le commandant Federico Paniagua a tué l'ingénieur Alvarez Cerruli.

Il lança sur la table les copies des dossiers. Puis il laissa tomber la feuille signée et maculée de sang de Camposanto qui flotta dans l'air ; finalement, il fit glisser sur la table la feuille libre, calligraphiée par l'Anglais et son majordome.

– Vous m'étonnez, señor Shayne, je croyais que...

– Je ne peux pas vous sentir, señor Cuesta..., dit Hector.

Il se leva et lui asséna de toutes ses forces avec sa canne un coup à la mâchoire. Il entendit le craquement du maxillaire qui se brisait. Le gérant tomba en arrière et sa tête vint heurter le dossier du fauteuil en cuir noir. Il cracha un flot de sang avec une dent.

– Vous n'aurez qu'à dire que vous vous êtes pris les pieds dans le fil de la lampe, dit Hector en jetant par terre de la pointe de sa canne le diagramme du conseil de direction de l'entreprise.

Parce que les happy ends ne sont pas faits pour le Mexique, parce qu'il gardait un certain amour d'enfance pour les feux d'artifice, pour tout cela et pour d'autres raisons obscures, Hector décida d'opter pour un dénouement spectaculaire, placé sous le signe du brasier. De cette façon, la tribu Belascoarán, composée d'un seul individu, pourrait danser autour des flammes. C'était la façon de faire payer son œil et sa jambe abîmée, une fin idéale pour toute cette saloperie.

Il attendit patiemment que les derniers joueurs abandonnent le bowling Florida, avec leurs commentaires à la sortie sur toutes les boules qui auraient dû donner dans le mille, sur la quille qui avait vacillé sans tomber et sur les autres quilles éloignées les unes des autres, mais qui avec l'effet – Tu es vraiment génial ! – étaient tombées quand même.

Il ne quitta pas des yeux la camionnette Rambler couleur beige avec ses plaques tordues qui était garée à côté, et devina à l'intérieur du bowling, dans la pièce de derrière, le petit gros, « Blouson-vert » et Esteban « Serre-bras », qui regrettaient tout le fric qu'ils auraient pu empocher, ce bon tas de billets dévalués et la quantité de nanas, de bagnoles, d'hôtels, de bouffes, de voyages aux States, de hach et de bon rock qu'ils auraient pu se payer avec.

Quand la nuit noire eut enveloppé la scène, il descendit de sa voiture. On ne voyait dans la rue déserte que la braise de sa cigarette. Il plaça amoureusement la cartouche de dynamite sous la camionnette et l'alluma avec sa cigarette. Il recula lentement, acceptant en partie le risque et s'en amusant. Il s'assit dans la Volkswagen et mit le contact.

Le pâté de maisons s'enflamma, la camionnette se souleva et des morceaux traversèrent les vitres refaites de la façade du bowling.

Tandis qu'il s'éloignait, il déplora que la destruction se soit étendue à une Renault verte qui était garée derrière. Il souhaita qu'elle appartînt au petit gros ou à un autre de ses potes. Et il lança « A la guerre comme à la guerre ! » avec un grand sourire satisfait.

Il s'arrêta devant un téléphone et composa le numéro des flics.

– Des salopards viennent de faire sauter une camionnette volée devant le bowling Florida, à l'intérieur vous trouverez une dangereuse bande de voleurs de voitures, dépêchez-vous.

Il raccrocha.

Il aimait de plus en plus cette petite sauterie qu'il assaisonnait au téléphone de son ton le plus mélodramatique.

L'adresse du Pedregal que lui avait donnée Marisa Ferrer la nuit où l'on avait essayé de le tuer correspondait à un triste château féodal en pierre froide, planté au milieu des rues désertes. Derrière la haute grille verte de l'entrée, il y avait des arbres et une pelouse jonchée de feuilles mortes. Il faudrait organiser cela comme une opération commando, se dit Hector, réjoui. Il alluma une cigarette et glissa les deux derniers bâtons de dynamite sous sa ceinture. Il ouvrit son blouson pour dégager l'étui et ôta le cran de sûreté de son pistolet.

– On y va ! cria-t-il pour se donner du courage.

La première cartouche fit sauter la grille qui se tordit en l'air comme du fil de fer barbelé.

Hector courut en boitant entre les arbres. Une ombre armée d'un revolver lui barra le passage à l'entrée de la maison et le détective tira d'instinct dans les jambes. Il sentit un trait de feu passer à quelques centimètres de sa tête. En passant à côté de l'homme à terre qui se tenait la jambe en geignant, il donna un grand coup de pied dans son pistolet.

C'était une espèce de jeu dont il venait d'inventer les règles. Maintenant, droit à la seconde base, comme au base-ball, pensa-t-il. En entrant, il tira deux coups de feu en l'air.

Il trébucha contre une lampe et roula au sol. De là, il aperçut deux femmes nues passer en courant à côté de lui et s'enfermer dans les toilettes.

Il frappa à la porte avec sa canne.

– S'il vous plaît, j'ai envie de pisser.

Il n'attendit pas la réponse et courut en traînant la patte vers le couloir d'où elles étaient sorties. Devant une porte, le dos tourné, un homme enfilait des pantalons.

– Permettez, dit Hector.

L'homme en tomba par terre.

Il aperçut le lit circulaire qui lui avait ôté le sommeil lorsqu'il était à l'hôpital. Si le lit était là, ils devaient prendre les photos depuis... là-bas ! Un grand miroir placé à mi-hauteur et qui occupait le mur entier lui renvoya son image. Il tira trois fois dessus et le fit voler en éclats. Le grand studio photo dissimulé derrière apparut. Il y avait des appareils de toutes sortes, et même une caméra 16 mm montée sur un pied. Burgos, en manches de chemise, regardait le détective avec surprise.

Quant à l'homme par terre, il contemplait les événements avec des yeux de la taille d'une soucoupe.

– Et maintenant, sortez en courant, parce que dans vingt secondes, tout va sauter, dit Hector en allumant la cartouche de dynamite et en la lançant à l'intérieur du studio.

Dans la course vers le jardin, il fut dépassé par le photographe et le type à poil qui n'avait pas fini d'enfiler ses pantalons.

En passant à côté du blessé, il donna un nouveau coup de pied dans le pistolet vers lequel l'homme s'était traîné sur plusieurs mètres. Derrière lui, l'enfer se déclencha. De grandes flammes mordirent les arbres les plus rapprochés de la maison. Les filles sortirent en courant par la porte, toujours nues.

Qu'est-ce ce que je m'amuse, se dit le détective. Il continua sa course jusqu'à la voiture qui l'attendait, le moteur allumé.

– *Safe !* dit-il en refermant la portière.

Il prit un café allongé et bouillant dans une cafétéria de l'avenue Insurgentes spécialisée dans les beignets. Le serveur avait la figure triste et couverte de points noirs. Il lui apporta des beignets fripés avec l'air de s'excuser pour la qualité du service, mais accepta volontiers une cigarette et se mit à commenter le dernier match de boxe.

Hector devait reconnaître qu'il n'aurait pas recommencé deux fois le petit jeu de cette nuit, même pour un million de pesos. Il avait encore le cœur battant et la peur au fond des os, même s'il n'avait pas voulu se l'avouer au moment d'ouvrir le bal.

Après tout, qu'avait-il obtenu ? Que le petit gros et ses potes soient obligés de porter des caisses de bouteilles et de prendre le métro jusqu'à ce que les circonstances leur amènent une nouvelle affaire juteuse. Que Burgos abandonne temporairement la photo de charme. L'image de deux paires de fesses bien roses en train de courir dans les couloirs de la maison lui revint en tête. Qui était l'homme au pantalon baissé ?

Pour accompagner les éclats de rire du détective, le serveur lui apporta deux nouveaux beignets.

Il se rendit en marchant dans les studios de Radio Mille.

Derrière sa vitre, le « Cuervo » Valdivia racontait la chute de l'Empire romain dans une version tout à fait originale. Il cligna de l'œil et fit signe à Hector de l'attendre.

Affalé dans un fauteuil, face à la régie de la cabine de son, Hector dessina les ultimes éléments de son plan.

Il entra au commissariat, portant sous un bras le transistor à trois cents pesos et s'ouvrant un chemin avec sa canne qu'il agitait en rythme. Il boitait un peu plus et sa jambe se ressentait du bal à la dynamite.

Le commandant Paniagua ?

Un officier en uniforme lui indiqua un bureau. Hector entra sans frapper. Autour d'une table ronde, sept ou huit flics en civil buvaient du café avec des brioches.

– Permettez, dit le détective.

Il chercha une prise et alluma la radio... Il trouva la station et mit le volume à fond.

– Qu'est-ce qui vous prend ? demanda un type qu'il reconnut comme le chauffeur de Paniagua.

– Le commandant Paniagua ?

– Il est aux toilettes... Qui êtes-vous ?

– Une relation. Dites-lui de se dépêcher, on va parler de lui à la radio.

En sortant de la pièce, il le croisa. Ils échangèrent des regards. Hector sentit la peur remonter sa colonne vertébrale.

– Une question, commandant. Le siège arrière de la voiture de Camposanto était-il confortable quand il est retourné en cachette à Delex ?

Il sourit, lui tourna le dos et s'éloigna.

Si l'homme devait sortir son pistolet et tirer, c'était le moment. Hector sentit dans son dos l'endroit précis où la balle allait entrer. Derrière lui, la radio à plein volume avec la voix posée, sèche et insistante du « Cuervo » Valdivia.

> « ...C'est une histoire comme il en arrive tous les jours. L'histoire d'un commandant de la police judiciaire de l'Etat de Mexico, son nom est Federico Paniagua, qui a tué trois hommes pour continuer à exercer un chantage sur une entreprise... »

Il laissa le paquet de photos sur le bureau du directeur de la rédaction de *Caballero* et dit en sortant :

– On verra bien si vous osez publier ça. Si non, vendez-les à un magazine français ou anglais, ou foutez-les vous dans le cul...

Tout compte fait, son impunité n'était-elle pas de même nature que celle des autres ? N'avait-il pas lancé des cartouches de dynamite, tiré sur des pistoleros, fait exploser des camionnettes sans que cela porte à conséquence ?

Il n'était pas loin de faire sienne la thèse du tapissier qui répétait toujours : « Dans ce pays, il ne se passe jamais rien, même quand il se passe quelque chose. »

Il savait qu'au bout du compte, Paniagua passerait peut-être deux ans en taule, après un bon scandale dans la presse, et serait libéré lorsque le tourbillon serait retombé en poussière. Il savait que Burgos reprendrait du service parce qu'il existerait toujours des politiciens pour vouloir le cul d'une actrice et des actrices prêtes à coucher pour assurer leur carrière. Il savait que le scandale des photos serait étouffé à coup de pognon et que tout cela n'aurait finalement servi qu'à enrichir un intermédiaire de plus. Rodríguez Cuesta guérirait de sa mâchoire cassée et continuerait à faire ses trafics. Il y aurait toujours des pédés planqués derrière leur respectabilité de technocrates au-dessus de tout soupçon. Et les putains de morts n'étaient pas autre chose : des putains de morts solitaires dans leurs tombes. La grève avait échoué et Zapata était mort à Chinameca.

La grotte avait l'électricité. Une grille en bois peinte en vert, pas très haute, étayée par des pierres, tenait lieu de première porte. Un rideau rouge effrangé servait de deuxième porte. Entre les deux, une cage à oiseaux vide pendait, clouée au rocher.

– Je peux entrer ?

– Allez-y, dit la voix fêlée.

– Bonsoir.

– De même, répondit le vieux allongé sur le lit de paille.

Il avait autour des épaules une vieille couverture verte provenant d'un stock de l'armée. Ses bottes étaient posées juste à côté de la paillasse.

– Je suis à la recherche d'un homme, dit le détective, en essayant d'explorer la pénombre avec son œil valide.

– Vous l'avez peut-être trouvé.

– D'après vos voisins, vous vous appelez Sebastián Armenta.

– C'est vrai.

Les yeux du vieux le scrutaient intensément. Etaient-ce les yeux humides et tenaces de Zapata ? Les mêmes yeux avec soixante ans de plus et beaucoup d'espérances en moins ?

– L'homme que je recherche a quitté le Morelos en 1919 parce qu'on ne l'aimait plus par là-bas.

– Ce n'est pas faux... C'est le gouvernement qui ne l'aimait pas.

– En 1926, il était à Tampico avec un jeune Nicaraguayen.

– Le général Sandino, général des hommes libres, affirma le vieux.

– Il a fait du trafic d'armes pour son compte, toujours en 1926, à bord d'un rafiot qui s'appelait *Tropical*.

– Il y en avait deux autres : *Superior* et *FOAM*. Des bons petits bateaux, ils ont rendu service...

– Il s'appelait à cette époque Zenón Enriquez, il était capitaine dans l'armée de libération.

– Le capitaine Enriquez. On l'appelait " le Silencieux "... C'est bien cela.

– En 1934, de passage au Costa Rica, il s'est fait délivrer un passeport au nom de Isaías Valdez pour pouvoir rentrer au Mexique.

– Isaías Valdez, répéta le vieux, comme pour confirmer.

– Vers le milieu de l'année 1944, il a commencé à travailler au marché du 2 Avril. Il s'appelait alors Eulalio Zaldívar. Un grand ami de Rubén Jaramillo.

– Le grand ami d'un grand camarade. Le dernier des nôtres.

– Il a quitté le marché en 1947 et y est revenu en 1962 pour le quitter de nouveau en 1966. Cette même année, l'homme est revenu à Olivar de los Padres et a vécu en fabriquant des harnais, sous son ancien nom d'Isaías.

– Entre 1947 et 1962, il était dans le Morelos.

– En 1970, un vieux qui avait le même nom que vous, Sebastián Armenta, est venu vivre dans ce quartier. Il a aménagé cette grotte et vend des confiseries à la sortie des cinémas sur l'avenue Revolución. Des gâteaux de coco, des graines de tournesol et de sésame...

– Et oui.

– Vous connaissez cet homme ?

Le vieux fit une pause. Hector lui offrit une Delicado filtre. Le vieux l'accepta, coupa le filtre avec ses dents et se colla la cigarette au milieu de la bouche. Il attendit qu'Hector la lui allume et aspira une longue bouffée. Puis il lança la fumée vers le toit de la grotte.

– Vous êtes à la recherche d'Emiliano Zapata, dit-il enfin.

– Exactement.

Le vieux continuait à fumer, comme s'il n'avait pas entendu la réponse. Il avait les yeux rivés au-delà du rideau rouge, dans la nuit qui se refermait derrière les épaules du détective.

– Non, Emiliano Zapata est mort.

– Vous êtes sûr, mon général ?

– Il est mort. Et je sais ce que je dis. Il est mort à Chinameca, en 1919, assassiné par des traîtres. Les mêmes carabines le remettraient en joue aujourd'hui... Les mêmes redonneraient l'ordre de tirer. Le peuple a pleuré alors. Pourquoi voudriez-vous le faire pleurer de nouveau ?

Hector se mit debout.

– Je regrette de vous avoir dérangé à cette heure tardive.

Il tendit la main et le vieux la serra cérémonieusement.

– Il n'y a pas de dérangement lorsqu'on est de bonne foi.

Hector traversa le rideau.

Dehors, une nuit noire, sans étoiles.

Rivages/noir

Joan Aiken
Mort un dimanche de pluie (n° 11)

Robert Edmond Alter
Attractions : Meurtres (n° 72)

Marc Behm
La Reine de la nuit (n° 135)
Trouille (n° 163)

Tonino Benacquista
Les Morsures de l'aube (n° 143)
La Machine à broyer les petites filles (n° 169)

Pieke Biermann
Potsdamer Platz (n° 131)
Violetta (n° 160)

Edward Bunker
Aucune bête aussi féroce (n° 127)
La Bête contre les murs (n° 174)

James Lee Burke
Prisonniers du ciel (n° 132)
Black Cherry Blues (n° 159)

W.R. Burnett
Romelle (n° 36)
King Cole (n° 56)
Fin de parcours (n° 60)

Jean-Jacques Busino
Un café, une cigarette (n° 172)

George Chesbro
Une affaire de sorciers (n° 95)
L'Ombre d'un homme brisé (n° 147)
Bone (n° 164)

Andrew Coburn
Toutes peines confondues (n° 129)

Michael Collins
L'Égorgeur (n° 148)

Robin Cook
Cauchemar dans la rue (n° 64)
J'étais Dora Suarez (n° 116)
Vices privés, vertus publiques (n° 166)

Peter Corris
La Plage vide (n° 46)
Des morts dans l'âme (n° 57)
Chair blanche (n° 65)
Le Garçon merveilleux (n° 80)
Héroïne Annie (n° 102)
Escorte pour une mort douce (n° 111)
Le Fils perdu (n° 128)

James Crumley
Putes (n° 92)

Mildred Davis
Dark Place (n° 10)

Thomas Disch/John Sladek
Black Alice (n° 154)

Wessel Ebersohn
La Nuit divisée (n° 153)

Stanley Ellin
La Corrida des pendus (n° 14)

James Ellroy
Lune sanglante (n° 27)
A cause de la nuit (n° 31)
La Colline aux suicidés (n° 40)
Brown's Requiem (n° 54)
Clandestin (n° 97)
Le Dahlia noir (n° 100)
Un tueur sur la route (n° 109)
Le Grand Nulle Part (n° 112)
L.A. Confidential (n° 120)
White Jazz (n° 141)

Howard Fast
Sylvia (n° 85)
L'Ange déchu (n° 106)

Kinky Friedman
Meurtre à Greenwich Village (n° 62)
Quand le chat n'est pas là (n° 108)
Meurtres au Lone Star Café (n° 151)

Barry Gifford
Port Tropique (n° 68)
Sailor et Lula (n° 107)
Perdita Durango (n° 140)

David Goodis
La Blonde au coin de la rue (nº 9)
Beauté bleue (nº 37)
Rue Barbare (nº 66)
Retour à la vie (nº 67)
Obsession (nº 75)

Russell H. Greenan
Sombres Crapules (nº 138)
La Vie secrète d'A. Pendleton (nº 156)

Joseph Hansen
Par qui la mort arrive (nº 4)
Le petit chien riait (nº 44)
Un pied dans la tombe (nº 49)
Obédience (nº 70)
Le Noyé d'Arena Blanca (nº 76)
Pente douce (nº 79)
Le Garçon enterré ce matin (nº 104)
Un pays de vieux (nº 155)

John Harvey
Cœurs solitaires (nº 144)

George V. Higgins
Les Copains d'Eddie Coyle (nº 114)

Tony Hillerman
Là où dansent les morts (nº 6)
Le Vent sombre (nº 16)
La Voie du fantôme (nº 35)
Femme-qui-écoute (nº 61)
Porteurs-de-peau (nº 96)
La Voie de l'Ennemi (nº 98)
Le Voleur de temps (nº 110)
La Mouche sur le mur (nº 113)
Dieu-qui-parle (nº 122)
Coyote attend (nº 134)
Le Grand Vol de la banque de Taos (nº 145)

Chester Himes
Qu'on lui jette la première pierre (nº 88)

Dolores Hitchens
La Victime expiatoire (nº 89)

Geoffrey Homes
Pendez-moi haut et court (nº 93)
La Rue de la femme qui pleure (nº 94)

William Irish
Manhattan Love Song (nº 15)
Valse dans les ténèbres (nº 50)

William Kotzwinkle
Midnight Examiner (n° 118)

Jonathan Latimer
Gardénia rouge (n° 3)
Noir comme un souvenir (n° 20)

Michel Lebrun
Autoroute (n° 165)

Bob Leuci
Captain Butterfly (n° 149)

Ted Lewis
Le Retour de Jack (n° 119)
Sévices (n° 152)

Richard Lortz
Les Enfants de Dracula (n° 146)

John D. Mac Donald
Réponse mortelle (n° 21)
Un temps pour mourir (n° 29)
Un cadavre dans ses rêves (n° 45)
Le Combat pour l'île (n° 51)
L'Héritage de la haine (n° 74)

John P. Marquand
Merci Mr Moto (n° 7)
Bien joué, Mr Moto (n° 8)
Mr Moto est désolé (n° 18)
Rira bien, Mr Moto (n° 87)

Helen McCloy
La Somnambule (n° 105)

William McIlvanney
Les Papiers de Tony Veitch (n° 23)
Laidlaw (n° 24)
Big Man (n° 90)
Étranges Loyautés (n° 139)

Jim Nisbet
Les damnés ne meurent jamais (n° 84)
Injection mortelle (n° 103)
Le Démon dans ma tête (n° 137)
Le Chien d'Ulysse (n° 161)

Hugues Pagan
Les Eaux mortes (n° 17)
La Mort dans une voiture solitaire (n° 133)

Bill Pronzini
Hidden Valley (n° 48)

Bill Pronzini/Barry N. Malzberg
La nuit hurle (n° 78)

Michel Quint
Billard à l'étage (n° 162)

Diana Ramsay
Approche des ténèbres (n° 25)
Est-ce un meurtre ? (n° 38)

Roger Simon
Le Clown blanc (n° 71)

Les Standiford
Pandémonium (n° 136)

Richard Stark
La Demoiselle (n° 41)
La Dame (n° 170)

Paco Ignacio Taibo II
Ombre de l'ombre (n° 124)
La Vie même (n° 142)
Cosa fácil (n° 173)

Ross Thomas
Les Faisans des îles (n° 125)
La Quatrième Durango (n° 171)

Jim Thompson
Liberté sous condition (n° 1)
Un nid de crotales (n° 12)
Sang mêlé (n° 22)
Nuit de fureur (n° 32)
A deux pas du ciel (n° 39)
Rage noire (n° 47)
La mort viendra, petite (n° 52)
Les Alcooliques (n° 55)
Les Arnaqueurs (n° 58)
Vaurien (n° 63)
Une combine en or (n° 77)
Le Texas par la queue (n° 83)
Écrits perdus (n° 158)
Le Criminel (n° 167)

Masako Togawa
Le Baiser de feu (n° 91)

Armitage Trail
Scarface (n° 126)

Marc Villard
Démons ordinaires (n° 130)
La Vie d'artiste (n° 150)

Donald Westlake
Drôles de frères (nº 19)
Levine (nº 26)
Un jumeau singulier (nº 168)

Janwillem Van De Wetering
Comme un rat mort (nº 5)
Sale Temps (nº 30)
L'Autre Fils de Dieu (nº 33)
Le Babouin blond (nº 34)
Inspecteur Saito (nº 42)
Le Massacre du Maine (nº 43)
Un vautour dans la ville (nº 53)
Mort d'un colporteur (nº 59)
Le Chat du sergent (nº 69)
Cash-cash millions (nº 81)
Le Chasseur de papillons (nº 101)

Harry Whittington
Des feux qui détruisent (nº 13)
Le diable a des ailes (nº 28)

Charles Willeford
Une fille facile (nº 86)
Hérésie (nº 99)
Miami Blues (nº 115)
Une seconde chance pour les morts (nº 123)

Charles Williams
La Fille des collines (nº 2)
Go Home, stranger (nº 73)
Et la mer profonde et bleue (nº 82)

Timothy Williams
Le Montreur d'ombres (nº 157)

Daniel Woodrell
Sous la lumière cruelle (nº 117)
Battement d'aile (nº 121)

Rivages/mystère

Francis Beeding
La Maison du Dr Edwardes (nº 9)

Algernon Blackwood
John Silence (nº 8)

John Dickson Carr
En dépit du tonnerre (n° 5)

William Kotzwinkle
Fata Morgana (n° 2)

John P. Marquand
A votre tour, Mister Moto (n° 4)

Rex Stout
Le Secret de la bande élastique (n° 1)
La Cassette rouge (n° 3)
Meurtre au vestiaire (n° 6)

Josephine Tey
Le plus beau des anges (n° 7)